SANDRA DÜNSCHEDE

Friesenrausch

SANDRA DÜNSCHEDE

Friesenrausch

KRIMINALROMAN

GMEINER

Personen und Handlung sind frei erfunden.
Ähnlichkeiten mit lebenden oder toten Personen
sind rein zufällig und nicht beabsichtigt.

Besuchen Sie uns im Internet:
www.gmeiner-verlag.de

Im Ehnried 5, 88605 Meßkirch
Telefon 07575/2095-0
info@gmeiner-verlag.de

1. Auflage 2025

Satz: Mirjam Hecht
Umschlaggestaltung: U.O.R.G. Lutz Eberle, Stuttgart
unter Verwendung eines Fotos von: © Animaflora PicsStock / stock.adobe.com
Druck: GGP Media GmbH, Pößneck
Printed in Germany
ISBN 978-3-8392-0779-6

Für Käthe – meine neue Muse

1. KAPITEL

Heiner Paysen trat in die Pedale. Der Wind wehte wie so oft in Nordfriesland kräftig von vorn und erschwerte sein Vorankommen.

Hätte ich doch bloß nicht so viel Kaffee getrunken, jammerte er in Gedanken und erhob sich aus seinem Sattel, in der Hoffnung, den Druck etwas zu verringern. Vergeblich, durch die aufrechtere Position wurde der Harndrang noch stärker und Heiner Paysen musste sich konzentrieren, diesem nicht nachzugeben. Sein Shirt klebte unter der Windjacke an seinem Rücken und an der Brust, Schweißperlen standen ihm auf der Stirn.

Endlich tauchte der Wasserturm in seinem Sichtfeld auf. Der historische Turm, der einst zur Versorgung von Dampfloks errichtet worden war und nun nach seiner Sanierung als Ein-Zimmer-Hotel diente, signalisierte ihm die Nähe seines Ziels. Heiner erlaubte sich ein Aufatmen, was mehrere Tropfen entweichen ließ. Er spannte seine Beckenbodenmuskeln an, erhöhte noch einmal das Tempo und bremste kurz darauf vor dem Fahrradständer scharf ab. Mit flattrigen Händen, von einem Fuß auf den anderen tretend, legte er das schwere Kettenschloss um den Rahmen seines Tourenrades und den metallenen Anlehnbügel, griff eilig nach seinem Rucksack, der auf dem

Gepäckträger befestigt war, und lief mit großen Schritten zum Bahnhofsgebäude.

»Wenn der Zug heute pünktlich ist …« Die Anzeige über dem Zugang zu den Bahnsteigen machte seine Hoffnung zunichte. Wieder einmal hatte die Marschbahn Verspätung. Ein Stöhnen saß ihm quer im Hals, aber er traute sich nicht, es entweichen zu lassen. Schnell hastete er auf die Toilettenanlage zu und stieß die Tür auf.

Ein scharfer Geruch schlug ihm entgegen – eine Mischung aus Urin und etwas, das Heiner Paysen nicht recht einzuordnen vermochte. Er rümpfte die Nase, atmete möglichst flach, während er in seiner Hosentasche nach Kleingeld kramte, als er bemerkte, dass die Tür zur Kabine nur angelehnt war.

»Hallo?« Er trat einen Schritt näher, klopfte gegen die Tür, und als er keine Rückmeldung erhielt, zog er sie weiter auf.

Heiner Paysens Blick erfasste zunächst ein paar blaue Turnschuhe, dann sah er den dazugehörigen Körper auf der Seite zwischen Toilettenschüssel und Kabinenwand liegen.

»Das darf doch nicht wahr sein«, entfuhr es Paysen. »Hallo, aufwachen!« Er spürte, dass er seinen Harndrang nicht länger zurückhalten konnte, und stieß den am Boden Liegenden mit dem Fuß an. Der rührte sich nicht.

»Dat gifft dat ja woll nich!«

Paysen drehte sich zum Handwaschbecken um, öffnete den Reißverschluss der Hose und hob die Fersen an.

Endlich. Das immer noch quer sitzende Stöhnen entfuhr ihm, während gleichzeitig ein leichtes Plätschern zu hören war. Wie gut das tat. Heiner Paysen schüttelte die letzten Tropfen ab und schloss die Hose.

Als er sich wieder umwandte, lag der Mann immer noch unverändert da. Obwohl, Mann? Heiner Paysen beugte sich leicht über den Schlafenden. Das war ein Jugendlicher, höchstens siebzehn, auf keinen Fall volljährig. Was machte der hier? Vermissten die Eltern ihn nicht? Heiner schüttelte den Kopf, während er den Arm ausstreckte und den Jungen an der Schulter berührte.

»Junge? Hallo?«

Keine Reaktion.

»Ey, hier kannst du nicht liegen bleiben. Du gehörst to Huus.« Er packte etwas fester zu und versuchte, den Körper ein Stück zu sich zu drehen, was sich als gar nicht so einfach erwies. Wie festgeklebt erschien ihm der Junge auf dem Fliesenboden.

Dann eben auf die harte Tour, beschloss Heiner Paysen, trat einen Schritt zurück, beugte sich hinunter zu den Füßen und zog den jungen Mann aus der Kabine. Ein schabendes Geräusch ertönte und Heiner war erstaunt, wie schwer der Körper wog. So fest konnte man doch gar nicht schlafen. Selbst im Vollrausch nicht. Obwohl, Heiner Paysen schnüffelte, nach Alkohol roch der Junge eigentlich nicht.

Er richtete sich auf, ließ seinen Blick über den Körper hinauf ins Gesicht wandern und zuckte zusammen, als er bemerkte, wie ihn glanzlose Augen anstarrten.

2. KAPITEL

Dirk Thamsen summte leise vor sich hin, während er Wasser in die Kaffeemaschine füllte und anschließend zwei Gläser Orangensaft, frisch aufgebackene Brötchen, einen Teller mit Aufschnitt und Marmelade auf das hölzerne Tablett drapierte. Was für ein wundervoller Morgen, dachte er, als er ein paar Weintrauben aus dem Kühlschrank nahm und damit den Teller mit dem Aufschnitt dekorierte.

Dörte und er hatten sturmfreie Bude. Lotta und Hanno hatten bei Freunden übernachtet, und Dirk wollte Dörte mit einem Frühstück im Bett überraschen. Anschließend ergab sich vielleicht … Ein schepperndes Geräusch unterbrach seine Gedanken. Sein Handy, das er auf lautlos gestellt hatte, surrte aufgrund des Vibrationsalarms über die Tischplatte und stieß mit einem »Klack« gegen das Holztablett.

»Nee, Jungs«, stöhnte Dirk auf, als er die Nummer der Dienststelle erkannte. »Es ist Sonntag, ich habe frei.« Er starrte auf das Display, bis der Anruf auf die Mailbox umgeleitet wurde und das Vibrieren stoppte. »Heute müsst ihr mal alleine klarkommen.«

Das Handy kündigte mit einem kurzen Piepton eine Sprachnachricht an, die Dirk zu ignorieren beschloss.

Stattdessen beobachtete er, wie der Kaffee in die Kanne tröpfelte und dabei einen aromatischen Duft verströmte. Er liebte Kaffee. Und Dörte. Und dieser Morgen gehörte nur ihnen beiden. Als der Kaffee durchgelaufen war, füllte er zwei Tassen und stellte sie auf das Tablett, das er anschließend ins Schlafzimmer balancierte.

Dörte war bereits wach und lächelte ihm entgegen, als sie ihn mit der Frühstücksüberraschung sah. »Oh, das gab es ja schon eine Ewigkeit nicht mehr. Wir beide allein und Frühstück im Bett.«

Sie zog die Bettdecke gerade, sodass Dirk das Tablett darauf abstellen konnte.

»Das habe ich mir auch gedacht. So einen Morgen ohne Kinder sollten wir ausnutzen.« Er zwinkerte ihr zu und reichte ihr eine Tasse Kaffee, ehe er selbst vorsichtig zurück ins Bett schlüpfte.

»Mhmm«, vernahm er Dörtes wohligen Gefühlsausdruck, »herrlich.« Sie griff nach einem Brötchen und belegte es mit Salami. »Ich habe jetzt echt Hunger.«

»Na ja, es ist ja auch schon nach acht.« Er grinste. Seit er Kinder hatte, war acht Uhr für ihn eher eine späte Zeit. Früher, als Junggeselle, hatte er locker bis mittags schlafen können, aber seit Anne und Timo, seine Kinder aus erster Ehe, auf die Welt gekommen waren, hatte er so gut wie nie mehr lange geschlafen, selbst dann nicht, als die beiden älter geworden waren. Das frühe Aufstehen war zur Gewohnheit geworden, und daher war es für ihn auch keine Umstellung gewesen, als vor knapp zehn Jahren ihre gemeinsame Tochter Lotta und kurz darauf Hanno geboren worden war.

Trotzdem bedeutete das nicht, dass Dirk sich nicht nach einem ruhigen Morgen sehnte, häufig fühlte er sich zu alt für Kinder und war oft genervt vom Trubel, den sie verursachten. Umso mehr genoss er die Stille an diesem Sonntagmorgen und das gemeinsame Frühstück mit Dörte. Sie war so entspannt, fiel ihm auf, dass sie sich nicht einmal über die Krümel im Bett beschwerte. Er strich über ihren Arm, bemerkte, wie sich die feinen Härchen darauf aufstellten, lehnte sich zu ihr und … »Ring, Ring, Ring.«

Dirk zuckte zurück und stieß gegen das Tablett, sodass eines der Orangensaftgläser umfiel und die Flüssigkeit sich über die Bettdecke ergoss.

»Ring, Ring, Ring.«

»Herrgott noch mal!« Dirk wälzte sich aus dem Bett. »Wer klingelt denn in dieser Herrgottsfrühe Sturm bei uns?«

»Vielleicht ist was mit den Kindern?« Dörte sprang geradezu aus dem Bett und eilte zur Haustür.

»Oh«, hörte er ihren erstaunten Ausruf, während er sich ein Shirt überzog und in den Flur ging.

In der Haustür stand Ansgar Rolfs, sein Mitarbeiter, und schaute mit leicht gesenktem Kopf zwischen ihm und Dörte, die lediglich ein kurzes Nachthemd trug, hin und her.

»Entschuldigt bitte.« An seinem Blick erkannte Dirk, dass Ansgar die Situation erfasst hatte. »Ich wollte nicht stören, aber du bist nicht ans Telefon gegangen.«

»Es ist Sonntag.« Dirk zog leicht die Schultern nach oben.

»Ich weiß, und ich würde dich auch nicht belästigen, wenn es nicht wirklich wichtig wäre. Es gab einen Leichenfund, und …«

»Einen Leichenfund? Wo?« Der Grund, weswegen sein Mitarbeiter ihn an seinem freien Tag störte, war wirklich keine Bagatelle. Für gewöhnlich hatten sie es in Niebüll und Umgebung mit Einbrüchen, Diebstählen, Schlägereien und Betrug zu tun. Selten gab es dabei Tote, daher war ein Leichenfund selbstverständlich Chefsache. Dirk winkte Ansgar herein, der schüttelte jedoch den Kopf. »Ich warte im Auto auf dich.«

Keine zehn Minuten später stieg Dirk Thamsen zu Ansgar Rolfs in den Wagen.

»Wo genau wurde die Leiche entdeckt?«

»Am Bahnhof, aber viel mehr weiß ich auch nicht. Nur, dass es sich um einen Jugendlichen handelt.«

»Ein Jugendlicher?« Dirk runzelte die Stirn, während Ansgar nickte und den Wagen Richtung Bahnhof lenkte. Sein Blick wanderte durch das Seitenfenster. Vielleicht ein Suizid, überlegte er. Der Ort wirkte auf viele junge Leute nicht gerade reizvoll, insbesondere nicht in den letzten Tagen, an denen sich die Sonne kaum gezeigt hatte, was die Stadt trist und öde aussehen hatte lassen. Aber warum sollte sich jemand am Bahnhof umbringen?

»Könnte ein Alkoholtoter sein«, mutmaßte nun Ansgar, der sich auch seine Gedanken zu machen schien. »Gestern war doch Abifeier, da wurde bestimmt reichlich Alkohol konsumiert, und manch einer weiß einfach nicht, wo seine Grenzen sind.«

»Möglich.« Es hatte wenig Sinn, sich den Kopf zu zerbrechen und Mutmaßungen anzustellen, ohne die Umstände zu kennen, dachte Dirk, dennoch war es ihm unmöglich, das Gedankenkarussell in seinem Kopf zu stoppen. Schließlich war er selbst Vater und konnte zumindest ein Stück weit erahnen, wie es sich anfühlen mochte, wenn man ein Kind verlor.

Ansgar bog in die Bahnhofstraße ab und sogleich schob sich der Peterwagen der Kollegen von der Bereitschaft in ihr Sichtfeld. Wenige Meter entfernt befand sich ein Einsatzfahrzeug des Rettungsdienstes.

In der Bahnhofshalle drängten sich etliche Schaulustige vor der Absperrung, die die Kollegen vom Bereitschaftsdienst um die Toilettenanlage gezogen hatte, und reckten ihre Hälse. Dirk ärgerte sich über die Menschen, die dicht an dicht hinter dem rot-weißen Flatterband standen und sich am Leid eines anderen ergötzen wollten.

»Gehen Sie bitte weiter. Hier gibt es nichts zu sehen«, raunzte er die Leute an, obwohl er wusste, dass seine Worte rein gar nichts bewirken würden. Und im Grunde log er ja auch, denn es gab sehr wohl etwas zu sehen, nämlich einen Jungen, der tot auf dem Fliesenboden der Bahnhofstoilette lag, und einen Notarzt, der sich eben neben der Leiche aus seiner knienden Position in die Höhe stemmte und Dirk einen Beutel mit bunten Pillen entgegenhielt.

»Ich denke, das hier ist die Todesursache.«

Dirk nahm den kleinen durchsichtigen Beutel und betrachtete die verschiedenfarbigen Tabletten. Hatte der Junge versucht, sich auf diese Art und Weise sein Leben bunter zu machen?

»Überdosis?«

»Weiß ich nicht, vielleicht hat er noch was anderes geschluckt oder in der Kombi mit Alkohol die Dinger nicht vertragen.«

»Ich dachte nur, weil er so viele bei sich hat?«

»Na ja, vielleicht waren die nicht alle für den Eigenbedarf«, mutmaßte der Mediziner und schwang sich seinen Notfallrucksack auf den Rücken. »Fakt ist, dass es zum Herzstillstand gekommen ist, über die näheren Umstände kann ich nichts sagen. Da müsste ein Rechtsmediziner ran.«

»Hm, ja, danke.« Dirk wusste, wie schwierig es werden würde, eine Obduktion genehmigt zu bekommen, denn die bunten kleinen Pillen sprachen eigentlich für sich. Es war kein Geheimnis, dass sie auch in Niebüll im Umlauf waren. Sie hatten es in der Vergangenheit immer mal wieder mit kleineren Drogendelikten zu tun gehabt, aber an einen Todesfall mit Betäubungsmitteln konnte er sich nicht erinnern. Vielleicht war das ein Aspekt, der den Staatsanwalt überzeugen würde? Dirk seufzte. Sicherlich nicht unbedingt an einem frühen Sonntagmorgen, trotzdem musste er es versuchen. Er würde es sich nicht verzeihen, wenn er den toten Jugendlichen leichtfertig als Junkie abstempelte und als Drogentoten verbuchte. Vielleicht steckte doch mehr hinter dem Fall.

Er nickte Ansgar zu. »Rufst du die Kollegen von der SpuSi und anschließend den Bestatter?«

»Geht klar, Chef.«

Dirk warf einen letzten Blick auf die Leiche. Der Körperbau entsprach schon beinahe dem eines Erwachsenen, aber das Gesicht wies noch kindliche Züge auf. Ihm wurde bewusst, wie viel Glück er mit seinen beiden älteren Kindern gehabt hatte. Wenngleich sie nicht immer den Weg gegangen waren, den er sich für sie gewünscht hatte, wirklich Sorgen um die beiden hatte er sich nie machen müssen. Er hoffte, dass es bei Lotta und Hanno ähnlich sein würde.

»Okay, ich schau mal, ob ich den Staatsanwalt überzeugen kann, sich die Umstände näher anzuschauen. Falls nicht, könnten die Eltern …« Ihm grauste jetzt schon davor, der Familie die schreckliche Botschaft zu überbringen. »Ein Schritt nach dem anderen«, murmelte er und schob den Besuch bei den Eltern gedanklich in weite Ferne, zumal sie bisher nicht einmal den Namen des Toten kannten.

Haie reckte und streckte sich, stemmte sich vom Bett auf, um gleich darauf in die Knie zu gehen. Auf und nieder, immer wieder. So hatte es ihm sein Arzt empfohlen.

Seine Gelenke knackten, ihm wurde warm. »Acht, neun, zehn!« Haie atmete schwer aus, ehe er in seine Pantoffeln schlüpfte und hinunter in die Küche ging.

Im Haus war es still. Tom hatte bei Astrid übernachtet, und Niklas schlief vermutlich noch, weil er wieder bis spät in die Nacht mit der Playstation gespielt hatte.

Haie stellte die Kaffeemaschine an, die er bereits am Abend zuvor mit Wasser und Kaffeepulver befüllt hatte, und ging ins Bad.

Nach dem Toilettengang kämmte er sich, strich zweimal mit dem Deoroller in seine Achselhöhlen und zog sich an.

Als er das Bad verließ, war der Kaffee bereits durchgelaufen. Er gönnte sich eine Tasse und blickte zum Fenster hinaus. Der Himmel präsentierte sich auch heute wieder in mehreren Grauschattierungen. Viel Lust hinauszugehen, verspürte er nicht, aber sonntags war nun einmal Frische-Brötchen-Tag. Da führte für ihn kein Weg dran vorbei.

Er goss den restlichen Kaffee in die Thermoskanne und zog sich dann im Flur seine Jacke an. Brauchte er eine Mütze? Irgendwie sträubte Haie sich gegen eine Kopfbedeckung, nun, wo der Sommer zumindest laut Kalender quasi vor der Tür stand.

Ach watt, entschied er, notfalls hatte seine Jacke eine Kapuze. Das musste reichen.

Er holte sein E-Bike aus dem Schuppen und schob es durch den Garten zur Steege, wo er aufstieg und losradelte. Doch schon nach wenigen Metern hielt er an, um sich die Kapuze aufzusetzen, da ihm der Wind ordentlich um die Ohren pfiff.

Kurz vorm Bahnübergang bog er in den Mooringer Wäi ab, der auf die Dorfstraße führte, die er weiter Richtung Bundesstraße befuhr. Vor der Bäckerpost bremste er und stellte sein Fahrrad am Ständer ab.

Wie jeden Sonntag herrschte in dem kleinen Laden Hochbetrieb, aber heute erschien Haie das Gedränge ungewöhnlich dicht, selbst auf den Stufen zum Eingang standen Leute. »Moin«, grüßte er und reihte sich in die Warteschlange ein.

»Was ist denn hier los?«, fragte er wenige Minuten später den jungen Mann vor sich, da es nicht voranging. Nicht ein Kunde hatte bisher die Bäckerpost verlassen, dabei lief

Haie bei dem Geruch von frischen Brötchen das Wasser im Mund zusammen und sein Magen meldete sich lautstark zu Wort.

Der große blonde Mann reckte seinen Kopf in die Höhe. »Keine Ahnung«, entgegnete er, »da gibt es anscheinend eine Diskussion.«

»Diskussion? Worüber denn?«

Haie sah, wie der Kunde vor ihm lediglich mit den Schultern zuckte, während er sich weiter in den Verkaufsraum schob.

Haie kratzte sich am Kopf. Die Brötchenpreise waren in der letzten Zeit gestiegen. Ob sich ein Kunde darüber beschwerte? Was verursachte bloß die lange Wartezeit?

Anders als bei der Kaufmannsfrau Helene, die an der Kasse oft über die Neuigkeiten im Dorf tratschte, waren die Mitarbeiter des kleinen Bäckerladens eigentlich nicht dafür bekannt, lange Gespräche zu führen, schon gar nicht bei solch einem Andrang. Haie versuchte, sich weiter in den Laden zu schieben, und fing sich dafür einen genervten Blick des großen Blonden ein, der gleich darauf einen Schritt zur Seite trat, da endlich ein Kunde den Bäckerladen verließ.

»Moin, Willi, sach ma, watt ist denn heut hier los?«

Der Mann im Bundeswehrparka sah ihn verblüfft an. »Ja, hast du denn noch nicht Bescheid?«

Haie runzelte die Stirn. »Bescheid? Worüber?«

»Na, in Niebüll aufm Bahnhofsklo haben sie einen Toten gefunden.«

»Waaas?«, entfuhr es Haie, und er spürte, wie sich ihm die Nackenhaare aufstellten.

»Nee, davon habe ich noch nichts gehört. Weiß man denn, wer es ist und was passiert ist?«

Willi Sörensen zuckte mit den Schultern. »Dat weiß man nicht. Schade, dass Helene heute nicht aufhat, sonst wüssten wir wohl schon mehr.«

Haie bezweifelte zwar, dass sie schlauer wären, wenn der Sparmarkt, der als Umschlagplatz für Neuigkeiten im Dorf galt, geöffnet hätte, nickte aber. Helene war auch dafür bekannt, dass sie fehlende Informationen selbst erfand.

Das brachte keineswegs mehr Licht ins Dunkel, sondern sorgte regelmäßig für Verwirrungen, oftmals sogar für Anfeindungen im Dorf. Da war es ihm lieber, unwissend zu bleiben, als irgendwelchen Gerüchten auf den Leim zu gehen. Haie war auf Spekulationen nicht angewiesen, er konnte sich bei Dirk Thamsen über die wahren Umstände erkundigen. Schließlich waren er und der Kommissar seit Jahren befreundet, und Haie hatte mehr als einmal geholfen, einen Mordfall aufzuklären. Wenn er nicht bereits Rentner wäre, hätte die Polizei ihm sicherlich schon längst ein Jobangebot gemacht. Er wusste aber auch, dass so ein Leichenfund viel Arbeit mit sich brachte und sein Anruf den Freund dabei stören würde.

Besser, er verschaffte sich ein eigenes Bild von der Lage. Haie machte kehrt und setzte sich aufs Fahrrad. Brötchen würde er heute ausnahmsweise in Niebüll besorgen.

»Ja, Herr Lehmann. Ich weiß, dass ein Bauchgefühl keine Obduktion rechtfertigt.« Wie befürchtet, war der Staatsanwalt nicht begeistert von Dirks Anruf. »Aber der Leichenfund wird hier für großen Aufruhr sorgen, und da möchte ich mir nichts vorwerfen lassen.«

Er lauschte Lehmanns Antwort, während er sich an seinen Wagen lehnte und den Blick über die Fassade des Bahnhofs wandern ließ. Er wusste, dass er keine schlagenden Argumente hatte, und machte sich innerlich bereits darauf gefasst, die Eltern auffordern zu müssen, eine Untersuchung zu beantragen. Wider Erwarten lenkte der Staatsanwalt jedoch ein.

»Wissen Sie, Thamsen, ich habe selbst Kinder. Die Eltern haben ein Recht darauf, zu erfahren, was genau passiert ist. Es wird ohnehin schwer für sie werden. So oder so.«

Dirk stieß sich angesichts der unerwarteten Reaktion vom Wagen ab. Mit dieser schnellen Entscheidung hatte er nicht gerechnet.

»Da haben Sie recht. Ich gebe gleich in Kiel Bescheid.«

Er beendete das Gespräch und wollte sich gerade dem Eingang zuwenden, als er im Augenwinkel eine Bewegung wahrnahm. Ein Fahrradfahrer näherte sich dem Bahnhof und die Gestalt kam ihm verdächtig bekannt vor.

»Hallo, Dirk, hallo!« Haie winkte ihm zu und geriet durch die Bewegung leicht ins Schlingern.

Dirk zog die Augenbrauen in die Höhe. Immer wieder wunderte er sich, wie schnell sein Freund von derlei Ereignissen erfuhr. Was allerdings bedeutete, dass sich der Leichenfund bereits bis nach Risum rumgesprochen hatte.

»Moin, Haie, was machst du denn hier?«

»Hab gehört, es gab einen Toten auf der Bahnhofstoilette.« Wie zur Bestätigung stoppte der Wagen des örtlichen Bestattungsunternehmens neben ihnen. Schweigend beobachteten sie, wie der Bestatter und ein Mitarbeiter ausstiegen, zum Heck gingen, die Klappe öffneten und mit einem Rattern eine Bahre herauszogen, auf der ein Zinksarg bedrohlich hin und her schwankte.

»Einen Moment wird es noch dauern, denke ich, erst müssen die Kollegen von der SpuSi ran,« unterbrach Dirk den Arbeitseifer der beiden. »Anschließend muss die Leiche nach Kiel in die Rechtsmedizin.«

»Nach Kiel?« Haie hatte seine Stimme wiedergefunden. »Handelt es sich denn um ein Mordopfer?«

»Das kann man zum jetzigen Zeitpunkt noch nicht sagen.«

3. KAPITEL

»Was ist denn hier los?«, wunderte sich Tom Meissner, als er in die Bahnhofstraße einbog, um seine Freundin Astrid zum Zug nach Westerland zu bringen. Sie wollte heute Mittag zu einem Vortrag eines Kollegen über den Mitternachtsweg auf Sylt. Tom hätte sie gern begleitet, hatte aber Niklas versprochen, mit ihm ins Kino zu gehen.

»Ist das nicht Haie?« Astrid deutete durch die Windschutzscheibe zum Eingang des Bahnhofgebäudes hinüber, wo Haie zusammen mit Dirk Thamsen neben einem Leichenwagen stand. Tom folgte ihrem Fingerzeig und schüttelte augenblicklich den Kopf.

»Er kann es einfach nicht lassen«, entfuhr es ihm. Er parkte, öffnete die Tür und wartete, bis Astrid ebenfalls ausgestiegen war, ehe er den Wagen verriegelte. Haie war inzwischen ebenso wie Dirk im Gebäude verschwunden. Tom folgte den beiden mit schnellen Schritten und merkte gar nicht, wie Astrid zurückfiel.

In der Bahnhofshalle herrschte dichtes Gedränge, das sich augenscheinlich Richtung Toilettenanlage schob. Tom stellte sich auf Zehenspitzen und blickte über das Meer an Köpfen. Er sah, wie sich die Menge im vorderen Bereich teilte, um Dirk und Haie Platz zu machen. Er drehte sich zu Astrid um, die mittlerweile hinter ihm stand und auf den Zuganzeiger schaute.

»Geh nur, mein Zug scheint pünktlich zu sein und fährt dann gleich ab.«

Eilig küsste Tom sie auf den Mund. »Sag Bescheid, wenn ich dich abholen soll, ja?«

Astrids Nicken nahm er nur noch aus den Augenwinkeln wahr.

Es gelang ihm kaum, sich durch das Gedränge zu schieben. Immer wieder stellte sich ihm ein Bein, ein Rücken, ein ganzer Körper in den Weg. Tom kam ordentlich ins Schwitzen und roch, dass es anderen ähnlich erging. Er hoffte nur, dass sein Deo nicht versagte, wie bei manch einem der Umstehenden, die hier und da tuschelnd die Köpfe zusammensteckten. Wortfetzen wie »Drogentoter« und »Junkie« drangen an sein Ohr, und er fragte sich, was passiert sein mochte.

Nach einigem Geschiebe und Gedränge erreichte Tom schließlich das rot-weiße Absperrband, vor dem auch Haie stand.

»Hallo, Haie!«

Der Freund schenkte ihm einen flüchtigen Seitenblick.

»Ach, Tom.«

»Was ist denn hier los?«

»Da drin haben sie einen Toten entdeckt. Angeblich ein Drogenopfer.« Tom spürte Haies Hand auf seiner Schulter, als der versuchte, auf Zehenspitzen das Gleichgewicht zu halten. Ein mulmiges Gefühl machte sich in seiner Magengegend breit, er verspürte einen Fluchtimpuls, wollte sich abwenden, als er Dirk auf ihn und Haie zutreten sah. An seinem Gesichtsausdruck konnte Tom die Verwunderung ablesen, ihn hier anzutreffen.

»Ich hab Astrid zum Zug gebracht und Haie ...«

»Kommt mal mit«, unterbrach Dirk ihn und bückte sich unter dem Flatterband hindurch. Tom folgte ihm zusammen mit Haie durch die Menge hinaus auf den Vorplatz, wo Dirk dem Freund sein Handy entgegenhielt. »Kennst du den?«

»Ja«, hörte Tom Haie sagen, »den kenne ich. Das ist Jan Lamprecht aus Fahretoft. Siehst du das große Muttermal auf der rechten Wange?«

Haie deutete auf etwas, das Tom verborgen blieb.

»Die anderen Kinder in der Grundschule haben ihn deswegen immer gehänselt. Haben gesagt, das sehe wie ein Vogelschiss aus. Hat viel durchgemacht, der Junge.«

Den wenigen Worten entnahm Tom, dass sich auf dem Handy ein Bild des Toten befand, auf dem ein ehemaliger Schüler der Risumer Grundschule zu sehen war, an der Haie viele Jahre als Hausmeister gearbeitet hatte.

»Danke, das hilft uns enorm weiter.« Dirk klopfte Haie auf die Schulter.

»Aber jetzt kannst du nichts weiter tun«, mischte sich Tom ein und fasste Haie am Ärmel seiner Jacke. Er wollte nicht, dass Haie sich wieder in polizeiliche Ermittlungen einmischte. Viel zu oft hatte sich Haie in den letzten Jahren dabei selbst in Gefahr gebracht. Tom hatte schlichtweg Angst um ihn. Haie war nicht mehr der Jüngste, auch wenn er es nicht einsehen wollte. Aber die Zeit machte auch vor ihm nicht halt, und er war nicht mehr der Jungspund, für den er sich immer noch hielt. Außerdem wollte er selbst so schnell wie möglich nach Hause.

»Hast du überhaupt schon gefrühstückt?«

Haie blickte Tom mit geröteten Wangen und weit geöffneten Augen an. An dem Ausdruck in seinem Gesicht konnte er erkennen, dass Haie sich wunderte, wie er in diesem Moment eine solch banale Frage stellen konnte. Und im Grunde genommen hatte er recht, musste Tom sich eingestehen. Nicht nur für den Jungen, sondern vermutlich auch für die Eltern hatte die Welt mit dem letzten Atemzug des Kindes aufgehört, sich zu drehen. Tom wandte sich schnell ab. Seit dem tödlichen Anschlag auf seine Frau Marlene vermied er es, mit dem Thema Tod in Berührung zu kommen, verdrängte die Endlichkeit des Seins, die einen unumkehrbaren Verlust bedeutete. Auch wenn es viele Jahre her war, der Schmerz war niemals ganz verschwunden, und an manchen Tagen kam es Tom so vor, als wäre Marlene erst gestern aus seinem Leben gerissen worden. Er vermisste sie noch immer, und dieses Gefühl, das er damals empfunden hatte, diese Leere, die sich brennend und stechend durch seine Eingeweide gewunden hatte, wollte er niemals wieder durchmachen müssen.

»Komm, Haie, hier gibt es für dich nichts mehr zu tun, oder, Herr Kommissar?«

Er hörte, wie Dirk sich räusperte. »Okay, ja, danke, Haie. Du hast uns wirklich sehr geholfen, aber jetzt müssen wir erst einmal auf die SpuSi warten. Das kann dauern. Geh ruhig frühstücken, ich melde mich bei dir.«

»Wo sind denn die Brötchen?« Niklas blickte Haie fragend an, als er in die Küche trat. Sein Patenkind hatte in der Zwischenzeit den Frühstückstisch gedeckt.

»Ich, ähm …« Haie trat von einem Fuß auf den anderen. In der Aufregung hatte er schlichtweg vergessen, welche zu besorgen. Sollte er noch einmal losradeln? Und wie konnte er Niklas das erklären? Er wollte ihn nicht mit dem Leichenfund belasten, denn ähnlich wie Tom reagierte der Junge empfindlich, wenn er mit dem Tod konfrontiert wurde.

»Es gab keine mehr.«

»Es gab keine mehr?« Niklas runzelte die Stirn.

»Ja, alles ausverkauft.«

»Das gibt es doch gar nicht.«

»Doch, doch, nicht einmal mehr Brot gab es, nur noch Kuchen, und du willst ja keinen Kuchen zum Frühstück, oder?«

»Warum nicht?«

»Niklas …«

»Ist ja schon gut, aber was essen wir denn nun?«

Haie kratzte sich am Kopf. »Knäckebrot.«

»Knäckebrot?« Niklas verzog das Gesicht.

»Mensch«, Tom öffnete schwungvoll die Tür, »bei der Bäckerpost war die Hölle los.« Er warf eine Brötchentüte auf den Küchentisch.

Niklas blickte mit großen Augen zunächst auf die Tüte und dann zu Haie, der wortlos den Inhalt in den Brotkorb schüttete.

»Ich habe vielleicht einen Hunger!« Haie setzte sich und griff nach einem Körnerbrötchen.

»Na ja«, Tom ließ sich ebenfalls auf einen der Stühle fallen, »hast ja auch schon schwer ermittelt.«

»Ermittelt?«, fragte Niklas.

»Mpfm«, entgegnete Haie, der sich schnell eine Scheibe Wurst auf das Brötchen gelegt und einen großen Bissen in den Mund gestopft hatte.

»Was ist denn passiert?« Niklas nahm sich ein Hörnchen aus dem Korb und langte nach dem Nutella-Glas.

»Nichts«, prustete Haie hervor und spuckte dabei einige Krümel über den Tisch, was von Niklas mit einem angewiderten Gesichtsausdruck kommentiert wurde.

»Und wegen nichts hast du ermittelt und deswegen die Brötchen vergessen? Ich denke, man darf nicht lügen?«

Haie spürte, wie ihm das Blut in die Wangen schoss. »Da hast du völlig recht«, stimmte Tom seinem Sohn zu. »Aber dein Patenonkel denkt, er sei für jeden x-beliebigen Toten hier in der Gegend zuständig.« Toms Ärger über Haies Einmischung in polizeiliche Ermittlungen wog anscheinend schwerer als die Furcht vor schmerzlichen Erinnerungen, wertete Haie den verbalen Angriff. Er wollte vor Niklas nicht über den Leichenfund sprechen, aber so konnte er Toms Aussage nicht stehen lassen.

»Es handelt sich nicht um einen x-beliebigen Jungen, sondern um Jan Lamprecht.«

Haie sah, wie Niklas schluckte, und bereute augenblicklich seine Reaktion.

»Jan Lamprecht? Den kenne ich. Der geht in die Oberstufe. Was ist mit dem?«

»Nichts«, presste Haie hervor.

»Nichts?

»Welchen Film wollt ihr euch denn heute anschauen?«, versuchte Haie abzulenken, doch Niklas interessierte viel mehr, was mit dem älteren Jungen aus seiner Schule war.

»Hör mal, Niklas, hast du mit dem was zu tun? Hast du gewusst, dass der Drogen nimmt?« Haie wollte das Gespräch wenigstens in eine andere Richtung lenken.

»Drogen? Meinst du diese bunten Dinger?«

Haie zuckte leicht zusammen. Er hätte nicht gedacht, dass sein Patenkind damit bisher in Berührung gekommen war.

»Niklas«, fuhr er auf, »das sind tödliche Pillen. Eine zu viel und du bist weg! Hast du da mal was mitbekommen?«

Niklas rutschte auf seinem Stuhl hin und her. »Na ja, ein paar aus meiner Klasse ... ähm, also ... ich habe mal gehört, wie sie darüber sprachen.«

»Worüber?« Haie lehnte sich ein Stück vor.

»Dass die Pillen lustig machen.«

»Lustig?« Haie sah, wie Tom die Augenbrauen nach oben zog, während er einen Schluck aus seiner Kaffeetasse nahm.

»Und weißt du, wo die herkommen, diese Tabletten?«

Niklas zuckte mit den Schultern und krauste gleich darauf die Stirn. »Ich hab mal gesehen, wie Jan jemandem so ein kleines Tütchen zugeschoben hat. Meinst du ...?« Er blickte Haie mit gesenktem Kopf von unten herauf an.

»Wo hast du das gesehen?«

»Auf dem Schulhof.«

Dirk Thamsen stieg in seinen Wagen und startete den Motor. Ein Kollege auf der Dienststelle hatte ihm die Adresse von Jan Lamprechts Eltern herausgesucht. Es war an der Zeit, die traurige Nachricht zu überbringen, bevor die Angehörigen womöglich noch auf anderem Wege vom Tod ihres Sohnes erfuhren.

Er trat aufs Gaspedal, zuckte zusammen und bremste. Vor ihm querte ein Fußgänger die Straße. »Mensch«, fluchte er leise, »musst du unbedingt hier langlatschen!« Er wartete, bis der junge Mann im schwarzen Kapuzenshirt die andere Seite erreicht hatte. Kein Wunder, dass der nichts mitkriegt, kommentierte Dirk die tief ins Gesicht gezogene Kapuze, als er losfuhr.

Er lenkte den Wagen durchs Gewerbegebiet bis zum Kreisverkehr, nahm anschließend den Legerader Weg, der ihn auf die Deezbüller Straße brachte, die schließlich in die Dorfstraße in Risum mündete. Hinter dem Sparmarkt bog er in den Herrenkoog ab, vorbei an der Grundschule, die Jan Lamprecht nach Haies Angaben besucht hatte. Als ihm bewusst wurde, dass er dem ehemaligen Schulweg des toten Jungen folgte, schluckte er schwer. Wie sollte er den Eltern erklären, dass ihr Sohn nie wieder nach Hause kommen würde? Egal, was er sagte, es würde ihnen den Boden unter den Füßen wegreißen, ihr Leben zum Einsturz bringen. Das eigene Kind tot. Das musste sich anfühlen, als würde einem bei lebendigem Leib das Herz herausgerissen. Er wollte sich nicht vorstellen, was er empfinden würde, wenn Timo, Anne, Lotta oder Hanno etwas zustieße. Kinder sollten nicht vor den Eltern die Welt verlassen, schon gar nicht so, dachte Dirk und stockte. Noch wussten sie nicht genau, was mit Jan Lamprecht geschehen war. Hatte er wirklich zu viele Tabletten geschluckt und war an einer Überdosis gestorben? Er hätte gerne mehr Informationen für die Eltern parat gehabt, aber die Feststellung der Todesursache würde noch dauern.

Hinter dem Bottschlotter See bog er Richtung Fahretoft

ab und stoppte bald darauf an der angegebenen Adresse. Er schaltete den Motor aus und blickte zum Haus hinüber, das sich verschlafen hinter den Deich schmiegte. Die Gegend wirkte idyllisch, aber Dirk wusste, dass dies lediglich seine eigene Wahrnehmung war. Ein Jugendlicher empfand die Abgeschiedenheit womöglich ganz anders. Er stieg aus, straffte die Schultern und folgte dem leicht abschüssigen Weg zur Haustür, wo er neben dem Namensschild der Familie einen Klingelknopf fand. Als er einen Finger darauflegte, bemerkte er, wie dieser leicht zitterte. Schnell übte er Druck aus und vernahm kurze Zeit später ein klares »Ding-Dong«, welches das Haus aus seinem Schlaf erweckte. Er hörte Schritte, dann wurde die Tür geöffnet und Dirk erblickte eine schmale Frau in schwarzem Rock und weißer Rüschenbluse. Sie musste ihn kennen, denn er konnte sehen, wie sich das Blut aus ihrem Gesicht zurückzog, als sie ihn anschaute.

»Frau Lamprecht?« Er räusperte sich.

»Ist was mit Jan? Es ist etwas passiert, oder? Wo ist mein Sohn?« Mit jeder Frage wurde ihre Stimme schriller, was einen Mann an die Tür lockte, der Dirk über die Schulter der Frau hinweg musterte. Er trug einen dunklen Anzug, darunter ein weißes Hemd. Der Aufzug der beiden erweckte in Dirk den Eindruck, als wären sie zum Kirchgang bereit, was ihn verwunderte. Gab es tatsächlich noch Menschen, die an einem gewöhnlichen Sonntag den Gottesdienst besuchten? Zu Ostern, zur Konfirmation, zu Weihnachten – ja, da strömten die Leute in die Kirche, aber ansonsten waren die Zahlen der regelmäßigen Kirchgänger seit Jahren rückläufig, wie Dirk wusste.

Er zwang sich, den Gedanken zur Seite zu schieben, da er in diesem Moment keine Rolle spielte.

»Darf ich reinkommen?«, fragte er zögerlich. Der Mann fasste sich als Erster und zog die Frau am Arm aus dem Türrahmen. Schweigend folgte er den beiden in die Küche, wo Herr Lamprecht seine Frau auf einen Stuhl drückte. Dirk blickte sich um. Der Raum war hell und freundlich eingerichtet. Auf der Fensterbank standen einige Orchideen, die um die Wette blühten, auf dem Tisch lagen farbenfrohe Sets, eines davon war eingedeckt. Anscheinend hatten die Eltern Jan zum Frühstück erwartet. Dirk räusperte sich.

»Frau Lamprecht, Herr Lamprecht. Ich habe keine guten Nachrichten«, begann er umständlich das Gespräch. »Also, es ist so, dass ich Ihnen leider mitteilen muss, dass Ihr Sohn heute Morgen tot aufgefunden wurde.« Sein Blick blieb an dem Holzbrett hängen, das ein bunter Pumuckl zierte. Augenscheinlich schien die Zeit stillzustehen, denn die Eltern rührten sich nicht, gaben keinen Laut von sich. Dirk wartete einen Augenblick, vielleicht mussten sie die Nachricht erst erfassen. Als es jedoch weiterhin still in der Küche blieb, räusperte er sich erneut. »Ein Bahnreisender hat Jan in Niebüll am Bahnhof gefunden. Können Sie sich vorstellen, was er dort wollte?«

Der Vater zuckte lediglich mit den Schultern, während Frau Lamprecht ihn nach wie vor anstarrte. Sie schien unter Schock zu stehen, besser, er rief einen Arzt zu Hilfe. Als er sein Handy aus der Jackentasche hervorholte, sprang sie plötzlich auf. »Ich habe ihn tausendmal angerufen, aber er ist einfach nicht rangegangen.« Sie schluchzte auf. »Und warum? Weil er tot ist?«

Dirk nickte leicht, während er überlegte, ob die Kollegen ein Handy bei der Leiche sicherstellen konnten. Am liebsten hätte er sich die Frage in seinem Merkbuch notiert, fand das in dieser Situation aber unangebracht.

»Wo war Jan denn gestern überhaupt?«

»Er wollte zur Abifeier in Niebüll.«

»Hat er denn selbst schon Abitur?« Vielleicht erklärte der Schulabschluss die Kleidung der Eltern?

»Nein, er musste die letzte Klasse wiederholen, aber seine Freunde sind ja nun fertig mit der Schule, und natürlich wollte er dabei sein … und …« Die Mutter schluchzte erneut auf und sank zurück auf den Küchenstuhl.

»Wo genau und wie haben Sie …«, Herr Lamprecht schluckte, »Jan gefunden?« Seine Hand lag auf der Schulter seiner Frau. Dirk hatte den Eindruck, er hielte sich mehr an ihr fest, als ihr Beistand zu leisten.

»Wie bereits gesagt, hat ein Bahnreisender Jan auf der Toilette …«

»Auf der Toilette?«, stieß Frau Lamprecht schrill aus. »Die sind dort so dreckig!«

»Nun ja, also ich kann Ihnen nicht viel mehr sagen, als dass der Notarzt nur noch den Tod feststellen konnte.«

»Aber woran ist er denn gestorben? Er war doch gesund. Wurde er etwa …?«

»Getötet?«, hakte Dirk ein, und Frau Lamprecht blickte ihn sprachlos mit weit geöffneten Augen an. »Hatte Jan denn Probleme?«

»Sicher nicht mehr als andere Jugendliche«, entgegnete der Vater.

Dirk überlegte, was genau Herr Lamprecht damit ausdrücken wollte. Hatten Jugendliche heutzutage viele Probleme? Und wenn ja, welche? Er versuchte, sich an die Zeit zu erinnern, als Timo und Anne in Jan Lamprechts Alter gewesen waren. Was waren die Themen gewesen, die seine Kinder bewegt hatten? Mit seinem Sohn hatte er weitaus weniger Diskussionen geführt als mit Anne, die sich von ihren Freundinnen sehr hatte beeinflussen lassen. Regelmäßig hatte es Streit über die Höhe des Taschengeldes gegeben, da Anne, was Klamotten, Schminke und Handys betraf, mit den anderen Mädchen aus ihrer Klasse hatte mithalten wollen. Drogen waren eigentlich so gut wie nie Thema gewesen. Alkohol dagegen schon, denn auf Partys waren damals sogenannte Alkopops sehr beliebt gewesen. Und auch Ecstasy war bereits im Umlauf gewesen.

»Hatte Jan ein Drogenproblem?«

Die Augen von Frau Lamprecht weiteten sich, aber der Vater schüttelte sofort den Kopf. »Wir sind anständige Leute. Mit Drogen hatte Jan ganz sicher nichts zu tun.«

»Und das wissen Sie genau?« Dirk beobachtete die Reaktion der Eltern. Er hatte das Gefühl, dass die Lamprechts logen.

»Wie erklären Sie sich dann die Pillen, die Jan bei sich hatte?«

»Pillen?«, fuhr die Mutter auf. »Was für Pillen?«

»Nun, es wurde ein Plastikbeutel mit bunten Tabletten bei der Leiche Ihres Sohnes gefunden.«

»Nein, mit Drogen hatte Jan nichts zu tun!«, betonte der Vater wiederholt. »Die muss ihm jemand untergeschoben haben. Unser Sohn hat so was nicht gemacht!«

4. KAPITEL

Haie wachte mit Kopfschmerzen auf. Er hatte kaum geschlafen, sich von einer Seite auf die andere gewälzt, und wenn er doch für einen Moment weggedämmert war, hatte ihn das Bild des toten Jan Lamprecht kurz darauf aufschrecken lassen.

Wie hatte es dazu kommen können? Er erinnerte sich noch gut an den kleinen Jungen, der immer etwas hilflos in die Welt geblickt hatte. Haie hatte oft das Gefühl verspürt, ihn beschützen zu müssen, besonders wenn die anderen Kinder ihn wegen seines Muttermals geärgert hätten. Was war geschehen, dass er nun tot mit einem Beutel Drogen auf der Niebüller Bahnhofstoilette gefunden worden war? Waren die Hänseleien auch nach der Grundschule weitergegangen? Hatte Jan versucht, sich durch die Pillen sein Leben erträglicher zu machen?

Haie stand auf, noch ehe sein Wecker geklingelt hatte, und schlich die Treppe hinunter. Unter der Garderobe stand Niklas' Rucksack. Ohne groß nachzudenken, schnappte er sich die Schultasche und kontrollierte den Inhalt. Hefte, Bücher, Federmäppchen, eine Tupperdose mit einem angebissenen Pausenbrot. Haie atmete auf. Keine Pillen.

»Was machst du da?« Niklas stand in der Tür seines Zimmers und blickte ihn fragend an.

»Ich, ähm, wollte nur sehen, ob du deine Sportsachen ...«

»Ich habe heute gar keinen Sport.«

Haie suchte fieberhaft nach einer Erklärung. Warum war der Junge schon wach? Hatte auch er aufgrund der Ereignisse nicht schlafen können? Schnell griff er nach der Brotdose. »Und was ist das? Er wedelte mit der Tupperdose herum. »Wieder nicht aufgegessen.«

»Kontrollierst du mich jetzt, oder was?« Niklas schnappte sich seinen Rucksack und verschwand in seinem Zimmer.

Haie atmete geräuschvoll aus und ging in die Küche.

Niklas erschien kurz darauf zum Frühstück, das wortkarg verlief. Haie hätte ihm gern erklärt, dass er sich Sorgen um ihn machte, wollte Niklas aber nicht weiter verunsichern. Daher schwieg er und beobachtete, wie Niklas sich ein Nutella-Brot schmierte und es in sich hineinstopfte.

Gleich darauf stand er auf und ging ohne einen Gruß zur Tür hinaus. Er war wirklich sauer, und Haie konnte das verstehen. Er wäre auch nicht begeistert, wenn in seinen Sachen herumgeschnüffelt werden würde. Aber was, wenn Niklas auch etwas mit Drogen zu tun hatte? Wie weit war das Problem an der Schule verbreitet? Haie machte sich Sorgen.

Nachdem er den Tisch abgeräumt hatte, holte er sein E-Bike aus dem Schuppen und fuhr die Dorfstraße hinunter bis zum Sparmarkt. Wenn jemand etwas über Drogenprobleme an der Schule wusste, dann Helene. Haie war sich sicher, dass der Tod von Jan Lamprecht heute das Thema Nummer eins im Supermarkt war.

Bereits beim Betreten des Ladens sah er eine lange Schlange an der Kasse, wo Helene mit geröteten Wangen in ein Gespräch vertieft zu sein schien. Jedenfalls reagierte sie nicht auf sein »Moin«, welches er in den Raum schmetterte. Haie wunderte sich darüber, schließlich musste mittlerweile im Dorf bekannt sein, dass er die Leiche identifiziert hatte. Mit leicht vorgeschobener Unterlippe schnappte er sich einen Einkaufskorb und steuerte die Obst- und Gemüseecke an. Er wog ein paar Bananen ab, linste aber immer wieder zur Kasse hinüber, an der eine Diskussion entfacht worden war. Er konnte nur nicht verstehen, worüber gesprochen wurde.

»Darf ich ma?« Meta Lorenz stieß Haie etwas unsanft in die Seite. »Oder willst du hier Wurzeln schlagen?«

Die kleine, runzelige Frau blickte ihn beinahe ein wenig feindselig an, bemerkte Haie, und er fragte sich, was er ihr getan haben könnte. Er machte ihr Platz und beobachtete, wie Meta Lorenz ebenfalls nach den Bananen griff. »Wat is denn da an der Kasse los?«, überging er ihr schroffes Verhalten. Vielleicht war sie am Morgen nur mit dem falschen Bein aufgestanden, dachte er.

»Nu tu ma nicht so«, entgegnete Meta Lorenz bissig und drehte sich zu ihm. »Warst doch dabei, als sie den Junkie gestern gefunden haben.«

»Was heißt denn hier Junkie?«

»Na, hatte der Lamprecht Drogen bei sich oder nicht?« Sie blitzte ihn herausfordernd an und erinnerte Haie an einen angriffslustigen Terrier.

»Ja, aber das heißt ja nicht, dass er selbst …«

»Willst du etwa sagen, der hat gedealt?« Helene war

unbemerkt zu ihnen getreten. Haie fuhr herum und sah, dass sie die anderen Kunden an der Kasse einfach stehen lassen hatte. Der Pulk blickte interessiert zu ihnen hinüber.

»Kassierst du nicht?«

»Muss einen Preis checken.« Helene beugte sich weit über die Auslage mit den Kartoffeln. Während sie ihr voluminöses Hinterteil zur Schau stellte, redete sie unbeirrt weiter. »Is ja nichts Neues, dass an der Schule mit Drogen gehandelt wird. Aber Jan?« Sie richtete sich auf und blickte Haie an. »Dem hätte man das ja nun weiß Gott nicht zugetraut.«

»Moment mal«, versuchte Haie die Kaufmannsfrau zu stoppen. Ganz offensichtlich braute sich hier ein Gerüchtegewitter zusammen. »Noch ist doch gar nicht klar, ob …«

»Na, die Tatsachen sprechen wohl für sich«, bremste sie Haies Einspruch. »Aber ausgerechnet der Lamprecht? Der wirkte immer so verhuscht, und die Eltern sind so anständig.« Helene schüttelte den Kopf. »Nee, wie man sich doch täuschen kann.«

»Was weißt du denn über die Drogenprobleme an der Schule?«

Helene stemmte die Hände in die Hüften. »Du willst mir doch nicht weismachen, du hättest keine Ahnung? Hat Niklas denn nicht mal …? Na ja«, winkte sie ab, »vermutlich steckt der selbst mit drin.«

Haie blieb beinahe die Spucke weg. »Nu hör aber mal auf!«, erhob er die Stimme und sah, wie Meta Lorenz den Kopf einzog. Helene hingegen ließ sich von seiner lauten Ansage wenig beeindrucken.

»Fakt is, dass es an der Schule schon öfter Probleme mit Drogen gab. Auch wenn man gerne glauben will, dass wir hier auf einer Insel der Glückseligen leben. Aber Verbrechen machen nun einmal vor den Toren Nordfrieslands nicht halt. Gerade du müsstest das doch am besten wissen.«

Haie musste Helene leider recht geben, denn Diebe, Mörder und Betrüger gab es auch in ihrer Gegend. Aber Drogenhandel an der Schule? Obwohl, Niklas hatte ja beobachtet, wie Jan auf dem Schulhof jemandem ein Tütchen zugesteckt hatte. Haie kratzte sich am Kopf.

»Und weißt du auch, was für Drogen im Umlauf sind?«

»Hauptsächlich diese Pillchen, die die Jugendlichen jetzt alle schlucken. Um die Sorgen und den ach so tristen Alltag zu vergessen. Ha! Als wenn die wüssten, wie schwer das Leben sein kann. Pass mal auf, dass euer Niklas da nicht auch nach greift.«

»Nee, der nimmt nichts, habe gerade heute Morgen seine Sachen kontrolliert«, rutschte es Haie heraus.

»Hach, siehste, befürchtet hast du es also, oder wozu sonst diese Kontrolle?« Helene lächelte ihn süffisant an, während sie zurück zur Kasse ging.

»Heroin?« Dirk presste den Telefonhörer dichter ans Ohr.

»Ja, 'ne Überdosis, goldener Schuss«, bestätigte Dr. Becker die Todesursache.

»Aber wir haben keine Spritze, kein Fixerbesteck bei der Leiche gefunden, nur das Tütchen mit den Pillen.«

»Ecstasy, ja. Aber gestorben ist er an einer Überdosis Heroin, wobei der Zustand der Leiche nicht darauf hinweist, dass er bereits länger Drogen konsumiert hat.«

»Hm, aber wo ist das Besteck geblieben?«, fragte Dirk mehr sich selbst als Dr. Becker.

»Das weiß ich nicht, aber an den Oberarmen weist der Junge Hämatome auf, die darauf hindeuten, dass er festgehalten wurde.«

»Du meinst, ihm wurde der tödliche Schuss unter Zwang gesetzt?«

»Wahrscheinlich.«

»Aber wieso haben die Täter ihm Heroin gespritzt?«

»Das kann ich dir nicht sagen.« Im Hintergrund hörte Dirk ein Handy klingeln.

»Sorry, ich muss«, verabschiedete sich der Gerichtsmediziner. »Bericht folgt.«

Dirk legte den Hörer auf und blickte aus dem Fenster. Was bedeutete das Ergebnis der Obduktion für ihre Ermittlungen? War Jan Lamprecht tatsächlich umgebracht worden? Hatten die Eltern recht und jemand hatte ihm die Pillen untergeschoben? Welches Motiv gab es für den Mord? Und wieso war das Fixerbesteck verschwunden, wenn ein Suizid hätte vorgetäuscht werden sollen?

Auf jeden Fall musste er jetzt die Husumer einschalten, denn Kapitalverbrechen fielen nicht in seinen Zuständigkeitsbereich. Er stöhnte und griff zum Telefon.

»Euer Junkie soll ein Mordopfer sein?«, fragte ihn wenig später Lorenz Meister von der Kripo mit höhnischer Stimme. »Und da seid ihr euch absolut sicher?«

»Nun ja, laut Gerichtsmediziner wurde der Junge Opfer eines goldenen Schusses.«

»Das ist doch dann eher etwas für die Kollegen vom LKA.« Wie immer versuchte Meister, die Arbeit abzuwälzen.

»Wenn es nur um Drogen geht, ja, aber bei Mord?«

Dirk ärgerte sich, obwohl er sich vorgenommen hatte, es nicht mehr zu tun. Es brachte eh nichts, die Beamten aus Husum ließen sich hier meist nur blicken, wenn er und sein Team die Arbeit bereits erledigt hatten. Trotzdem hatte er Meister an seine Pflichten erinnern wollen. Erfolglos.

»Klärt ihr erst mal ab, ob es sich tatsächlich um Mord handelt, dann schauen wir weiter.«

Dirk knallte den Hörer geräuschvoll auf die Gabel, stand auf, griff nach seiner Jacke und verließ das Büro. Im Gang stieß er mit Ansgar Rolfs zusammen.

»Hoppla, so eilig, Chef? Gibt's was Neues?«

»Ja und nein.« Dirk bemerkte, wie Ansgar ihn irritiert anschaute. »Ach, Dr. Becker hat angerufen. Jan Lamprecht ist an einer Überdosis Heroin gestorben.«

»Heroin?«

»Ja, und an den Armen gibt es Hämatome, die vermuten lassen, dass ihm der Schuss unter Zwang gesetzt wurde.«

»Ja, aber heißt das nicht …?«

»Genau, wahrscheinlich haben wir es mit Mord zu tun, aber die Kripo will natürlich wieder eindeutige Beweise.«

»Nichts Neues«, entgegnete Rolfs.

»Nee, aber wo sollen wir die herzaubern?« Dirk seufzte laut.

»Wir haben kein Fixerbesteck bei dem Toten gefunden. Hältst du es für möglich, dass jemand die Leiche vor Heiner Paysen entdeckt und die Utensilien entwendet hat?«

»Oder der Täter hat sie mitgenommen.«

»Aber warum? Meinst du, es sollte doch nicht nach Selbstmord aussehen?«

»Vielleicht wollte jemand einfach nur ein Zeichen setzen«, mutmaßte Dirk.

»Zeichen?« Ansgar Rolfs runzelte die Stirn. »Wofür?«

»Wenn ich das wüsste.« Erst jetzt bemerkte Dirk die Tasse Kaffee in Rolfs Hand. »Ich glaube, ich könnte auch einen vertragen.«

»Ich habe gerade frischen gekocht.«

Dirk folgte Ansgar in die Gemeinschaftsküche und ließ sich einen großen Becher eingießen.

»Wurde eigentlich das Handy des Toten sichergestellt? Die Mutter meinte, sie habe mehrmals versucht, ihren Sohn zu erreichen.«

»Soweit ich weiß, nicht, ich kann aber noch mal bei den Kollegen nachfragen«, bot Ansgar an. »Was haben denn die Eltern zum Thema Drogen gesagt?«

»Angeblich hatte Jan damit nichts zu tun. Aber mal ehrlich, in dem Alter bekommen Eltern nicht mehr alles mit, was ihre Kinder so treiben.«

»Du glaubst ihnen also nicht?«

Dirk zuckte mit den Schultern.

»Dann sollten wir Jans Freunde befragen. Vielleicht wissen die mehr. Hast du dich nach denen erkundigt?«

»Also, ähm, nein«, musste Dirk eingestehen.

»Na, die Lamprechts waren ja auch sicher total von der Rolle«, ging Rolfs darüber hinweg. »Wahrscheinlich ergibt es mehr Sinn, wenn wir uns in der Schule erkundigen. Dann können wir auch gleich checken, wie es da mit Drogen aussieht.«

»Gute Idee.« Dirk stellte den noch dampfenden Becher auf der Spüle ab. »Die Eltern haben erzählt, dass Jans Freunde gerade Abi gemacht haben. Da lassen sich die Namen sicherlich leicht herausfinden.«

5. KAPITEL

Haie hatte sein E-Bike im Fahrradständer neben der Schule abgestellt und saß nun im angrenzenden kleinen Park auf einer Bank. Von hier aus hatte er einen guten Blick auf das Hauptgebäude aus rotem Klinkerstein mit seinen zahlreichen Sprossenfenstern. Ehrwürdig, beinahe erhaben lag es da und weckte in Haie wehmütige Gefühle. Wie gerne wäre er hier zur Schule gegangen, doch leider waren seine Leistungen damals für den Besuch der Oberschule nicht ausreichend gewesen. Umso mehr erfüllte es ihn mit Stolz, dass sein Patensohn den Wechsel aufs Gymnasium geschafft hatte, wobei der nicht verstand, für welch eine Ehre Haie es hielt, Schüler dieser Schule zu sein. Für Niklas war das Gymnasium eine Schule wie jede andere, außerdem war die Auswahl in der Umgebung nicht gerade groß.

Der Gong erklang und schien die Schule zum Leben zu erwecken. Haie kannte dieses Phänomen aus seiner Zeit als Hausmeister an der Grundschule in Risum nur zu gut. Laute Rufe, Gekreische, Gejohle, Schüler, die aus dem Gebäude stürmten, schon erklangen erste Fahrradklingeln und Motorengeräusche.

Eigentlich hatte Haie vorgehabt, Niklas am Eingang abzufangen, um sich bei ihm zu entschuldigen und ihn auf ein Eis einzuladen, aber das Gewusel und Gewimmel vor der Schule hielt ihn gefangen und ließ ihn wie entrückt auf der Parkbank sitzen bleiben. Erst als er Dirks Wagen bemerkte, der auf die Zufahrt abbog, kehrte das Leben zurück in seinen Körper. Was machte sein Freund hier? Er sprang auf und wollte schon die Arme in die Luft reißen, um mit einem Winken auf sich aufmerksam zu machen, stoppte aber im letzten Augenblick. In der letzten Zeit war Dirk nicht immer begeistert gewesen, wenn er sich in die Ermittlungen eingemischt hatte. Informationen durfte er liefern, aber wenn es spannend wurde, hatte er ihn in der Vergangenheit immer öfter ausgeschlossen. An seinen Alleingängen konnte es nicht liegen, denn die waren stets glimpflich ausgegangen und hatten maßgeblich zur Aufklärung der Fälle beigetragen. Es war Toms Schuld, dass Dirk ihn nicht mehr so stark wie früher in die Ermittlungen einband, da war Haie sich sicher. Er hatte dem Freund eingeredet, Haie sei zu alt, um sich aktiv in die Polizeiarbeit einzubringen. Er musste zugeben, dass ihn hier und da einige Alterszipperlein plagten und ihm vieles schwerer fiel als noch vor ein paar Jahren, aber zum alten Eisen zählte er sich deswegen noch lange nicht. Er trat von einem Fuß auf den anderen, während er verborgen hinter einem Busch beobachtete, wie Dirk und Ansgar Rolfs ausstiegen und ins Gebäude gingen. Unter Garantie waren die wegen Jan Lamprecht hier. Und wegen der Drogen. Nicht nur Helene hatte davon erzählt, selbst Niklas hatte beobachtet, wie auf dem Schulhof gedealt wurde. Bei dem Gedanken an Niklas spürte Haie, wie er zu schwitzen begann. Auf gar keinen Fall durfte sein Patenkind mit Drogen in Berührung kommen. Dieses Zeug zerstörte alles und jeden.

Entschlossen ging er zum Gebäude hinüber und direkt auf den Eingang zu. Wenn ihn jemand fragte, was er hier mache, würde er einfach sagen, er sei wegen Niklas hier. Haie stieß die Tür auf. Sofort strömte ihm ein altbekannter Geruch entgegen. Eine Mischung aus Reinigungsmitteln, Tinte, Papier und etwas, das Haie selbst während seiner langjährigen Tätigkeit als Hausmeister nicht hatte identifizieren können. Vielleicht war es ein Gemisch aus den verschiedenen Körpergerüchen der Schüler und Schülerinnen. Oder Staub, der zwischen den Seiten der Schulbücher klebte. Auf jeden Fall lag etwas in der Luft, das Haie erneut in eine nostalgische Stimmung versetzte. Ehe er jedoch zu sehr in seinen Erinnerungen schwelgen konnte, wurde er von einem Schüler beinahe über den Haufen gerannt. Erschrocken blieb der Junge stehen und schaute ihn kurz an, bevor sein Blick den Gang zurückwanderte in die Richtung, aus der er gekommen war.

Haie bemerkte am Ende des Flurs drei weitere Jungen.

»Brauchst du Hilfe?«

Hektisch schüttelte der Junge den Kopf und rannte einfach weiter. Die anderen drei traten den Rückzug an.

Haie stieg die Stufen zum ersten Stock hinauf. Wenn er sich recht entsann, dann mussten sich hier das Sekretariat und das Büro des Direktors befinden. Langsam schlich er an den Türen vorbei und linste auf die daneben angebrachten Schilder.

»Ah, hier«, murmelte er und trat näher an die Tür heran. Er hörte Stimmen, aber was genau gesprochen wurde, konnte er nicht verstehen. Vorsichtig blickte er sich um und legte, da niemand zu sehen war, sein Ohr an die Tür, zuckte jedoch im selben Moment zurück, als er hinter sich eine Bewegung wahrnahm.

»Moin, Sie wollen doch bestimmt zu mir?« Aus dem Raum hinter Haie war eine Frau mittleren Alters getreten, die ihn mit hochgezogenen Brauen musterte.

»Ich, äh …«

»Sind Sie nicht wegen der Vertretung für den Hausmeister da?«

»Hausmeister … ja natürlich. Also, ja!«

»Na, dann kommen Sie.« Die Frau winkte ihn zu sich ins Büro.

»Ja, das ist alles wirklich tragisch, aber mit Drogen haben wir hier an der Schule keine Probleme. Keine Ahnung, wo Jan damit in Berührung gekommen ist.« Dirk betrachtete Thomas Oelde, den Direktor der Schule, in dessen Büro sie saßen. Er konnte sich nicht vorstellen, dass es noch nie einen Vorfall mit Rauschmitteln an der Schule gegeben hatte, aber Herr Oelde behauptete, das Thema Drogen sei bei ihnen gar keines. Wie konnte er sich da so sicher sein? Die Schule war groß, da bekamen die Lehrer sicherlich nicht alles mit, was sich zwischen den Schülern abspielte.

»Und da sind Sie sich absolut sicher?«, fragte Ansgar Rolfs, dem die Aussage anscheinend auch nicht glaubhaft erschien.

»Ja wirklich, ich würde es Ihnen sagen, wenn wir hier ein Drogenproblem hätten. Mobbing, ja, das gibt es schon, und natürlich auch körperliche Übergriffe, aber Drogen – nein. Wir befinden uns hier ja nicht in einem sozialen

Brennpunkt wie Kiel-Gaarden oder Hamburg-Wilhelmsburg.« Thomas Oelde lächelte ein wenig schief.

»Na ja, das hat rein gar nichts zu sagen«, entgegnete Dirk. Drogen gab es überall, auch in besseren Gegenden, wusste er.

»Und wie war Jan Lamprecht so als Schüler? Wissen Sie von Auffälligkeiten? Wie war sein Verhalten?«

»Nun«, der Direktor lehnte sich ein Stück in seinem Stuhl zurück. »Er ist jetzt nicht der begabteste Schüler gewesen, aber er hat viel durch seinen enormen Fleiß ausgeglichen. Bis vor einigen Monaten seine Leistungen total zusammengebrochen sind.«

»Und gab es dafür eine Erklärung?«

»Pubertät?«

»Pubertät ...« Dirk hob die Augenbrauen. »Befand Jan sich nicht bereits lange in der Pubertät? Er war immerhin siebzehn.«

»Spätzünder? Vielleicht waren auch Probleme bei ihm zu Hause der Grund. Jan wollte nicht mit der Sprache rausrücken, und seine Eltern haben im Elterngespräch so getan, als wäre alles in bester Ordnung.«

Dirk nickte. Der Eindruck des Direktors deckte sich mit seinem.

»Und was ist mit seinen Freunden? Seine Mutter sagte mir, dass Jan mit ihnen auf dem Abifest feiern wollte.«

»Freunde?« Thomas Oelde runzelte die Stirn. »Nun, soweit ich weiß, war Jan ein ziemlicher Einzelgänger. Mag sein, dass er ein paar lockere Freundschaften pflegte, aber zu wem, kann ich nicht sagen.«

»Wäre es möglich, mit seinen Mitschülern zu sprechen?«

»Natürlich, nur …« Thomas Oelde blickte zur Uhr. »Ich fürchte, es sind kaum noch welche da. Kommen Sie am besten morgen früh wieder, dann können Sie mit den Schülern und Schülerinnen des Leistungskurses, in dem Jan war, sprechen.«

»Gut, dann bis morgen.«

Dirk und Ansgar erhoben sich zeitgleich. Als sie das Büro verließen, wurde die gegenüberliegende Tür gerade aufgestoßen.

»Also, Herr Ketelsen, dann bis morgen früh!«

Dirk glaubte, sich verhört zu haben, doch vor ihm stand ohne Zweifel Haie.

»Was machst du hier?«, entfuhr es ihm.

»Oh«, mischte sich die Sekretärin, Frau Hoffmann, ein. »Herr Ketelsen übernimmt ab morgen die Vertretung für unseren Hausmeistern Herrn Frommelt. Der ist letzte Woche gestürzt und hat sich das Bein gebrochen.«

Dirk sah, wie Haie fleißig nickte. Dennoch glaubte er nicht daran, dass Haie zufällig hier gelandet war. Kurz überlegte er, dem Freund eine Standpauke zu halten, dann aber kamen ihm seine Zweifel an der Aussage des Direktors in den Sinn. Vielleicht war es tatsächlich keine so schlechte Idee, wenn Haie hier aushalf und dabei ein wenig die Augen und Ohren offen hielt.

»Du willst was?« Tom starrte Haie mit offenem Mund an.

»Es ist ja nur übergangsweise, außerdem bin ich da mehr oder weniger reingerutscht«, erklärte Haie den Umstand, warum er ab dem morgigen Tag als Vertretung für den Hausmeister am Gymnasium in Niebüll fungieren würde.

»Reingerutscht? Wie kann denn so was passieren?«

»Ich wollte Niklas abholen, und da hat mich die Sekretärin angesprochen.«

»Niklas abholen? Sonst wolltest du nichts an der Schule?«

Haie wusste, dass der Freund ihn zu gut kannte und lügen zwecklos war.

»Na ja«, entgegnete er, »ich mache mir Sorgen um Niklas, du nicht? Wenn da wirklich mit Drogen gedealt wird, ist das doch gefährlich für ihn. Und als Hausmeister kann ich ihn im Auge behalten.«

»Nur Niklas?« Haie sah Tom an, dass er ihm nicht glaubte.

»Und Nein sagen zu dem Job konntest du nicht?«

»Ich finde es ganz gut, wenn Haie sich vor Ort ein wenig umschaut.« Dirk war unvermittelt in die Küche getreten. Die Haustür stand bei ihnen so gut wie immer offen, dennoch war Haie überrascht, ihn zu sehen.

»Ermittelt ihr denn gar nicht?«, fragte er, während Dirk sich leicht stöhnend auf einen der Küchenstühle fallen ließ.

»Ach, das ist gar nicht so einfach. Zwar kennen wir die Todesursache, aber dennoch zweifelt die Kripo daran, dass wir es mit einem Mord zu tun haben.«

»Mord?«, entfuhr es Haie.

»Ja, Jan Lamprecht ist an einer Überdosis Heroin gestorben. Hämatome an den Armen lassen darauf schließen, dass ihm der Schuss unter Zwang gesetzt wurde.«

Haie sah, wie Tom die Stirn runzelte.

»Siehste, wie wichtig es ist, auf Niklas achtzugeben?« Er setzte sich zu Dirk an den Tisch.

»Niklas hat übrigens erzählt, wie er Jan Lamprecht auf dem Schulhof hat dealen sehen«, fuhr er an Dirk gewandt fort.

»Mit was?«

Haie zuckte mit den Schultern. »Fakt ist, dass an der Schule Drogen im Umlauf sind.«

»Laut dem Direktor nicht.«

»Dann lügt der!«, fuhr Haie auf.

»Na, na«, versuchte Dirk ihn zu beruhigen, »ich finde es zwar auch merkwürdig, dass er alles leugnet, aber vielleicht hat er wirklich nichts mitbekommen. Daher ist es gut, wenn du dich dort mal ein wenig umsiehst.«

»Mach ich«, nickte Haie und bemerkte, wie Tom ergeben die Hände hob.

Als Dirk sich wenig später auf den Rückweg in die Dienststelle machte, beschloss er, noch einmal bei den Eltern von Jan Lamprecht in Fahretoft vorbeizufahren. Sie hatten ein Recht darauf, zu erfahren, woran ihr Sohn gestorben war, und vielleicht fiel ihnen heute etwas mehr ein als gestern, wo der Schock über Jans Tod sie gelähmt hatte.

Er stoppte vor dem Haus und seufzte, als er das offene Garagentor sah, in der sich kein Auto befand. Offensichtlich waren die Lamprechts weggefahren. Wohin? Die Leiche war noch nicht freigegeben worden, dennoch würde ihr Sohn irgendwann beerdigt werden müssen. Ob die Eltern bereits einen Sarg für ihn aussuchten? Er schluckte.

Ohne einen Versuch zu wagen, wollte er jedoch nicht wieder gehen. Er stieg aus dem Wagen, lief zur Haustür, klingelte und drehte sich im selben Moment bereits wieder um.

»Hallo?«

Dirk zuckte zusammen. Wider Erwarten hatte jemand geöffnet. »Frau Lamprecht, moin.«

Die schmale Frau nickte ihm müde zu. Ganz offensichtlich hatte sie seit der schlimmen Nachricht keine Ruhe gefunden.

»Sind Sie alleine zu Hause?«

»Ja.«

»Darf ich kurz reinkommen?«

Frau Lamprecht zog die Tür ein Stück weiter auf und drehte sich um. Er folgte ihr wie bereits gestern in die Küche, wo es genauso aussah wie tags zuvor. Auf dem Tisch lagen noch immer die bunten Sets, wieder blieb Dirks Blick an dem Holzbrett mit dem Pumuckl hängen.

»Also, wir wissen jetzt, woran Jan gestorben ist.« Er räusperte sich. »Jan ist durch eine Überdosis Heroin zu Tode gekommen.«

»Goldener Schuss?« Frau Lamprecht sah ihn schockiert an. »Aber Jan … er hat nie solche Drogen genommen.«

»Nicht solche, aber andere?«, horchte Dirk auf.

»Nun ja, wissen Sie, in letzter Zeit war es nicht leicht mit ihm.«

»Kinder können einem großen Kummer bereiten«, stimmte Dirk ihr zu und hoffte, die Frau würde weitersprechen.

»In der Schule lief es nicht gut, dabei war er sonst so fleißig.«

»Haben Sie eine Ahnung, woher die Veränderung kam?«

Frau Lamprecht zuckte mit den Schultern. »Ich habe gedacht, er sei verliebt.«

»Verliebt?« Liebeskummer konnte nicht nur einen Teenager aus der Bahn werfen, überlegte Dirk. Ob vielleicht ein Mädchen der Grund für Jans Leistungsabfall in der Schule gewesen war?

»Ja, aber eben nicht normal.«

»Sie meinen, er war unglücklich verliebt?«

Frau Lamprecht wog den Kopf von rechts nach links. »Mit Mädchen hatte Jan, soweit ich weiß, nichts am Hut. Ich glaube, er war schwul.«

»Schwul? Und wäre das ein Problem gewesen? Ich meine, heutzutage …«

»Für meinen Mann schon. Wir sind sehr gläubig, und die Kirche sieht gleichgeschlechtliche Beziehungen nicht gern.«

»Haben Sie deshalb im Gespräch mit dem Direktor nichts gesagt?«

Frau Lamprecht nickte. »Jan war in der letzten Zeit noch verschlossener als sonst. Ständig war er unterwegs, angeblich hat er sich mit seinen Freunden getroffen, aber ehrlich gesagt habe ich ihm das nicht abgekauft.«

»Der Direktor meinte, er sei eher ein Einzelgänger gewesen.«

»Ja, schon immer, deswegen fand ich es auch seltsam, dass er sich laut seinen eigenen Aussagen ständig mit seinen Kumpels traf, aber nie jemand hierherkam.«

»Nun, Sie wohnen recht abgelegen.« Dirk konnte verstehen, wenn die Jugendlichen sich lieber in Niebüll verabredeten. Dort gab es wesentlich mehr Möglichkeiten der Beschäftigung als hier hinter dem Deich, wo sich quasi Hase und Fuchs Gute Nacht wünschten.

Frau Lamprecht schüttelte den Kopf. »Ich denke nicht, dass es daran gelegen hat. Vielleicht hat Jan sich mit einem Jungen getroffen, den er liebte. Den hätte er natürlich nicht mit heimgebracht.«

»Möglich«, mutmaßte Dirk. »Oder er ist doch in etwas anderes hineingeraten.«

»Aber was soll das gewesen sein?«, fragte Frau Lamprecht mit gerunzelter Stirn.

6. KAPITEL

Haie war am nächsten Morgen noch zeitiger als sonst auf den Beinen. Er hatte vor Aufregung kaum geschlafen und war, als sein Wecker geklingelt hatte, wie erlöst aus dem Bett gesprungen.

»Wer soll die denn alle essen?«

Haie fuhr herum, als Niklas die Küche betrat. Mit fragendem Blick musterte er die Pausenbrote, die sich auf dem Tisch stapelten.

»Ich.«

»Wieso, was hast du denn vor?« Niklas ließ sich auf einen der Küchenstühle fallen und griff zeitgleich nach einer Scheibe Brot und dem Nutella-Glas.

»Ich vertrete euren Hausmeister und komme heute mit zur Schule.«

»Was?« Niklas hielt in der Bewegung inne, das Messer tief in die Nuss-Nugat-Creme getaucht. Haie hatte ihm bisher nichts von seinem Aushilfsjob erzählt.

»Ja, so kann ich ein Auge auf dich werfen«, er zwinkerte ihm zu.

Niklas kommentierte Haies Vorhaben nur mit einem Stirnrunzeln. Er musste sich ohnehin beeilen. In wenigen Minuten würde der Schulbus am Haus vorbei Richtung Maasbüll fahren, und dann musste er losgehen, da der

Bus nach einer Wendung am Anfang der Dorfstraße auf seinem Rückweg am Rabeneck hielt, wo Niklas einstieg.

»Bis später«, verabschiedete Haie ihn, als der Junge aufbrach.

Anschließend zog Haie seine Jacke an und schwang sich aufs Rad. Er fühlte sich großartig. Nun, da er offiziell das Okay von Dirk hatte, sich an der Schule umzuschauen, konnte er sich in die Ermittlungen einbringen. Außerdem konnte er das Extra-Geld gut gebrauchen, denn seit einiger Zeit schwächelte der Akku seines E-Bikes, und er wollte sich von dem Verdienst einen neuen kaufen.

Als er die Schule erreichte, sah er Horden von Schülern auf den Eingang zulaufen. Das waren ganz schön viele, dachte er, und das Gebäude war weitaus größer als die Grundschule in Risum. Ob er dem wirklich gewachsen war?

Er schloss sein Fahrrad ab und mischte sich dann unter die Menge. Heute, an seinem ersten Tag, hatte man ihm als Arbeitsbeginn acht Uhr angeboten, ab morgen sollte er jedoch wesentlich früher anfangen.

Der Schulgong ertönte und brachte noch mehr Bewegung in den Schülerstrom. Es wurde hier und da geschubst und gedrängelt, aber insgesamt verhielten sich die Kinder und Jugendlichen sehr manierlich, musste Haie feststellen.

Er klopfte an die Tür des Schulsekretariats und trat ein. Frau Hoffmann telefonierte. Er stellte sich vor den Schreibtisch und wartete.

»Nein, Frau Hansen, bei so vielen unentschuldigten Fehlstunden gibt es nichts zu diskutieren. Rieke hat schlichtweg geschwänzt.«

Haie sah, wie die Sekretärin mit den Augen rollte, während am anderen Ende des Hörers sicher eine Mutter um Mitgefühl und Verständnis bat.

»Frau Hansen«, unterbrach sie die Anruferin, »ich muss jetzt hier weitermachen. Wenn Sie Rieke nicht dazu bringen, in die Schule zu gehen, muss ich das melden, und dann wird sie mit dem Streifenwagen von zu Hause abgeholt.«

Haie schüttelte leicht den Kopf. Als ob die Polizei für solche Sperenzchen Zeit hätte, dachte er. Dirk und sein Team hatten einen Mordfall zu klären, da konnten sie keine unartigen Kinder zur Schule fahren.

Endlich legte Frau Hoffmann auf. »Entschuldigung, Herr Ketelsen«, seufzte sie, »schön, dass Sie da sind.« Sie erhob sich und nahm dabei einen bereitgelegten Schlüssel vom Schreibtisch. »Kommen Sie, ich zeige Ihnen Ihren Arbeitsplatz.«

Dirk fuhr unvermittelt von seinem Schreibtisch hoch. Schon Viertel vor zehn, stellte er mit einem Blick auf die Uhr fest, sie mussten los. Hastig griff er seine Jacke und den Autoschlüssel und verließ das Büro.

»Ansgar, kommst du?«

»Bin sofort bei dir«, rief der aus einem der angrenzenden Räume und erschien kurz darauf im Flur.

»Was hast du gemacht?«, erkundigte sich Dirk, da auch Rolfs die Zeit vergessen zu haben schien.

»Ich habe mir mal ein paar Berichte der letzten Drogendelikte im Kreis angeschaut.«

»Und?«

Dirk öffnete die Wagentür und setzte sich hinters Steuer.

Als Ansgar auf dem Beifahrersitz Platz genommen hatte, startete er den Motor und gab Gas.

»Mir war gar nicht bewusst, wie viele Fälle es sind. Ich meine, gut, wir haben auch mit Konsumenten und kleineren Dealern zu tun, aber der Drogenmix ist enorm – Amphetamine, Cannabis, Kokain und auch Heroin.«

»Hm«, kommentierte Dirk Ansgars Bemerkung. Vielleicht war der Fall größer, als sie dachten. Und wenn in Nordfriesland derart viele Drogen im Umlauf waren, war es gut möglich, dass auch die Schule davon betroffen war. Schließlich handelte es sich bei dem Gymnasium nicht um einen Ort, der vom Rest des Landes abschnitten war. Wie es dort wirklich aussah, würden sie sicherlich gleich erfahren, dachte Dirk, als er die Zufahrt zur Schule hinauffuhr.

Herr Oelde erwartete sie bereits vor seinem Büro. Nach einer knappen Begrüßung lief er sofort los.

»Was ist das für ein Leistungskurs?«, erkundigte sich Dirk, während er versuchte, mit dem Direktor Schritt zu halten.

»Englisch«, entgegnete Herr Oelde knapp und stoppte abrupt vor einer Tür, sodass Dirk beinahe auf ihn aufgelaufen wäre.

»Frau Jansen weiß Bescheid, aber ich bin mir nicht sicher, ob sie schon mit den Schülern gesprochen hat«, entgegnete Herr Oelde, ehe er zur Klinke griff.

Dirk nickte. Für ihn stand außer Frage, dass die Schüler bereits von Jans Tod erfahren hatten. In einem kleinen Ort wie Niebüll verbreitete sich solch eine Neuigkeit wie eine Lauffeuer.

Herr Oelde riss die Tür auf, und als sie eintraten, war es augenblicklich mucksmäuschenstill im Raum. Dirk registrierte, wie die Blicke der Schüler vom Direktor zu ihm und Ansgar wanderten.

»Guten Morgen«, warf Herr Oelde in die Klasse und nickte Frau Jansen zu, die daraufhin zur Seite trat und sich ans Fenster stellte.

»Meine Damen und Herren, Sie haben es vielleicht bereits gehört, Ihr Mitschüler Jan Lamprecht wurde am Sonntag tot aufgefunden.«

Während Herr Oelde noch etwas über den tragischen Vorfall zum Besten gab, beobachtete Dirk die knapp zwanzig Schülerinnen und Schüler. In den Gesichtern zeichnete sich keinerlei Überraschung ab, was Dirks Annahme, die Nachricht über Jan Lamprechts Tod habe in der Stadt bereits die Runde gemacht, bestätigte. Schweigend saßen die Jugendlichen an den Tischen, einige mit gesenktem Blick, andere aufmerksam Herrn Oelde zugewandt.

»Daher möchte Ihnen Kommissar Thamsen ein paar Fragen stellen«, schloss der Direktor seine einleitende Ansprache und blickte zu Dirk.

»Da die Todesumstände Ihres Mitschülers noch nicht geklärt werden konnten, brauchen wir Ihre Unterstützung. Jeder Hinweis könnte hilfreich sein.« Er machte eine kurze Pause, in der er etwas vortrat. »Ist Ihnen in der letzten Zeit irgendetwas an Jan aufgefallen? War er anders als sonst? Gab es Probleme mit ihm? Hatte er mit jemandem Streit? Hat er sich immer mehr zurückgezogen?«

Dirk blickte in die stumme Menge der Schüler, die ihn wie Fische anglotzten.

»Wie sieht es mit Drogen aus? Jan hatte eine Menge Ecstasy-Pillen bei sich«, mischte sich Ansgar ein. »Kann dazu jemand etwas sagen? Wissen Sie, ob er regelmäßig etwas genommen hat?«

»Ich sagte ja schon, dass wir hier an der Schule keinerlei Probleme mit Drogen haben, oder, Frau Jansen?«, fuhr Herr Oelde dazwischen und ließ sich seine Aussage durch ein zögerliches Nicken der Englischlehrerin bestätigen.

»Fakt ist aber«, Dirk drehte sich zu dem Direktor, der schräg hinter ihm stand, »dass Jan eine Menge Drogen bei sich hatte und an einer Überdosis Heroin gestorben ist.« Er wandte den Blick wieder den Schülern zu. »Ist wirklich niemandem etwas aufgefallen?«

Dirk nahm an einigen Tischen vereinzeltes Kopfschütteln wahr.

»Wer von Ihnen war denn näher mit Jan bekannt?«

Bewegung kam in den Raum. Die Jungen und Mädchen schauten einander an, eine Meldung erfolgte jedoch nicht.

Das gibt es doch gar nicht, dachte Dirk. War Jan Lamprecht wirklich ein absoluter Außenseiter gewesen?

»Du hattest doch öfter mit ihm zu tun«, erhob sich plötzlich eine Stimme, die zu einer blonden Schülerin gehörte. Sie wies auf einen Jugendlichen im dunklen Hoodie. Der zuckte zusammen, schüttelte jedoch sofort vehement den Kopf.

»Doch«, fiel nun ein anderer Mitschüler ein, »ich habe dich in letzter Zeit öfter mit ihm auf dem Schulhof gesehen.«

Dirk trat näher an den Angesprochenen heran. »Wie ist Ihr Name?«

»Thore Levsen. Aber ich hatte nichts mit Jan zu tun. Wirklich nicht. Der hat mich nur immer wieder blöd angelabert.«

Dirk versuchte, im Gesicht des Schülers etwas abzulesen. Der dunkelhaarige Junge schien seinem Blick krampfhaft standhalten zu wollen, doch er musste immer wieder blinzeln. War Jan vielleicht in ihn verliebt gewesen? Stimmte die Annahme von Frau Lamprecht und ihr Sohn hatte womöglich eine Beziehung zu einem Mitschüler gehabt? Zu Thore Levsen?

Oder hatte Jan Thore Drogen verkauft? War er derjenige, dem Jan Lamprecht laut Niklas' Beobachtungen ein Tütchen zugesteckt hatte?

In beiden Fällen wäre es nur zu verständlich, wenn er bestritt, irgendetwas mit Jan Lamprecht zu tun gehabt zu haben.

»Was wollte er denn von dir? Wieso hat er dich angesprochen?« Dirk trat noch näher an den Tisch, an dem Thore Levsen saß.

»Keine Ahnung, hat mich nicht interessiert. Wollte mit dem nichts zu tun haben.«

»Warum nicht?«

Der Junge in dem Hoodie zuckte mit den Schultern, während sein Blick die Tischplatte fixierte. Vor den anderen wird der kein Wort sagen, wurde Dirk klar. Und wahrscheinlich würden die anderen Schülerinnen und Schüler im Verbund ebenfalls schweigen.

»Also gut«, er trat ein paar Schritte zurück, »dann möchten wir mit jedem von Ihnen einzeln sprechen. Gibt es einen Raum, den wir nutzen können?« Die Frage richtete er an den Direktor, der ihn mit gerunzelter Stirn anschaute. »Ja, also ich weiß nicht, vielleicht, ich müsste erst schauen, welcher Raum frei ist.«

»Dann tun Sie das bitte.«

»Und Sie kommen anschließend der Reihe nach zu uns«, wandte sich Dirk erneut an die Klasse. »Bitte denken Sie bis dahin noch einmal genau nach, ob Ihnen in der letzten Zeit nicht doch irgendetwas aufgefallen ist, was im Zusammenhang mit Jan Lamprechts Tod stehen könnte.« Irgendeiner musste etwas über Jan wissen, da war Dirk sich sicher. Schließlich verbrachten die Jugendlichen jeden Tag mehrere Stunden zusammen.

»Also, Herr Oelde, wenn Sie uns jetzt einen Raum zuteilen könnten?«

»Selbstverständlich, bitte folgen Sie mir.«

7. KAPITEL

Haie hatte sich in dem kleinen Hausmeisterbüro bereits häuslich eingerichtet. Seine Jacke hing ordentlich an dem Garderobenhaken neben der Tür, seine Brotdose hatte er auf den Schreibtisch gestellt und mit der vorgefundenen Maschine einen frischen Kaffee gekocht, dessen Duft den Raum erfüllte.

Er hatte sich einen Block und einen Stift zurechtgelegt und griff zum Telefonhörer, um Herrn Frommelt anzurufen, dessen Nummer ihm Frau Hoffmann mit den Worten »Am besten, Sie klären persönlich mit ihm, was für Aufgaben anstehen« gegeben hatte.

Natürlich erhoffte Haie sich von dem Telefonat, auch etwas über Jan Lamprecht oder zumindest über die von Niklas beobachteten Drogengeschäfte auf dem Schulhof zu erfahren.

»Frommelt?«

»Ja, moin, hier ist Haie Ketelsen, Ihre Vertretung.«

»Ich habe Ihren Anruf bereits erwartet«, entgegnete sein Gesprächspartner und fing sogleich an, ihm eine Liste von Aufgaben zu diktieren. Haie hatte Mühe, so rasch alles mitzuschreiben, aber es ergab sich keine Gelegenheit, Frommelts Redefluss zu unterbrechen. Der Mann schien nicht einmal Luft zu holen.

»Puh, das ist ja eine ganze Menge«, stöhnte Haie auf, als Herr Frommelt schließlich endete.

»Ein Großteil der Gebäude ist eben sehr alt, da gibt es immer etwas zu tun«, bemerkte Herr Frommelt. »Haben Sie alles notiert? Bekommen Sie das hin?«

»Klar«, beeilte sich Haie zu antworten, »bin ja vom Fach.«

»Gut, haben Sie noch Fragen?«

»Nun ja, momentan herrscht etwas Aufregung an der Schule.«

»Sie meinen wegen Jan Lamprecht?«

»Ja, ich habe gehört, er soll Drogen auf dem Schulhof verkauft haben.«

»Das fällt nicht in Ihren Aufgabenbereich«, entgegnete Herr Frommelt. »Das ist Sache der Polizei.«

»Haben Sie denn da mal was beobachtet?«

»Wie gesagt, Sie haben andere Dinge zu erledigen und sind sicherlich fürs Erste ausgelastet.«

»Gewiss, ich wollte nur fragen, ob es da etwas gibt, was ich wissen müsste. Ich kann gerne die Augen und Ohren offen halten.«

»Mischen Sie sich am besten nicht ein. Die Probleme, die es bei uns gibt, sind sicherlich nichts Besonderes. Die gibt es an jeder anderen Schule auch.«

So recht wollte Frommelt mit der Sprache anscheinend nicht herausrücken, daher beschloss Haie, zunächst einmal eigene Eindrücke zu sammeln.

»Okay, ich versuche, hier die Stellung zu halten.«

»Sie können sich bei Fragen jederzeit an mich wenden«, bot Herr Frommelt zum Abschluss des Telefonats an.

»Das mache ich«, sagte Haie und legte auf. Dann erhob er sich und nahm den ersten Punkt auf der Liste in Angriff – Glühlampen im Eingangsbereich austauschen.

Auf dem Weg ins Erdgeschoss traf er vereinzelt ein paar Schüler, die ihn neugierig musterten.

»Ich bin die Vertretung von Herrn Frommelt, also wenn etwas ist, meldet euch gerne bei mir«, bot er an, worauf er ein erstauntes Nicken oder oftmals gar keine Reaktion erhielt. So wie er seinen Kollegen einschätzte, waren die Jugendlichen eine solche Aufforderung vonseiten des Hausmeisters nicht gewohnt. Sicherlich gehörten die Belange der Schüler nicht in seinen Aufgabenbereich, dachte Haie und schmunzelte leicht. Er war nicht hier, um Dienst nach Vorschrift zu machen. Er wollte mithelfen, den Fall zu lösen, also musste er sich in den Schulalltag einbringen.

Haie hatte den Eingangsbereich erreicht und stellte die mitgebrachte Leiter ab. Die Lampen hingen ganz schön hoch, bemerkte er, als er langsam die Sprossen emporkletterte. »Nicht nach unten sehen, nicht nach unten sehen«, ermahnte er sich, als die Leiter unter Haies Gewicht leicht ins Wanken geriet. Sein linker Fuß kam ins Rutschen, krampfhaft suchte er mit den Händen Halt an der obersten Strebe. Als er sich wieder gefangen hatte, wagte er einen Blick hinunter und sah Dirk und Ansgar dem Direktor folgend das Foyer durchqueren. Keiner der drei bemerkte ihn, was Haie einerseits leicht empörte, andererseits für seinen Einsatz hier von Vorteil war. Besser, wenn niemand von seiner Verbindung zur Polizei wusste.

Während er die Glühlampen tauschte, fragte er sich, ob Dirk bereits etwas herausgefunden hatte. Wussten die Mitschüler von Jan Lamprechts Drogendeals? Hatten sie ähnliche Beobachtungen wie Niklas gemacht? Wobei – Haie stieg vorsichtig die Leiter hinunter – könnte es nicht auch andersherum gewesen sein? Hatte Niklas wirklich gesehen, von welcher Hand zu welcher das Tütchen gewandert war?

Er klappte die Leiter zusammen und blickte auf seine Uhr, die fünf Minuten nach elf anzeigte. Sollte er Niklas in der Pause befragen? Sicherlich wäre es seinem Patensohn peinlich, vor seinen Freunden von ihm angesprochen zu werden. Aber es machte nun einmal einen gewaltigen Unterschied, ob Jan Lamprecht Dealer oder Konsument gewesen war. Er könnte Niklas eine Nachricht senden und ihn in sein Büro bitten. Seit Kurzem besaß sein Patenkind ein Handy. Haie war strikt dagegen gewesen, ihm eines zu schenken. Die Kinder verbrachten seiner Meinung nach ohnehin schon viel zu viel Zeit vorm Computer, da mussten sie sich den Rest des Tages nicht auch noch mit einem Handy beschäftigen. Er selbst benutzte seines nur im Notfall, zum Telefonieren, und nicht wie Niklas, um Nachrichten zu senden, Fotos zu posten oder was immer er sonst noch damit anstellte. Tom jedoch hatte schließlich Niklas' Bitten und Betteln nachgegeben und ihm ein Smartphone besorgt, was Haie in diesem Moment, das musste er sich eingestehen, ganz gelegen kam. Wenn er sich beeilte, las Niklas die Nachricht während des Unterrichts, denn an das Handyverbot im Klassenraum, vermutete Haie, hielt sich sein Patenkind sicherlich nicht. Wie genau funktionierte das noch mal mit diesen Nachrichten, überlegte er. Welche Taste …

Haie stutzte, als er ein Geräusch vernahm. Er blieb stehen, stellte die Leiter ab und blickte sich suchend um. Vor der Mädchentoilette entdeckte er ein dürres Etwas, das leise vor sich hin schluchzend auf ein Handy starrte.

»Kann ich dir helfen?«

Das Mädchen fuhr zusammen und schaute ihn mit großen Augen an. Eilig schüttelte es den Kopf.

»Sicher?« Haie trat ein paar Schritte auf die Schülerin zu. Er sah doch, dass sie geweint hatte.

»Es ist nix«, entgegnete sie, steckte rasch das Handy in die Jackentasche und schoss an ihm vorbei. Haie konnte gerade noch erkennen, dass sie um die nächste Ecke verschwand, als er sich umwandte.

War er froh, kein Teenager mehr zu sein, seufzte er innerlich, während er die Leiter wieder aufnahm und seinen Weg ins Hausmeisterbüro fortsetzte.

»Diesen Raum können Sie für die Gespräche nutzen.« Herr Oelde öffnete die Tür zu einem Klassenzimmer und schaltete das Licht an. »Aber ich glaube nicht, dass Ihre Befragungen etwas bringen werden. Sie haben ja selbst gesehen, dass die Schüler nichts zu dem Fall beitragen können.«

Oder nicht wollten, dachte Dirk und setzte ein Lächeln auf. »Vielen Dank.« Zusammen mit Ansgar betrat er den Raum, der trotz des grellen Lichts schummrig wirkte. Die Luft hing schwer und muffig zwischen den Wänden. Keine angenehme Atmosphäre, stellte er fest, ging zum Fenster und öffnete es weit.

»Ansgar, holst du den ersten Schüler?«

»Geht klar, Chef.« Ansgar Rolfs verließ den Raum, während Herr Oelde nach wie vor neben der Tür stand.

Es machte nicht den Anschein, als wollte er sie allein mit den Schülern sprechen lassen. Warum nicht? Traute er ihnen nicht oder hatte er etwas zu verbergen?

»Den Rest schaffen wir allein.« Dirk erwartete Einwände des Direktors, doch wider Erwarten zog er sich kopfschüttelnd zurück.

Wenig später kehrte Ansgar mit dem Mädchen zurück, das sich im Kurs zu Wort gemeldet hatte. Zögerlich betrat die Schülerin den Raum und blickte sich um.

»Setzen Sie sich bitte.« Dirk wies auf einen Stuhl und nahm anschließend neben ihr Platz.

»Wie ist Ihr Name?«, fragte er, während er sein Merkbuch aufschlug und mit gezücktem Stift auf ihre Antwort wartete.

»Mia Clausen«, vernahm Dirk ihre flüsternde Stimme und notierte den Namen. Dann legte er den Kugelschreiber zur Seite und betrachtete die junge Frau. Sie erinnerte ihn an seine Tochter Anne, die in Australien lebte und die er lange nicht gesehen hatte. Natürlich schaute sie heute anders aus, aber als Anne in Mia Clausens Alter gewesen war, hatte sie ihr Haar ähnlich getragen, bemerkte er. Halblang bis knapp über die Schulter mit einem Pony, der fransig in ihr sommersprossiges Gesicht gefallen war. Er spürte einen Stich in der Brust. Sie fehlte ihm, seine Anne. Ein leichtes Rascheln holte ihn zurück in den Klassenraum. Mia rutschte auf dem Stuhl hin und her, ihre Jacke schabte über die Rückenlehne.

»Also, Mia«, die Ähnlichkeit mit Anne gaukelte ihm

eine Vertrautheit vor, die gar nicht zwischen ihnen bestand, »du hast gesagt, dass Jan etwas mit Thore zu tun hatte?«

Er sah, wie sich ihre Wangen leicht röteten, hörte ein Räuspern. »Vielleicht habe ich da etwas missverstanden.«

»Wie kommst du darauf?«

»Na ja, Thore hat ja gesagt, dass Jan ihn immer nur blöd angelabert hat.«

»Und das glaubst du Thore?«

Mia wippte auf dem Stuhl vor und zurück, während sie mit den Schultern zuckte.

»Wenn du Jan beschreiben müsstest, was würdest du über ihn sagen?« Dirk sah, wie sich Mias Kiefer verkrampfte. Er fragte sich, was in ihr vorging.

»Komisch.«

»Komisch?«

Mia nickte langsam.

»Was genau meinst du damit?«

»Wie ich es sage«, brach es plötzlich aus ihr heraus. »Er war ein Freak, seltsam, niemand wollte etwas mit ihm zu tun haben.«

»Wieso nicht?«

Mia schaute ihn mit großen Augen an. Dirk spürte, wie sie wütend wurde, das war gut. In dem Zustand ließ sich vielleicht mehr aus ihr herausbekommen.

»Haben Sie nicht zugehört?« Sie runzelte die Stirn, als würde sie sich fragen, ob er begriffsstutzig sei. »Er war sonderlich. Hat versucht, sich an jeden ranzuwanzen. Und dann hat er mit so seltsamen Typen abgehangen.« Mia verzog das Gesicht.

»Mit was für seltsamen Typen?«

Mia legte den Kopf schief.

»Freunde waren das sicherlich nicht.«

»Wie kommst du darauf?«

»Immer wenn die aufgetaucht sind, hat Jan sich noch merkwürdiger verhalten.«

»Wie genau?«

Mia schwieg einen Moment. Dirk betrachtete ihre konzentrierte Miene. Es hatte den Anschein, als überlegte sie, wie sie Jans Verhalten beschreiben könnte. Oder hatte sie mit ihren Äußerungen übertrieben? Suchte sie eine Ausrede, um das Gesagte zu relativieren? Waren das ganz normale Jugendliche gewesen, mit denen Jan seine Zeit verbracht hatte? Oder, falls er wirklich Drogen an der Schule verkauft hatte, waren es vielleicht Konsumenten gewesen? Vermutlich waren Mia Leuten aus der Szene fremd, dachte Dirk und sie konnte sich Jans Verhalten nicht erklären. Doch er sollte sich täuschen.

8. KAPITEL

»Puh.« Haie ließ stöhnend die Haustür hinter sich ins Schloss fallen. Er musste sich eingestehen, dass ihn ein Arbeitstag mehr anstrengte, als er gedacht hatte.

Nachdem er die Glühlampen gewechselt hatte und in das Hausmeisterbüro zurückgekommen war, hatte ein Heizungsinstallateur auf ihn gewartet. Es hatte lange gedauert, bis Haie den Schlüssel zum Heizungskeller gefunden hatte, und anschließend hatte der Installateur seine Unterstützung benötigt. »Mein Kollege hat sich ganz kurzfristig krankgemeldet. Könnten Sie mir zur Hand gehen?« Haie war weder dazugekommen, einen Kaffee zu trinken, noch, seine Stullen zu essen, geschweige denn Niklas eine SMS zu schicken. Als er wieder auf die Uhr geschaut hatte, war es bereits Feierabendzeit gewesen.

Müde war er mit dem Rad nach Hause gefahren und hatte sich dabei gefragt, wie er die nächsten Tage überstehen sollte.

»Niklas?«

Die Tür zum Kinderzimmer öffnete sich und sein Patensohn streckte den Kopf heraus. »Endlich«, begrüßte er Haie. »Wann gibt's Essen?«

Haie stöhnte erneut auf. Er hatte Kopfschmerzen, fühlte sich schlapp und musste sich nun noch um den Haushalt kümmern.

Wäsche waschen, aufräumen, kochen, wie bekamen andere Leute das alles auf die Reihe? War er tatsächlich zu alt für solch eine Doppelbelastung?

»Wie wäre es mit Pizza?«, schlug Haie vor und sah, wie Niklas' Augen aufleuchteten. Fertiggerichte wie Tiefkühlpizza, Pommes oder Chicken Nuggets, die der Junge so gerne aß, kamen bei ihnen so gut wie nie auf den Tisch. Aber heute würde Haie eine Ausnahme machen, heute war alles anders. Er ging in die Speisekammer und klappte die Tiefkühltruhe auf. Zum Glück hatte er noch eine Salamipizza, damit würde er Niklas glücklich machen. Ab morgen musste er sich etwas anderes überlegen. Er war nicht zu alt. Wenn er den Tag besser plante, würde es schon gehen. Andere kriegten das auch hin – Job, Kinder und Haushalt. Das sollte kein Hexenwerk sein.

Wenig später holte Haie die Pizza aus dem Backofen und stellte sie vor Niklas hin. Er selbst hatte sich eine Fischdose zu einer Scheibe Brot aufgemacht.

»Wo ist Papa eigentlich?«

»Der wollte heute mit Astrid essen gehen.«

»Gut, dass wenigstens du da bist«, bemerkte Niklas und stopfte sich ein großes Stück Pizza in den Mund. Haie spürte, wie ihm ein wohliger Schauer über den Rücken lief. Seufzend lehnte er sich in seinem Stuhl zurück.

»Wie war's denn in der Schule?«, fragte sein Patensohn grinsend. »Habe dich gar nicht gesehen.«

»Ach«, Haie fiel augenblicklich die Frage ein, die er Niklas stellen wollte, »du hast doch gesagt, dass du gesehen hast, wie Jan jemandem ein Tütchen mit Pillen gegeben hat, oder?«

Niklas nickte mit vollem Mund.

»Kann es nicht auch andersherum gewesen sein? Ich meine, dass Jan die Pillen nicht weitergeben, sondern selbst bekommen hat?«

Niklas hielt im Kauen inne, schluckte. »Vielleicht.«

»Vielleicht?«

»Ja, so genau habe ich das nicht gesehen.«

»Du hast nicht gesehen, wer wem das Tütchen gegeben hat?«

Niklas schüttelte den Kopf. »Wieso?«

»Na, weil es einen Unterschied macht, ob man Drogen verkauft oder kauft.«

»Ich dachte, Drogen seien generell schlecht.«

»Ja, aber …«

»Und beides ist strafbar, oder?«

»Was?«

»Drogen zu verkaufen und Drogen zu nehmen, oder?«

»Ja natürlich, aber …«, Haie stockte. Wollte er Niklas wirklich weiter in seine Überlegungen mit einbeziehen? Der Junge wirkte ohnehin ein wenig verunsichert.

»Haben die Lehrer eigentlich mit euch gesprochen?«, wechselte er das Thema.

»Worüber?«

»Über Jan.«

Niklas zuckte mit den Schultern. »Frau Jansen hat uns gesagt, dass es ein ganz schlimmer Unfall war.«

»Unfall?« Haie war von der Art, wie Jan Lamprechts Tod von der Lehrerin erklärt wurde, überrascht.

»Ja, weil Jan aus Versehen zu viele Drogen genommen hat. Deswegen ist er gestorben, hat sie gesagt.«

Haie überlegte, wie Frau Jansen darauf kam. Gut, die Todesursache war eine Überdosis, aber wie konnte sie behaupten, dass Jan sie sich aus Versehen verabreicht hatte? Er würde sie morgen dazu befragen, für heute war wirklich Feierabend, beschloss Haie und lehnte sich in seinem Stuhl zurück.

Dirk saß mit Ansgar in seinem Büro bei einem Feierabendbier und ließ die Schülerbefragungen Revue passieren.

Mia war letztendlich die Einzige geblieben, die geredet hatte. Alle anderen hatten entweder geschwiegen oder behauptet, nichts zu wissen.

Bei Thore Levsen war Dirk sich sicher, dass er etwas wusste, aber nichts sagen wollte. Vermutlich aus Angst, denn entweder war er selbst in den Fall verwickelt oder aber er befürchtete, hineingezogen zu werden.

Viel besorgniserregender fand Dirk jedoch das, was Mia ausgesagt hatte, nämlich, dass Jan sich mit ziemlich düsteren Typen abgegeben hatte, wobei ihr Eindruck gewesen sei, dass er dies nicht unbedingt freiwillig getan hatte.

»Bestimmt Leute aus der Drogenszene«, mutmaßte Ansgar, als sie diesen Punkt der Aussage durchgingen.

»Na ja«, gab Dirk zu bedenken, »wenn Jan mit Drogen gehandelt hat, dann muss er sie auch irgendwo hergehabt haben.«

»Ist eigentlich Kalle Graf wieder auf freiem Fuß?«, wollte Ansgar wissen.

»Ich habe ihn zumindest neulich in der Stadt gesehen. Vielleicht sollten wir ihm einen Besuch abstatten.«

Dirk blickte auf seine Uhr. »Jetzt dürfte noch nicht allzu viel los sein in seinem Laden.« Er griff nach dem Autoschlüssel.

Kalle Graf, im Milieu nur als »Der Graf« bekannt, betrieb einen Club an der B 199 kurz vor Leck. Das Haus war von der Straße kaum zu sehen, aber ein leuchtend rotes Herz, das in einem steten Rhythmus blinkte, machte auf sein Etablissement aufmerksam.

Dirk parkte den Wagen direkt vor dem Eingang und stieg aus. Außer ihrem Auto standen noch drei weitere Pkws auf dem Vorplatz, was für diese Tageszeit als gut besucht gelten konnte, dachte Dirk.

Im verrauchten Barraum befand sich lediglich eine leicht bekleidete Frau, die hinter dem Tresen Gläser polierte.

»Moin, ist Kalle da?«, erkundigte Dirk sich.

»Kommt drauf an.« Die Frau hielt in der Bewegung inne und musterte ihn. Dirk trat an den Tresen, holte seinen Dienstausweis aus der Jackentasche und streckte ihn der Leichtbekleideten entgegen, wobei er sich bemühte, ihr ins Gesicht zu blicken und sich nicht von ihrem Auftritt ablenken zu lassen.

Die Frau zuckte mit den Schultern. »Ich schaue mal«, sagte sie und verschwand durch einen klimpernden Vorhang hinter der Bar.

Dirk drehte sich zu Ansgar um, der seinen Blick neugierig durch den Raum wandern ließ. In jeder der vier Ecken waren kleine, voneinander abgetrennte Nischen mit je einer Sitzgelegenheit und einem niedrigen Tisch eingerichtet. Gemütlich sollten diese Separees wirken, aber Dirk konnte sich trotzdem nicht vorstellen, wie in dieser Umgebung eine romantische Stimmung aufkommen sollte. Wobei Romantik in diesem Etablissement vermutlich ohnehin eine untergeordnete Rolle spielte, wurde ihm bewusst. Der Club bot eine Dienstleistung an – nicht mehr und nicht weniger.

Das Klirren des Vorhangs ließ ihn herumfahren.

»Kommissar Thamsen, welche Ehre. Womit kann ich behilflich sein?« Kalle Graf grinste ihn breit an. Sein pockennarbiges Gesicht wirkte gelblich in dem schummrigen Licht, und seine Haare hatten sich seit ihrem letzten Zusammentreffen reichlich gelichtet.

Alt war er geworden, dachte Dirk, aber die Zeit ging an niemandem spurlos vorbei.

»Sie haben ja sicherlich von dem toten Jugendlichen auf der Niebüller Bahnhofstoilette gehört.« Er trat auf Graf zu, der nun hinter dem Tresen stand und nickte.

»Auch dass er an einer Überdosis gestorben ist?«

»Hab ich gehört. Aber, ey«, Kalle hob die Hände, als würde Dirk ihn mit einer Waffe bedrohen, »damit habe ich nichts zu tun. Seit ich wieder draußen bin, konzentriere ich mich voll und ganz auf den Laden.« Er breitete seine Arme aus, als wollte er die ganze Welt umfassen. »Mit Erfolg. Sie haben sicherlich die Autos auf dem Parkplatz bemerkt. Wir haben eine Happy Hour eingeführt.« Graf zwinkerte ihm zu. »Und clean sind wir auch.«

Dirk bezweifelte, dass in Grafs Club keine Drogen konsumiert wurden, und genau deswegen war er hier. »Dann hat wohl jemand Ihren Job übernommen, während Sie, sagen wir mal, abkömmlich waren?«

Kalle Graf krauste die Stirn.

»Oder wie erklären Sie sich, dass an der Niebüller Schule Drogen im Umlauf sind?«, mischte Ansgar sich ein.

»Hey, Jungs, also damit habe ich wirklich nichts zu tun. An Kinder habe ich noch nie was verkauft.«

Dirk musterte Kalle Graf. In der Tat hatte er nie Delikte begangen, bei denen Schüler oder Schülerinnen beteiligt waren. Aber hatte er wirklich keine Ahnung, wer dahintersteckte?

»Dann haben Sie Konkurrenz bekommen?«

»Konkurrenz würde ich das nicht nennen, wie gesagt, ich bin raus aus dem Geschäft.«

»Also wäre ›Nachfolger‹ ein passenderer Begriff?«

Grafs Blick huschte zum Eingang, ehe er sich ein Stück über den Tresen beugte. Dirk roch den Alkohol in Grafs Atem, als dieser ihm zuflüsterte: »Von mir habt ihr das nicht, aber ich habe gehört, dass die Mafia ihre Fühler neuerdings bis nach Niebüll ausstreckt.«

Wenig später befanden sich Dirk und Ansgar auf dem Rückweg zur Dienststelle. Aus Graf hatten sie nichts weiter herausbekommen. Er hatte Stein und Bein geschworen, dass seine Geschäfte sauber waren.

»Mafia«, Dirk schüttelte den Kopf, während er auf den Parkplatz vor der Polizeiwache fuhr. »Das hat der sich doch ausgedacht.« Kriminelle Strukturen gab es sehr wohl im Landkreis, das organisierte Verbrechen machte vor den Grenzen Nordfrieslands nicht halt, aber mit der Mafia hatten sie es noch nicht zu tun gehabt, und Dirk bezweifelte, dass die Organisation sich ausgerechnet Niebüll für ihre Geschäfte auswählte. Da gab es weitaus lukrativere Gebiete.

»Na ja, in den Großstädten ist der Konkurrenzkampf in dem Milieu ungleich höher. Hast du nicht neulich mitbekommen, dass sich in Hamburg wieder zwei Clans bekämpfen?«

»Schon«, lenkte Dirk ein, »aber ich weiß nicht.«

»Denk nur mal an die Typen, die Mia Clausen erwähnt hat, vielleicht waren das Mitglieder der Mafia.«

Dirk nahm nach wie vor an, dass Mia Clausen mit ihren Äußerungen ein wenig übertrieben hatte – nicht absichtlich, eher aus einer gewissen Naivität heraus. Vielleicht handelte es sich bei den Typen lediglich um ungewöhnliche junge Männer, die sich einfach anders kleideten, anders verhielten. Paradiesvögel, die Jans Faszination geweckt hatten – eventuell für sein eigenes Geschlecht, was Frau Lamprechts These, ihr Sohn habe sich in einen anderen Jungen verliebt, stützte.

»Du weißt doch, wie die Jugendlichen in dem Alter sind. Vermutlich kamen die Jungs Mia nur seltsam vor, weil sie noch nie Kontakt zu einer anderen Szene hatte.«

»Ich glaube sehr wohl, dass das Mädchen ein Gespür dafür hat. Die geht mit offenen Augen durchs Leben, traut sich was. Immerhin war sie die Einzige, die den Mund aufgemacht hat. Die anderen waren stumm wie Fische, obwohl ich glaube, dass die auch etwas hätten sagen können. Auf jeden Fall sollten wir an der Schule weiterhin die Augen und Ohren offen halten.«

»Kein Problem, da habe ich bereits einen Mann eingeschleust.« Dirk grinste, während Ansgar die Augen aufriss.

»Wen?«

»Haie Ketelsen.«

»Deinen Rentnerfreund? Meinst du, er ist der Richtige für solch eine Aufgabe? Denk nur daran, wie er sich bei den letzten Fällen selbst in Gefahr gebracht hat, und wenn wir es wirklich mit der Mafia …«

»Beruhige dich, er vertritt lediglich den Hausmeister und ist damit sicherlich mehr als ausgelastet, aber ich denke, er wird das eine oder andere mitkriegen.«

9. KAPITEL

Als der Wecker klingelte, fühlte Haie sich wie gerädert. Zwar war er früh ins Bett gegangen, aber erholsam war sein Schlaf nicht gewesen. Wie sollte er nur den Tag überstehen, fragte er sich. Eigentlich hatte er vorgehabt, vor der Arbeit bei Helene etwas zum Abendessen zu besorgen, damit nicht schon wieder Fast Food auf Niklas' Teller landete, aber er konnte froh sein, wenn er es schaffte, das Frühstück zuzubereiten und anschließend sich selbst fertig zu machen.

Die Frühgymnastik musste jedenfalls ausfallen, denn heute brauchte er für alles doppelt so viel Zeit.

Stöhnend goss er sich eine Tasse Kaffee ein, nachdem dieser durchgelaufen war, und ließ sich auf einen der Küchenstühle fallen.

»Na, schlecht geschlafen?« Tom betrat die Küche. Er war heute ungewöhnlich früh auf den Beinen.

»Könntest du vielleicht heute die Einkäufe erledigen?«, bat Haie ihn.

»Oh«, Tom schnappte sich eine Scheibe Brot und belegte sie mit Käse, »ich habe heute einen Termin in Neumünster. Das kann spät werden.«

»Ach so«, seufzte Haie.

Tom goss sich ebenfalls einen Kaffee ein und nahm Platz.

Seit sie zusammenwohnten, waren die Aufgaben klar verteilt. Haie kümmerte sich um den Haushalt, dafür brauchte er keine Miete zu bezahlen, und auch sonst bestritt Tom den größten Teil der Ausgaben durch seinen Job als Unternehmensberater.

»Bisschen viel zugemutet?« Tom musterte ihn.

Haie verdrehte die Augen. Jetzt kam gleich wieder die Leier, dass er viel zu alt sei, um den Hilfssheriff zu spielen, vermutete er. Schon seit einiger Zeit behandelte Tom ihn, als gehörte er zum alten Eisen, wenngleich Haie sich heute genau so fühlte. Wie gern hätte er sich wieder zurück ins Bett verkrochen.

»Nee, habe nur einen dringenden Termin in der Schule, aber ich schaff das schon«, presste er zwischen zusammengekniffenen Lippen hervor.

»Frag doch Niklas«, schlug Tom vor.

»Niklas?« Haie verzog das Gesicht. »Dann kann ich auch gleich mit ihm zu McDonald's gehen.«

Tom grinste. »Ich muss los. Bis heute Abend.«

Haie betrachtete matt den Tisch und beschloss, das Geschirr einfach stehen zu lassen. Er bereitete für sich und Niklas noch ein paar Brote zu, dann zog er sich an und machte sich auf den Weg.

Als er sich der Schule näherte, hatte er Mühe, sich durch den Schülerstrom einen Weg zum Fahrradständer zu bahnen. Er war viel zu spät dran und wunderte sich über den Jungen im dunklen Hoodie, der auf dem Metallgestell saß und rauchte.

»Nun mal los«, forderte er den Schüler auf. »Der Unterricht fängt gleich an.«

»Ja, ja, Alter«, entgegnete der Junge und blies dabei den Rauch seiner Zigarette in Haies Richtung.

Haie wollte etwas erwidern, doch ihm fiel keine passende Antwort ein. Wie reagierte man am besten auf eine solche Bemerkung? Von Niklas war er so etwas zum Glück nicht gewohnt, und aus seiner Zeit als Hausmeister an der Grundschule kannte er solch ein Verhalten auch nicht. Kopfschüttelnd ging er zum Eingang. Erfreulicherweise schien der Bengel eine Ausnahme zu sein, denn die anderen Schüler, stellte Haie fest, strebten wie emsige Ameisen zu ihren Klassenräumen.

Als der Schulgong geläutet hatte und in den Gängen Ruhe herrschte, machte Haie einen Rundgang durchs Gebäude. Er notierte, wo Glühlampen ausgetauscht oder kleinere Reparaturen durchgeführt werden mussten. Er entdeckte ein verstopftes Klo und mehrere Stellen, an denen der Reinigungsdienst nur halbe Arbeit geleistet hatte.

Auf dem Schulhof leerte er die Mülleimer und kontrollierte auch die Bereiche vor und hinter der Schule.

Der Junge mit dem dunklen Hoodie war vom Fahrradständer verschwunden. Hatte sich wohl doch eines Besseren besonnen, dachte Haie und zuckte zusammen, als plötzlich ein Auto am Straßenrand hielt.

»Moin, Haie, alles klar?«

Er erkannte Dirks Gesicht, das er ihm durch die heruntergelassene Seitenscheibe entgegenstreckte.

Haie schaute sich nach allen Seiten um.

»Was ist los?«, wollte Dirk von ihm wissen.

Haie trat an den Wagen. »Ich denke, es ist besser, wenn

niemand etwas von unserer Verbindung weiß«, raunte er dem Freund zu.

»Na, das wird schwer, wir waren schließlich schon oft genug zusammen in der Zeitung abgelichtet«, bemerkte Dirk und spielte damit auf die letzten gemeinsam gelösten Fälle an.

»Ja, aber bei den aktuellen Ermittlungen muss man uns ja nicht unbedingt zusammenbringen.«

»Hast recht, wollte auch nur mal hören, wie es dir geht, und dich bitten, möglichst aufmerksam auch den Bereich vor der Schule zu beobachten.«

»Wieso, habt ihr einen konkreten Verdacht?«

»Nein, nicht wirklich, aber uns interessiert natürlich, ob an der Schule Drogen im Umlauf sind. Eine Zeugin hat ausgesagt, sie habe gesehen, wie Jan Lamprecht sich öfter mit seltsamen Typen abgegeben hätte.«

»Was für seltsame Typen?« Haie runzelte die Stirn.

»Keine Ahnung, schau einfach, ob sich hier Leute herumtreiben, die nichts in der Nähe einer Schule zu suchen haben.«

»Was meinst du, was ich hier mache?«, grinste Haie ihn an.

»Gut, dann weiter so.« Haie sah, wie Dirk das Seitenfenster hochfuhr und ihm zum Abschied zunickte. Dann gab er Gas.

Erneute blickte Haie sich in alle Richtungen um und atmete erleichtert auf, ehe er sich auf den Weg zum Hausmeisterbüro machte. Zum Glück war ihre Begegnung unbeobachtet geblieben.

»Ach, da sind Sie ja«, wurde Haie kurz darauf von einem jungen Mann begrüßt, der vor der Tür zu seinem Büro stand.

»Was kann ich denn für Sie tun?« Haie zog unbewusst die Augenbrauen in die Höhe und musterte den Mann, den er nicht so recht einordnen konnte. Für einen Schüler befand er ihn als zu alt, aber sein Aufzug entsprach auch nicht Haies Vorstellung von einem Lehrer. Die schwarze Jeans wies etliche Löcher auf, das Sweatshirt hatte bei zahlreichen Waschgängen anscheinend seine Farbe und Form eingebüßt. Vielleicht ein Referendar?

»Ich bin Till Menke, und in meinem Büro tropft der Wasserhahn. Das macht mich wahnsinnig.«

Haie nickte, ein tropfender Wasserhahn konnte einen auf die Palme bringen, das wusste er aus eigener Erfahrung.

»Ich schaue mir das so schnell wie möglich an. Wo genau ist Ihr Büro?«

Der junge Kerl nannte ihm eine Raumnummer. »Okay, dann bis später«, verabschiedete sich Menke.

Haie öffnete die Tür zu seinem Reich und ließ sich auf den Stuhl vor dem Schreibtisch fallen. Jetzt war erst einmal Zeit für einen Kaffee, beschloss er und stellte die Maschine an, aus der wenig später ein aromatischer Duft strömte, den Haie tief einsog, während er sich eine Tasse eingoss.

Als Dirk in die Dienststelle kam und das Büro betrat, saß Ansgar bereits an seinem Schreibtisch und wartete auf ihn. Vor sich hatte er etliche Akten ausgebreitet, die er nun zusammenschob.

»Was machst du da?«

»Ich habe mir die letzten Drogendelikte in der Gegend nochmals angeschaut.«

»Und?«

»Ist tatsächlich alles eher Kleinkram. Wahrscheinlich hast du recht und solche Geschäfte lohnen sich nicht für die Mafia.«

Dirk nickte. »Trotzdem müssen wir irgendwie weitermachen«, seufzte er. Den Fall einfach zu den Akten legen, wie es die Husumer anscheinend taten, weil sie in Jan lediglich ein Opfer der eigenen Drogensucht sahen, konnte er nicht. Es gab einfach zu viele Ungereimtheiten, als dass er die Sache für sich abschließen könnte.

»Nur wie und wo?« Ansgar schaute ihn mit einem ratlosen Ausdruck in den Augen an.

»Nach den Schülern sollten wir jetzt noch einmal mit der Mutter sprechen«, schlug Dirk vor. »Bei der Gelegenheit können wir auch das Zimmer von Jan Lamprecht unter die Lupe nehmen.«

»Gute Idee.«

Etwa eine halbe Stunde später fuhren sie über den alten Außendeich Richtung Fahretoft. Ansgar seufzte laut neben Dirk auf dem Beifahrersitz.

»Was ist?«

»Schau dir nur die weite Landschaft an, wie friedlich alles ausschaut.«

Dirk nickte, obwohl die Realität anders aussah. Raub, Diebstahl, Körperverletzung, Einbruch und auch Mord waren in Nordfriesland zwar nicht an der Tagesordnung, aber trotzdem vorhanden. In seiner Laufbahn als Polizist hatte er in viele Abgründe des menschlichen Daseins blicken müssen und sich zu oft die Frage gestellt, warum die Menschen nicht einfach friedlich miteinander leben konnten.

Der Mensch war eben, wie er war. Neid, Hass, Habgier, Eifersucht – diese Empfindungen würden immer ihr Dasein bestimmen. Dirk grinste Ansgar leicht an. »Stell dir nur vor, es gäbe keine Verbrechen, dann wären wir glatt arbeitslos.«

Ein paar Minuten später erreichten sie den Wohnort der Lamprechts in Fahretoft.

»Hoffentlich ist jemand zu Hause.« Ansgars Bemerkung ließ Dirk vermuten, dass seinem Mitarbeiter das Gebäude ähnlich leblos erschien wie ihm.

An den Fenstern zur Straße hin waren die Vorhänge zugezogen, nichts deutete darauf hin, dass Leben darin herrschte. Wider Erwarten löste die Türklingel die Starre. Das Schaben eines Stuhls über den Fußboden war zu hören, Schritte näherten sich, dann erschien Frau Lamprecht in der Tür. Ganz in Schwarz und mit rot geränderten Augen.

»Oh, Sie«, rief sie erstaunt auf, »haben Sie Neuigkeiten?«

Dirk spürte einen Stich in der Brust, als er den Kopf schüttelte. »Aber wir haben ein paar Hinweise, denen wir nachgehen. Können wir reinkommen?«

Frau Lamprecht trat zur Seite und führte sie ins dunkle Wohnzimmer. Anstatt die Vorhänge aufzuziehen, knipste sie das Licht an.

»Eine Mitschülerin hat bei unserer Befragung ausgesagt, sie habe Jan in der letzten Zeit öfter mit ein paar seltsamen Typen gesehen.«

»Seltsame Typen?« Ein Fragezeichen bildete sich in Frau Lamprechts Gesicht. »Ja, also wie bereits erwähnt, ich weiß nicht genau, zu wem Jan Kontakt hatte. Haben denn seine Mitschüler nichts erzählt? Gab es da niemanden, der etwas wusste?«

»Ein Thore Levsen hatte anscheinend mit Jan zu tun. Kennen Sie ihn?«

»Thore?« Frau Lamprecht verfiel in Schweigen. Dirk konnte ihr ansehen, wie verzweifelt sie versuchte, eine Verbindung zwischen Jan und dem genannten Namen herzustellen. Nach einer Weile schüttelte sie den Kopf.

»Und ist Jan mal von jemandem zu Hause abgeholt worden oder gab es Anrufe für ihn?«, hakte Ansgar nach.

»Ach«, Frau Lamprecht ließ sich seufzend in einen Sessel fallen, »glauben Sie mir, ich habe mir selbst schon das Hirn zermartert. Aber immer wieder muss ich feststellen, dass ich mein Kind gar nicht richtig gekannt habe.« Sie schluchzte auf. »Ich bin eine schlechte Mutter.«

»Nein, das dürfen Sie nicht von sich denken.«

»Mein Mann sagt das auch.«

Dirk schluckte. In solch einer Situation sollten Partner füreinander da sein und sich nicht gegenseitig beschuldigen. »Das meint er gewiss nicht so. Wahrscheinlich hat er das nur in seiner Trauer gesagt«, versuchte er Frau Lamprecht zu trösten.

»Nein, er hat ja recht. Ich weiß im Grunde genommen nichts über Jan.«

»Was ist denn mit Ihrer Annahme, dass er einen Freund gehabt haben könnte? Das ist doch etwas.«

»Ja, aber es ist eben nur eine Vermutung.« Frau Lamprecht sprang plötzlich auf. »Meinen Sie, dieser Thore hatte etwas mit Jan? Waren die beiden ein Paar?«

»Frau Lamprecht, das können wir nicht sagen. Jans Mitschüler sind sehr verschlossen, was aber auch daran liegen könnte, dass er sehr wenig Kontakt zu ihnen hatte. Vielleicht, weil er die Klasse wiederholt hat.«

Siedend heiß fiel Dirk ein, dass sie in dem ganzen Trubel vergessen hatten, sich die Namen der ehemaligen Mitschüler von Jan geben zu lassen. Wie konnte ihm das nur passieren?

»Und Sie kennen sonst niemanden, auch nicht aus seiner ehemaligen Jahrgangsstufe?«

»Nein, ich ...« Frau Lamprecht ließ sich wieder auf dem Sessel nieder.

»Dürften wir uns vielleicht mal Jans Zimmer ansehen?«, fragte Ansgar.

»Sein Zimmer? Ja, also, wenn Sie meinen ...«

Sie stand auf und stieg mit ihnen die Treppe hinauf ins Obergeschoss.

»Hatte Ihr Sohn eigentlich ein Handy?«, fragte Ansgar, während sie Frau Lamprecht folgten.

»Ja natürlich. Ich habe ja ständig versucht, ihn Samstagnacht zu erreichen. Hatte er es nicht bei sich?«

»Die Kollegen haben keins gefunden. Können Sie mir gleich die Nummer aufschreiben?«

»Natürlich.« Frau Lamprecht machte Halt. »Hier ist es.« Sie stieß eine Tür gegenüber dem Treppenabsatz auf, blieb aber selbst an der Schwelle stehen. »Ich habe es nicht betreten, seit ...« Frau Lamprecht wandte sich ab.

Dirk steckte den Kopf ins Zimmer, aus dem ihm ein miefiger Geruch entgegenschlug. Eine Mischung aus ungewaschenen Klamotten und einem billigen Deodorant, kalter Pizza und klebriger Limonade. Eine normale Jungenbude, stellte er fest.

An den Wänden hingen ein paar Poster von ihm unbekannten Leuten, vermutlich Musiker, wie er aus den abgebildeten Instrumenten schloss. Unter dem Fenster stand ein schmaler Schreibtisch, auf dem sich Zettel und Hefte um einen Computer türmten.

»Hatte er auch einen Laptop?« Dirk drehte sich zu Frau Lamprecht, die den Kopf schüttelte. »Er brauchte den Computer ja nur für die Schule, für seine Hausarbeiten.«

Dirk bezweifelte, dass Jan Lamprecht den PC nur für seine Schulaufgaben verwendet hatte, und schaltete ihn ein.

Ein Sperrbildschirm flammte auf.

»Kennen Sie das Passwort?«

Dirk sah über seine Schulter, wie Frau Lamprecht mit großen Augen auf den Bildschirm starrte.

»Dürfen wir den vielleicht mitnehmen?«

Er würde keine offiziellen Ressourcen für die Untersuchung nutzen können, denn für die Kripo lag in diesem Fall kein Tötungsdelikt vor, aber ein Kollege in Kiel schuldete ihm noch einen Gefallen.

»Wenn Sie meinen, dass das hilft, Jans Tod aufzuklären.«

Dirk nickte Ansgar zu, der sich unter den Schreibtisch bückte und den Netzstecker zog.

Dirk schob ein paar Zettel auseinander, öffnete die Schubladen des Schreibtisches. Die Dinge, die er vorfand, wirkten alle recht unpersönlich auf ihn. Keine handschriftlichen Notizen, Skizzen, Bilder oder Fotos mit Freunden, wie Dirk es von seinen Kindern kannte.

Ansgar nickte ihm zu und hob den Computer an.

»Gut, Frau Lamprecht, wir melden uns dann bei Ihnen.«

10. KAPITEL

Schon so spät? Haie blickte auf seine Uhr. Die vielen Aufgaben hatten ihn glatt die Zeit vergessen lassen. Er war nicht einmal dazu gekommen, mit Niklas' Lehrerin, Frau Jansen, zu sprechen, wie er es vorgehabt hatte, geschweige denn war ihm aufgefallen, wie ruhig es mittlerweile in der Schule war. Vermutlich waren die meisten Schüler bereits vor Stunden nach Hause gegangen.

Er packte seine Brotdose in den Rucksack und nahm sein Handy vom Schreibtisch, als sein Blick auf einen Zettel fiel, auf dem er notiert hatte, was er nicht hatte vergessen wollen: »Menke Wasserhahn tropft.«

»Mist«, fluchte Haie leise. Das musste er morgen früh als Erstes erledigen, schwor er sich und legte das Notizblatt mitten auf die Schreibtischplatte, wo er es sicherlich nicht übersehen würde. Nur kurz Bescheid geben, dass sich die Reparatur verzögerte, sollte er. Falls Menke überhaupt noch da war.

Er zog seine Jacke an und nahm seinen Rucksack, den er sich über die Schulter hängte.

Drei Anläufe brauchte Haie, um Menkes Büro zu finden. Einmal befand er sich im falschen Gebäude, ein weiteres Mal ein Stockwerk zu tief. In der Stille hallten seine Schritte doppelt laut und die Beleuchtung erschien ihm sehr schummrig. War denn schon wieder irgendwo eine Lampe defekt? Haie blieb stehen und reckte den Hals. Nein, er konnte nichts entdecken.

Zielstrebig setzte er seinen Weg fort und erreichte wenig später endlich den richtigen Raum, was ihm ein Schild neben der Tür bestätigte. »Till Menke, Schulsozialarbeiter«. Ach, dachte Haie, deswegen hatte der junge Mann ein eigenes Büro. Er hatte sich schon gewundert, warum ein Referendar oder Lehrer einen Raum für sich haben sollte. Und es erklärte auch Menkes Aufzug. Vermutlich dachte er, mit seinem Kleidungsstil sei er mit den Jugendlichen auf Augenhöhe und hob sich nicht zu sehr von ihnen ab. Na ja, urteilte Haie, wenn es denn funktionierte, und klopfte an die Tür.

»Hallo?« Haie pochte erneut und drückte beinahe zeitgleich die Türklinke hinunter. Verschlossen. Das hatte er erwartet.

Er würde morgen wiederkommen. Jetzt störte der tropfende Wasserhahn ohnehin niemanden.

Er drehte sich um und stockte in der Bewegung. Was war das für ein Geräusch? Ein Schluchzen? Ein Schatten zeichnete sich auf dem Flurboden ab, gleich darauf bog ein Mädchen um die Ecke. Haie erkannte es an der bunten Jacke. Es war die Schülerin, die er gestern bereits weinend vor dem Toilettenraum angetroffen hatte.

»Was machst du denn noch hier?«

Das Mädchen hob den Kopf und sah ihn mit zusammengekniffenen Augen an. Mitten auf der Stirn prangte eine Platzwunde, aus der ein dünnes Rinnsal Blut ins Gesicht lief.

»Ich, ähm, ist Herr Menke nicht da?« In ihrer Stimme schwang Panik mit.

Haie schüttelte den Kopf. »Was hast du denn gemacht?« Er trat auf sie zu.

»Ich … Es ist nichts.«

»Nichts? Das ist eine ganz schöne Platzwunde.«

»Ja … Ich, ähm, also, ich bin auf der Treppe ausgerutscht und mit dem Kopf gegen das Geländer geknallt. Ich wollte deswegen zu Herrn Menke, ich brauche ein Pflaster.«

»Na, dann komm mal mit.«

Haie wandte sich zum Gehen, drehte sich jedoch nochmals um. Das Mädchen stand, wie er vermutet hatte, auf dem Gang und bewegte sich nicht. »Na los«, trieb Haie sie an, »so kannst du ja nicht heim, sonst denken deine Eltern womöglich noch, du seist verprügelt worden.« Haie setzte zu einem Grinsen an, stoppte aber in der Reaktion, als er den Gesichtsausdruck der Schülerin sah.

»Nein, es war nur ein Unfall«, beeilte sie sich zu sagen und näherte sich.

»Kann ja mal passieren«, presste Haie hervor. Er hatte das Gefühl, mit seiner Bemerkung ins Schwarze getroffen zu haben. War sie wirklich geschlagen worden? Von wem?

Niklas war früher immer mal wieder in kleinere Raufereien verwickelt gewesen. Aber soweit Haie sich erinnern konnte, hatte kein Beteiligter jemals eine Platzwunde davongetragen. Und mittlerweile merkte er, dass sein Patensohn älter wurde. Auseinandersetzungen löste er verbal anstatt mit Fäusten. Haie warf einen Blick über die Schulter. Die Schülerin folgte ihm mit gesenktem Kopf.

»So, dann komm mal schnell rein«, forderte Haie sie auf, als sie sein Büro erreicht hatten und er aufschloss. »Setz dich.« Er deutete auf den Stuhl vor seinem Schreibtisch. »Hier muss ja irgendwo ein Verbandskasten sein«, mutmaßte er, während er anfing, die Schränke zu durchsuchen. »Ha«, fuhr er triumphierend auf, als er nach wenigen Augenblicken eine rote Plastikkiste mit weißem Kreuz entdeckt hatte. »Dann wollen wir dich mal verarzten.«

Er schaltete die Schreibtischleuchte an und richtete den Lichtstrahl auf das Gesicht des Mädchens, das blinzelnd versuchte, der Helligkeit standzuhalten.

»Das wird eine Weile schmerzen«, kommentierte Haie die Verletzung auf der Stirn. »Aber bleiben wird nichts.« Er zwinkerte ihr zu.

»Wie heißt du eigentlich?«

»Judith«, flüsterte sie und verzerrte das Gesicht, als Haie die Wunde mit Desinfektionsmittel säuberte. Anschließend schnitt er ein Pflaster zurecht und klebte es ihr auf die Stirn.

»So, das müsste fürs Erste gehen. Hast du Kopfschmerzen, ist dir übel?«

»Nein.«

»Trotzdem sollte dich jemand abholen. Willst du deine Eltern anrufen?«

Judith nickte langsam. »Könnte ich Ihr Telefon benutzen?«

Haie runzelte die Stirn. »Hast du denn kein Handy? Gestern habe ich dich doch …«

»Das habe ich verloren.«

»Verloren? Beim Sturz? Dann sollten wir es suchen gehen.«

Judith zuckte mit den Schultern.

»So ein Handy kostet viel Geld.«

»Das weiß ich«, zischte sie ihn an.

»Ja los, worauf wartest du? Wir suchen dein Telefon. Jetzt.«

Haie drehte sich zur Tür, aber Judith machte keinerlei Anstalten aufzustehen.

»Was ist?« Ein Handy bedeutete für die jungen Leute von heute alles, das wusste Haie. Niklas hatte mal behauptet, dass sich sein gesamtes Leben in diesem kleinen Gerät befinde. Was Haie natürlich für übertrieben hielt, trotzdem war ihm bewusst, welch hohen Stellenwert das Handy in der Welt seines Patensohnes hatte.

»Ich, ähm, also, ich habe es nicht verloren.«

»Nicht? Aber wo ist es dann?«

Judith starrte auf ihre Finger, die sie in ihrem Schoß ineinander verschlungen hatte. »Es ist mir geklaut worden.«

»Kann ich dir morgen einen Mitarbeiter schicken, der den Computer vorbeibringt?«

»Natürlich, aber ich weiß nicht, wie schnell ich es schaffe, ihn zu untersuchen. Wir haben hier wirklich alle Hände voll zu tun«, antwortete Jörn Kaminski, Dirks Kieler Kollege.

»Das weiß ich doch, aber wir tappen hier völlig im Dunkeln und sind auf jeden Hinweis angewiesen.«

»Ich dachte, es handelt sich bei dem Jungen um ein Drogenopfer?«

»Schon, nur haben wir bei der Leiche keine Spritze sichergestellt, und auch sonst weist bei dem Toten nichts auf einen regelmäßigen Heroinkonsum hin.«

»Ach so? Ja dann, klar, schick den Kasten rüber, ich schaue mal, was ich machen kann. Ist auch ein Handy dabei?«

»Das haben wir bisher leider noch nicht gefunden.«

»Hm, habt ihr versucht, es zu orten?«

Dirk räusperte sich. »Nun, die Husumer …«

»Okay, verstehe«, entgegnete Kaminski, »wenn du mir die Nummer schickst, kümmere ich mich darum.«

»Danke, mach ich«, entgegnete Dirk und verabschiedete sich.

Hoffentlich entdeckte sein Kieler Kollege etwas Brauchbares, denn Dirk hatte nicht übertrieben – sie kamen einfach nicht voran, was den Fall betraf.

Er könnte morgen die Liste der diesjährigen Abiturienten anfordern und überprüfen, wer von ihnen Kontakt zu Jan Lamprecht gehabt hatte. Viel versprach er sich davon allerdings nicht, denn wenn Jans ehemalige Mitschüler ähnlich verschlossen reagierten wie die aktuellen, würde eine Befragung sie wenig weiterbringen. Langsam, aber sicher gingen ihnen die Ansätze aus. Er konnte und wollte nicht akzeptieren, dass Jan sich den goldenen Schuss selbst gesetzt hatte. Er fuhr sich übers Kinn. Dirk konnte sich aber auch nicht vorstellen, dass jemand die Spritze und das restliche Fixerbesteck weggeschafft hatte, ohne den Toten zu melden. Außer der Täter.

Soweit er wusste, waren die Bahnhofshalle sowie alle Mülleimer an den Bahnsteigen von der SpuSi untersucht worden. Wenn, musste die Spritze außerhalb des Bahnhofs entsorgt worden sein. War das Gelände rund um den Niebüller Bahnhof abgesucht worden? Eigentlich war er davon ausgegangen, doch als er den Bericht der SpuSi nochmals durchging, fand er darüber keine Angaben. Die werden doch den Radius weiter gezogen haben oder etwa nicht, überlegte Dirk.

Nachdem er eine Mail an Kaminski mit Jan Lamprechts Handynummer geschickt hatte, stand er auf und nahm seine Jacke.

»Machst du Feierabend?«, erkundigte sich Ansgar, als er in dessen Büro schaute. Sein Mitarbeiter sah müde aus, die Haare waren ungekämmt, und rasiert hatte er sich seit dem Leichenfund anscheinend auch nicht.

»Nee, ich wollte noch mal zum Bahnhof.«

»Ich komm mit.«

»Nein, du machst jetzt Feierabend«, ordnete Dirk an, »ich brauche dich morgen früh ausgeruht.«

Natürlich sahen vier Augen mehr als zwei, aber oftmals kamen Dirk die besten Ansätze, wenn er allein ermittelte.

Allein war er um diese Uhrzeit allerdings nicht am Bahnhof. Die Pendler von der Insel strömten gerade aus der Halle, als er seinen Wagen vor dem alten Postgebäude parkte. Eilig strebten die Leute zur Kleinbahn, zum Bus oder zum nahen Parkplatz. Ein paar Fahrradfahrer sah Dirk ebenfalls. Als er beobachtete, wie ein Mann sein Fahrrad aufschloss, musste er unweigerlich an Haie denken. Ob dem Freund an der Schule schon etwas aufgefallen war?

Er wählte Haies Nummer, doch als er nach dem sechsten Klingeln nicht abhob, legte er wieder auf.

Langsam wurde es ruhiger am Bahnhof, nur ein paar Nachzügler querten den Vorplatz. Dirk stieg aus, blickte sich um und ging zunächst Richtung Wasserturm. Direkt vor dem alten Gebäude befanden sich die Bushaltestellen. Er spähte in einen der Mülleimer. Leer. Mist, er war zu spät. Die Stadtreinigung hatte die Behälter bereits geleert, denn auch in den anderen Mülleimern lag bis auf ein paar leere Zigarettenschachteln und Essensreste kaum etwas. Er holte einen Latexhandschuh aus der Jackentasche und kramte zwischen den Abfällen herum. Vorbeigehende Passanten betrachteten ihn argwöhnisch. Kein Wunder, er sah weder wie ein Obdachloser noch wie ein Pfandflaschensammler aus, aber die Blicke waren ihm egal. Er musste etwas finden.

Doch da war nichts.

Mensch, Dirk, hast du wirklich geglaubt, der Täter habe die Beweismittel direkt vor dem Bahnhof entsorgt und die Kollegen hätten sie nicht entdeckt? Er schüttelte den Kopf über sich selbst.

Er ging hinüber zum Wasserturm. Neben der Tür war eine Halterung für Flyer befestigt. Er nahm einen heraus und betrachtete die Abbildungen des umgebauten Gebäudes. Nicht übel, was man aus dem alten Ding gemacht hatte, dachte er und hörte, wie am Bahnübergang an der Gather Landstraße die Schranken heruntergelassen wurden.

Dirk trat näher an das Gebüsch heran, das ihn von den Gleisen trennte, um die Einfahrt des Zuges zu beobachten. Nicht gerade ein ruhiger Ort für eine Übernachtung, kommentierte er gedanklich die kreischenden Bremsen des Zuges. Er wollte schnell kehrtmachen, um nicht in den nächsten Pendlerstrom zu geraten, als er aus dem Augenwinkel etwas im Gebüsch registrierte.

Das gibt es ja wohl nicht, dachte er. Dirk bückte sich und griff mit leicht zitternder Hand zwischen die Äste der Sträucher. Zum Glück trug er noch Handschuhe, denn es handelte sich tatsächlich um eine Spitze, die er hervorangelte. Als er sich aufrichtete, verspürte er einen leichten Schwindel. Er taumelte rückwärts und stieß mit einem jungen Mann zusammen.

»Mensch, pass doch auf«, zischte Dirk ihn an, seinen Blick fest auf das Fundstück gerichtet. Der Jugendliche nahm die Spritze in Dirks Hand wahr, zuckte zusammen und eilte rasch weiter.

Na ja, dachte Dirk, er sah auch nicht gerade vertrauenerweckend aus. Im Handschuhfach seines Wagens befanden sich Beweismittelbeutel. Dirk ließ die Spritze vorsichtig in eines der kleinen Plastiktütchen gleiten. »Mal sehen, ob du uns nicht weiterbringst«, flüsterte er dabei lächelnd.

»Stellt euch nur mal vor, der Judith ist an der Schule das Handy geklaut worden,« empörte sich Haie, während er mit Niklas und Tom zu Abend aß.

Er hatte es natürlich nicht geschafft, einzukaufen, zum Glück aber in der Vorratskammer noch Eier, Gewürzgurken und eine Dose Würstchen gefunden, die er warm gemacht hatte. Dazu reichte er Brot und nannte die Mahlzeit »Altdeutsch«.

»Kommt so etwas öfter vor?« Haie blickte Niklas fragend an, der sich gerade eine Gewürzgurke aus dem Glas angelte.

»Kann sein.«

»Wie, kann sein? Beklauen sich die Mitschüler gegenseitig?«

»Nicht alle.«

»Was heißt denn das?«, mischte Tom sich ein.

»Na, manche sind halt Opfer und werden abgezogen.«

»Von wem?«, wollte Haie wissen.

Niklas zuckte mit den Schultern.

»Aber das ist kriminell, das muss angezeigt werden. Das geht doch nicht!«, ereiferte sich Haie. Seine Wangen glühten. »Weiß euer Direktor davon?«

»Denke schon.«

»Und er macht nichts?«, wunderte Tom sich.

»Papa, was soll der groß machen? Was glaubt ihr, was da teilweise an der Schule abgeht!«

»Was denn?« Haie legte sein Besteck zur Seite und bemerkte, wie Niklas mit den Augen rollte, während er sein Handy aus der Hosentasche zog, es entsperrte und es ihm nach einigem Getippe und Gewische hinhielt. Auf dem schmalen Bildschirm lief ein Video, wackelig und leicht verschwommen, dennoch konnte Haie deutlich erkennen, wie ein pummeliger Junge heulend auf dem Boden saß und seine Sneakers auszog. Aus dem Hintergrund dröhnten Gejohle und Gelächter.

»Was ist das?«

»Na, die ziehen den ab. Guck doch mal, nagelneue Nike Air Max 90.« Niklas schob ihm das Handy noch dichter unter die Nase.

»Das muss man anzeigen«, sagte Haie, als er sah, wie der Junge die Schuhe schließlich seinem Gegenüber hinter der Kamera reichte und sich dann nur mit Strümpfen bekleidet unter dem hämischen Gekicher seiner Peiniger aufrappelte und schluchzend davonschlich.

»Misch dich nicht ein, das macht alles nur noch schlimmer«, erklärte Niklas.

»Woher willst du das wissen? Hast du das schon mal durchgemacht?«

Zu Haies Erleichterung schüttelte der Junge den Kopf. »Ich weiß aber von einem Mitschüler, der abgezockt wurde. Dessen Eltern haben sich beim Direktor beschwert, danach wurde Leon grün und blau geschlagen.«

»Waaaaas?«, fuhr Haie auf. Er konnte nicht glauben, dass sich so etwas an Niklas' Schule abspielte. »Wir leben hier in einem Rechtsstaat.«

»Mag sein«, mischte Tom sich wieder ein, »aber trotzdem läuft in diesem Land ja nicht alles nach dem Prinzip Friede, Freude, Eierkuchen. Solange Niklas nicht betroffen ist, lass es gut sein.«

»Gut sein? Aber das geht nicht. Was ist mit Judith? Das Handy hat sicherlich mehrere hundert Euro gekostet, wer ersetzt es ihr denn nun?«

»Papa hat recht. Am besten, du hältst dich da raus. Sonst machst du es nur noch schlimmer für sie.«

11. KAPITEL

Am nächsten Morgen war Dirk in aller Herrgottsfrühe aufgestanden. Er hatte Ansgar gebeten, bei der Schule die Liste der ehemaligen Mitschüler anzufordern und schon einmal mit der Befragung der Abiturienten zu beginnen.

»Du weißt aber schon, wie viele das sind, oder?«, hatte Ansgar Rolfs ihn gefragt.

»Natürlich, aber da wir nicht wissen, wer von ihnen Kontakt zu Jan Lamprecht hatte, bleibt uns nichts anderes übrig, als alle zu kontaktieren. Ich komme so schnell wie möglich dazu, um dich zu unterstützen.«

Er wollte Jan Lamprechts Computer und die Spritze persönlich nach Kiel bringen, immerhin handelte es sich um eine inoffizielle Untersuchung, die der befreundete Kollege für ihn durchführte, und von der Spritze wusste Kaminski noch gar nichts. Dirk hoffte, sein Punktestand auf dem Gefallen-Konto reichte auch dafür noch aus.

»Du?«, begrüßte ihn Jörn Kaminski, »ich dachte, du wolltest einen Kollegen schicken?«

»Ja, wollte ich, aber …« Mit einem Knistern zog Dirk den Beweisbeutel aus seiner Jackentasche. »Das habe ich gestern am Bahnhof gefunden.«

»Ja und?« Jörn Kaminski nahm ihm die Plastiktüte ab.

»Meinst du, euer Tote war der Einzige, der Drogen am Bahnhof konsumiert hat? Die könnte beinahe von jedem stammen.«

Dirk schluckte. »So viele Drogenkonsumenten haben wir in Niebüll nun auch wieder nicht.«

»Na, gib mal her, ich bringe sie nachher zu den Kollegen ins Labor.« Dirk reichte Kaminski den Beutel, der ihn mit einem Aufkleber versah, beschriftete und in eine rote Plastikbox mit der Aufschrift ›Kriminaltechnik III‹ legte, ehe er sich dem PC zuwandte.

»Was den Computer betrifft«, sagte er und schloss ihn an einen Bildschirm an, »kann es etwas dauern, es sei denn …«, er startete den Rechner, wartete kurz, ehe er versuchte, den Computer zu entsperren. »Och nee, okay, der Nutzer war nicht leichtsinnig.«

»Wie kommst du darauf?« Dirk blickte Kaminski über die Schulter.

»Na, du glaubst gar nicht, wie viele Leute ›Sonne1234‹ als Kennwort nutzen.«

Dirk fing das Grinsen des Kollegen auf und spürte, wie ihm das Blut in die Wangen schoss. Auf seinem privaten Gerät verwendete er ein ähnlich simples Passwort. »Wie kompliziert ist es denn?«

»Na, da muss ich schon etwas Zeit investieren. Das kann dauern. Du siehst ja selbst, was hier los ist.« Jörn Kaminski wies auf etliche Computer, die ringsherum verteilt auf den Tischen im Raum standen. »Und auch die Kollegen haben viel zu tun. Wir haben einfach zu wenig Personal.«

Dirk nickte und versuchte, dabei eine verständnisvolle Miene aufzulegen. Er wusste, dass die Polizei in Schleswig-

Holstein chronisch unterbesetzt war. Aber er brauchte dringend Hinweise.

»Vielleicht kannst du …?«

»Ich schaue, was ich machen kann.«

Die Euphorie, die Dirk auf der Hinfahrt verspürt hatte, verflüchtigte sich, und Frust klang in seiner Stimme mit, als er entgegnete: »Ja gut, danke.«

Es ging einfach nicht voran in dem Fall. Eine bleierne Müdigkeit ergriff von ihm Besitz, er setzte zu einem Gähnen an, brach aber ab, als Kaminski sagte: »Das Handy habe ich aber schon mal orten lassen.«

»Ach, echt? Und?« Hoffnung keimte in Dirk auf.

»Scheint aktuell ausgeschaltet zu sein. Das letzte Mal, als ein Signal gesendet wurde, war, Moment …«

Dirk beobachtete, wie Jörn Kaminski sich zu einem Laptop drehte, und spürte, wie sein Herz außer Takt geriet. »Montagmittag.«

»Montagmittag?«, fuhr Dirk auf. »Aber da war der Junge ja schon tot und … Wo war es eingeloggt?«

Kaminski beugte sich wieder über den PC. »Den Koordinaten nach am Niebüller Bahnhof.

»Die SpuSi hat aber nichts gefunden.«

»Geh noch mal schauen. Die Ortung ist nicht bis auf den Meter genau möglich, kann sein, dass das Handy auch in dem Gebüsch liegt, wo du die Spritze gefunden hast. Vielleicht hat euer Täter beides zusammen weggeworfen. Möglich, dass der Akku inzwischen leer oder das Gerät feucht geworden ist und deshalb kein Signal sendet.«

»Okay, mach ich. Danke schon mal«, verabschiedete sich Dirk.

Kaminskis Erklärungen klangen plausibel, trotzdem schätzte er die Wahrscheinlichkeit, das Telefon zu finden, als eher gering ein. Ein Handy in demselben Gebüsch, das wäre ihm doch aufgefallen, oder? Vielleicht hatte jemand anderes es bereits gefunden und mitgenommen. Oder der Täter hatte es immer noch bei sich, schaltete es aber nicht ein. Nur wie erklärte sich dann das Signal am Montagmittag am Niebüller Bahnhof? Ein zweiter Blick konnte nicht schaden. Dirk fuhr sich mit der Hand über die Stirn. Ihm surrte der Kopf, besser, er machte eine Pause, ehe er zurückfuhr.

Vielleicht hatte Timo Zeit für einen schnellen Kaffee?

»Papa, das ist ja eine Überraschung«, hörte er die Stimme seines Sohnes, nachdem dieser seinen Anruf angenommen hatte.

»Ich musste spontan nach Kiel. Hast du zufällig Zeit?«

»Hm, eigentlich ...«

»Wenn es nicht geht, verstehe ich das«, beeilte Dirk sich zu sagen. Sein Sohn war erwachsen, hatte sein eigenes Leben.

»Doch, doch, eine kurze Kaffeepause kann ich einrichten. In einer halben Stunde im Welcome Café am Stresemannplatz?«

»Super, bis gleich«, freute sich Dirk.

Er parkte am Bahnhof und ging am Wasser entlang zum Café. Kiel hatte er nie viel abgewinnen können, aber bei schönem Wetter, musste er feststellen, hatte die Stadt an der Förde durchaus ihre Reize. Einen Moment blieb er stehen und blickte aufs Wasser. Egal ob Nord- oder Ostsee, das Meer hatte ihn geprägt. Das gleichmäßige Rauschen der Wellen beruhigte ihn, die salzige Luft machte seinen Kopf frei. Das Meer war ein beständiger Begleiter in seinem Leben, das Geborgenheit und Freiheit vereinte und ihn sich selbst spüren ließ. Er konnte sich nicht vorstellen, irgendwo anders zu leben. Die See war sein Zuhause, ein Teil von ihm. Dirk atmete tief ein, ehe er weiterging.

Das Café war um diese Zeit gut besucht, was Dirk mit gerunzelter Stirn kommentierte. Hatten die Leute nicht zu arbeiten? Eine kribbelnde Wärme stieg in ihm auf, als ihm bewusst wurde, dass er selbst auch nicht freihatte und sich diese winzige Auszeit ergaunerte.

Er wählte einen Tisch in der Nähe des Eingangs und setzte sich. Wenig später betrat Timo das Café. Er wirkte so erwachsen, trug einen dunklen Anzug und passende Lederschuhe. Wo war der kleine Junge in Latzhose und Ringelpullover geblieben, fragte sich Dirk, als er die Hand hob, um auf sich aufmerksam zu machen. War wirklich so viel Zeit vergangen?

Er umarmte Timo zur Begrüßung.

»Gut schaust du aus. Wie läuft es bei dir?«, wollte Dirk wissen, nachdem sie sich gesetzt und einen Kaffee bestellt hatten.

»Viel zu tun, aber spannend«, erklärte Timo. »Was machst du in Kiel?«

»Ich habe einige Beweismittel zu einem Kollegen gebracht.« Er erzählte kurz von dem Fall, ohne zu sehr ins Detail zu gehen.

»Kann mir vorstellen, dass der Diri nicht gerade begeistert ist«, urteilte Timo, der selbst das Gymnasium in Niebüll besucht hatte. »Der tat zu meiner Zeit schon immer so, als gäbe es keine Probleme an der Schule. Dabei ist es dort nicht anders als an anderen Schulen.«

»Was meinst du damit?«

Dirk konnte sich nicht erinnern, dass Timo jemals über derlei Probleme gesprochen hätte, als er dort zur Schule ging.

»Na ja, vielleicht war die Art und Weise eine andere, aber Mobbing gab es damals auch. Das ist nicht neu.«

»Bestimmt nicht.«

»Die sozialen Netzwerke heben das Problem nur auf eine andere Ebene, da bekommen die Lehrer nicht immer gleich alles mit, dafür aber alle, die auch auf der Plattform sind. Das sind ganz andere Dimensionen heutzutage.«

»Stimmt.«

»Bei uns wurden natürlich auch Schüler geärgert, aber das war irgendwie anders.«

»Was haben die Lehrer damals unternommen?«

Timo zuckte mit den Schultern. »Nicht viel. Es fanden regelmäßig Gespräche statt, aber gebracht hat das nicht viel.«

»Und Drogen? War das ein Problem?«

»Ach, Papa, clean war die Schule bei uns jedenfalls nicht.«

Dirk musterte seinen Sohn. Hatte Timo Drogen genommen, ohne dass er etwas davon bemerkt hatte? Er musste zugeben, zu der Zeit oft mit sich selbst und seinem Job derart ausgelastet gewesen zu sein, dass er den Kindern nicht immer die Aufmerksamkeit hatte schenken können, die sie benötigt hätten.

»Na, 'nen Joint habe ich schon mal geraucht, mehr aber nicht.« Timo grinste ihn an.

»Und wie seid ihr an die Drogen gekommen?«

»Da gab es immer Mittel und Wege.«

»Dealer?«

»Ich war nie aktiv an der Drogenbeschaffung beteiligt, weiß aber, dass einige Schüler gewisse Kontakte hatten.«

»Zur Mafia?«

»Mafia?« Timo lachte laut auf. »Nee, was sollte die denn in Nordfriesland? Einige Jungs kannten welche, die ab und zu nach Amsterdam fuhren.«

Diesen Morgen fiel es Haie wesentlich leichter, aus dem Bett zu kommen. Hatte er doch recht behalten. Es war lediglich eine Frage der Zeit, bis er sich wieder ans Arbeiten gewöhnt hatte.

Er stieg die Treppe hinunter, die unter seinen Schritten hier und da knarzte, und betrat die Küche. Das Geschirr vom Abendessen türmte sich in der Spüle, auf dem Tisch standen noch der Brotkorb und das offene Glas Gewürzgurken, das einen leicht säuerlichen Geruch verströmte. Haie seufzte, als er zur Spüle ging, um die Kaffeemaschine mit Wasser zu füllen. Seine Pantoffeln verursachten schmatzende Geräusche und ein Blick auf den Boden machte deutlich, wie dringend dieser wieder einmal gewischt werden musste. Ein weiterer Seufzer entfuhr ihm. »Mach ich später«, murmelte er vor sich hin, während er anfing, die Pausenbrote zu schmieren.

Als der Kaffee durchgelaufen war, trank er eine Tasse, während er die Stullen in den Rucksack packte. Anschließend weckte er Niklas, und als er hörte, wie dieser ins Bad ging, zog er seine Jacke an. Haie wollte gerade das Haus verlassen, als ihm einfiel, dass er sich ein paar Gefrierbeutel hatte einstecken wollen. Für den Fall der Fälle. Vielleicht fand er beim Leeren der Müllkörbe Hinweise auf Drogenkonsum an der Schule. Oder andere Spuren.

Heute wollte er noch konzentrierter die Augen offen halten, besser, er war vorbereitet, falls er etwas entdeckte.

Haie lief zurück in die Küche, kramte ein paar Plastiktütchen aus der Schublade unter dem Herd und stopfte sie in seine Hosentasche. Nun aber los, spornte er sich selbst an.

Leicht aus der Puste erreichte er gut zwanzig Minuten später die Schule. Er war zeitig dran, der Fahrradständer lag verwaist da, von dem frechen Jugendlichen vom Vortag war nichts zu sehen.

Nachdem er sein Fahrrad angeschlossen hatte, schlenderte er über den Schulhof und beobachtete die eintreffenden Schüler. Die meisten hatten bei dem nasskalten Wetter keine Lust, sich lange im Freien aufzuhalten, und eilten ins Gebäude. Natürlich wurde hier und da geschubst oder gerempelt, mehr fiel Haie aber nicht auf. Er hielt nach Judith Ausschau. Vielleicht konnte er sie überreden, den Handyklau beim Direktor zu melden. Oder zumindest mit dem Schulsozialarbeiter über die Vorfälle zu sprechen. War sie nicht gestern ohnehin auf dem Weg zu Till Menke gewesen? Er reckte den Hals, ließ den Blick umherwandern, konnte Judith aber nirgends entdecken.

Der Schulgong ertönte, die Schritte der Schüler beschleunigten sich. Gegröle, Gejohle, Türklappen, dann war es plötzlich still.

Haie machte noch einen Kontrollgang, leerte einige Mülleimer und richtete den Blick immer wieder zur Straße, aber da war niemand. Lediglich ein paar Nachzügler eilten zum Gebäude.

»Dann gönne ich mir noch einen Kaffee«, beschloss er und ging in sein Büro. Während er in Ruhe die zweite Tasse des Tages genoss, studierte er die Liste mit den zu erledigenden Aufgaben. Zuerst musste er sich um den tropfenden Wasserhahn kümmern. Vielleicht konnte er im Gespräch mit dem Sozialarbeiter Judiths geklautes Handy wie beiläufig erwähnen.

Er stellte die Tasse in das kleine Spülbecken an der Wand, suchte im Werkzeugkasten nach einer Zange und machte sich auf den Weg.

Auf sein Klopfen hin öffnete auch heute niemand. »Hallo, Herr Menke, sind Sie da?«

Haie legte sein Ohr an die Tür und lauschte. Befand sich der Sozialarbeiter in einem Gespräch? Außer dem Rauschen in seinem Ohr war nichts zu hören. Er drückte die Klinke, der Raum war nach wie vor verschlossen.

Na, dachte Haie, das konnte er auch allein erledigen, Menke war handwerklich bestimmt nicht sonderlich begabt. Auf ihn hatte er eher gewirkt wie jemand, der zwei linke Hände hatte. Garantiert gab es in seinem Büro einen Zweitschlüssel.

Haie lief zurück ins Hausmeisterbüro und fand in einem der Schränke ein Brett, an dem fein säuberlich beschriftet zahlreiche Schlüssel hingen.

»Das muss man diesem Frommelt lassen«, gestand Haie dem Hausmeister zu, »gut organisiert ist er.«

Mit dem entsprechenden Schlüssel machte er sich auf den Rückweg zu Menkes Büro und warf hier und da einen Blick aus dem Fenster. Über den verwaisten Schulhof wehte der Wind ein paar Blätter aus dem letzten Herbst.

Leicht außer Atem erreichte er das Büro und klopfte erneut gegen Menkes Tür, während er beinahe zeitgleich den Schlüssel ins Schloss schob. Er hakte leicht, war vielleicht schlecht nachgemacht oder selten benutzt worden, schlussfolgerte Haie und ruckelte den Schlüssel hin und her, bis ein leises »Klack« zu hören war und der Mechanismus nachgab. Langsam drückte er die Klinke hinunter und schob die Tür einen Spaltbreit auf. Ein seltsamer Geruch drängte sich ihm entgegen und ließ ihn die Nase rümpfen. Mit Lüften hatte es Menke anscheinend nicht so, dachte Haie und holte tief Luft, ehe er die Tür ganz öffnete und zusammenzuckte.

Der Schulsozialarbeiter lag auf dem Bauch am Boden vor einem niedrigen Tisch, um den sich verschiedenartige Sessel gruppierten. Unter dem Körper hatte sich eine Lache ausgebreitet und den hellen Teppich rostrot gefärbt.

Das war Blut, schoss es Haie durch den Kopf, der wie angewurzelt stehen geblieben war und auf den reglosen Körper blickte.

»Herr Menke?« Haie sah an sich selbst hinab. Er wollte keine Spuren verwischen, aber er musste helfen. Was, wenn der Mann noch lebte? Unschlüssig, was er tun sollte, trat er von einem Fuß auf den anderen. Die Gefrierbeutel fielen ihm ein. Mit zittrigen Händen klaubte er sie aus seinen Hosentaschen. Ächzend begab er sich in die Hocke und versuchte, die Beutel über seine Schuhe zu ziehen, doch das Plastik klebte aneinander, und Haies fahrige Bewegungen machten es nicht leichter, die Hüllen zu öffnen. »Mensch«, fluchte er und schaute zu Menke, der nach wie vor regungslos am Boden lag.

Haie nahm die Tüten und pustete hinein. Sein Atem schlug sich im Inneren nieder. Endlich lösten sich die Seiten voneinander und er konnte hineinschlüpfen, zumindest zum Teil, denn ganz reichten die Gefriertüten nicht, um seine Füße darin zu verbergen.

Haie rann der Schweiß von der Stirn, als er sich wieder aufrichtete. Vorsichtig raschelnd, nur auf dem Vorderfuß, bewegte er sich auf den Sozialarbeiter zu. Die ungewohnte Haltung schmerzte und ließ ihn noch mehr schwitzen. Sein Shirt klebte an Rücken und Brust, als er sich langsam vorwärtsschob.

»Herr Menke?« Haie hatte den leblosen Körper erreicht und versuchte, auf den Ballen Halt zu finden, während er langsam in die Knie ging. Der Geruch nach Eisen und etwas anderem, das Haie nicht zuordnen konnte, verstärkte sich, als er sich leicht vorbeugte und die Hand ausstreckte. Er sah seine eigene rosige Hand, die sich dem bleichen Nacken des Mannes näherte. Haie schluckte, dann berührte er Menkes Hals. Die Kälte unter seinen Fingern jagte ihm einen Schauer über den Rücken.

»Ich muss los«, entgegnete Timo mit einem Blick auf seine Armbanduhr und Dirk umarmte ihn zum Abschied vor dem Café. Er nahm das Aftershave wahr, das Dörte Timo zu Weihnachten geschenkt hatte.

»Alles klar, Großer, mach's gut.« Er drückte seinen Sohn fest an sich und spürte dabei sein Handy in der Jackentasche vibrieren. Dirk löste sich aus der Umarmung und holte das Telefon hervor. »Da muss ich rangehen, also dann …« Er winkte Timo hinterher, während er den Anruf entgegennahm.

»Haie, was gibt's?«

»Dirk, ich … du musst kommen. Menke ist …«

»Menke?« Dirk sagte der Name nichts, aber an der Stimmlage des Freundes konnte er hören, dass etwas Schreckliches geschehen war. »Was ist los?«

»Der Schulsozialarbeiter, er … er liegt hier tot in seinem Büro.«

»Waaas?«, entfuhr es Dirk. »Okay, ich mache mich sofort auf den Weg, aber …« Ihm wurde bewusst, dass er mehr als eine Stunde benötigen würde, um vor Ort zu sein. »Ich schicke Ansgar und komme dazu. Hast du was angefasst?«

»Nur den Toten.«

»Und sonst?«

»Nee, ich glaube, ich habe keine Spuren zerstört.« Dirk vernahm ein leichtes Rascheln.

»Gut«, atmete er auf, da er wusste, wie gern Haie die Dinge selbst in die Hand nahm. »Dann verlass jetzt den Raum, verschließ ihn und lass niemanden rein. Rolfs ist gleich bei dir.« Er beendete das Telefonat, um gleich darauf Ansgars Nummer zu wählen.

»Chef, wo bleibst du?«

»Ich bin noch in Kiel, aber du musst sofort in die Schule. Da gibt es einen Toten.«

»Was? O nein, okay.«

»Ich verständige gleich die SpuSi, aber Haie Ketelsen ist vor Ort.«

»Hat er den Toten gefunden?«

Dirk nickte, bis ihm bewusst wurde, dass Ansgar ihn nicht sehen konnte. »Ja, er bewacht den Raum, aber beeil dich.«

»Geht klar.«

Dirk holte tief Luft und setzte sich in Bewegung. Er blickte noch einmal über die Schulter in die entgegengesetzte Richtung, aber von Timo war nichts mehr zu sehen. Die Freude über das Treffen mit seinem Sohn war verpufft, nun hieß es handeln. Im Gehen informierte er die Kieler Kollegen, bestieg sein Auto und jagte dann aus der Stadt hinaus. Um sich freie Fahrt zu verschaffen, postierte er das mobile Blaulicht auf dem Dach und kam so schneller voran als gedacht.

Noch ein Toter, und diesmal der Sozialarbeiter. An der Schule ging etwas nicht mit rechten Dingen zu. Die beiden Fälle hingen augenscheinlich zusammen. Nun mussten die Husumer einsehen, dass sie es mit einem Verbrechen zu tun hatten, und zwar einem, dessen Ausmaß größer war, als sie bisher angenommen hatten. Obwohl … überlegte er, Haie hatte kein Wort darüber verloren, wie er den Toten vorgefunden hatte. Vielleicht war dieser Menke an einem Herzinfarkt oder an einem Schlaganfall gestorben? Von Fremdeinwirkung hatte Haie nichts gesagt. Besser, er machte sich ein eigenes Bild von der Lage, ehe er die Kripo in Husum informierte.

Er trat das Gaspedal bis zum Anschlag durch und raste über die Autobahn Richtung dänische Grenze. Die anderen Verkehrsteilnehmer gaben hektisch vor ihm die Straße frei, die Mittelleitplanke flog nur so an ihm vorbei, die Konturen verschwammen zu seiner Linken. In Rekordzeit erreichte er die letzte Abfahrt vor dem Grenzübergang und verließ die Autobahn, um mit fast unvermindertem Tempo der Bundesstraße 199 zu folgen. Einige rasante Überholmanöver später und mittlerweile schweißgebadet erreichte er die B 5 und kurz darauf Niebüll.

Vor der Schule entdeckte er Ansgars Auto und den Rettungswagen, beide Fahrzeuge standen verwaist vor dem Eingang. Er parkte direkt daneben und betrat das Gebäude. Wo befand sich der Fundort, fragte er sich und entschied, da in den Gängen linker und rechter Hand niemand zu sehen war, die Treppe hinaufzusteigen. Auf dem oberen Absatz traf er einen Schüler, der sich eilig an ihm vorbeizwängen wollte.

»Halt«, hielt Dirk ihn auf, »wo ist das Büro von Herrn Menke?«

Der Junge blickte ihn mit großen Augen an und zeigte stumm einen Stock höher, ehe er weiterhuschte.

»Danke«, entgegnete Dirk, doch der Schüler war bereits auf dem Weg nach unten. Na, der hatte es ja eilig, dachte Dirk und vermutete, dass der Junge bereits von dem Leichenfund erfahren hatte. Oder warum wirkte er derart panisch?

Mit jeder Stufe vernahm er ein lauter werdendes Gemurmel, bis er schließlich um eine Ecke bog und eine Menschentraube auf dem Gang erblickte. O nein, schoss es ihm durch den Kopf, als er sah, wie mehrere Frauen und Männer ihre Hälse reckten, um einen Blick in den Raum zu erhaschen.

»Entschuldigung«, sagte er, bahnte sich einen Weg durch die Menge und stieß schließlich auf Haie, der sich breitbeinig im Türrahmen postiert hatte.

»Endlich!«, rief dieser aus und trat raschelnd zur Seite. Dirk blickte an Haie herab und konnte sich trotz der ernsten Lage ein Schmunzeln nicht verkneifen, als er die Gefrierbeutel an Haies Füßen sah.

Der Tote lag nach wie vor am Boden, ein Arzt hatte den Körper umgedreht, stand nun allerdings mit gepackter Tasche neben Ansgar.

»Tja, ich würde euch raten, einen Rechtsmediziner hinzuzuziehen, wobei es für mich so aussieht, als wäre der Mann erschlagen worden.«

»Und zwar hiermit.« Ansgar hielt ihm etwas in Plastik Eingewickeltes hin. »Pokal vom letzten Schülerwettbewerb zur politischen Bildung. Ist auf jeden Fall Blut dran.«

Dirk nickte und ließ seinen Blick über die Leiche schweifen. Der junge Mann lag in einer Lache aus Blut, das zum größten Teil in einen Teppich gesickert war, und wies eine üble Verletzung am Kopf auf.

»Wir leiten alles Weitere in die Wege, bestellen einen Bestatter, und ich informiere die Kripo.« Dirk drängte sich wieder an Haie vorbei durch die Menschenmenge.

»Es gibt hier nichts zu sehen. Bitte machen Sie Platz.«

Augenscheinlich handelte es sich bei den Anwesenden hauptsächlich um Lehrpersonal. Der Direktor war unter ihnen.

»Was ist denn passiert?«, wollte Oelde wissen.

»Das müssen wir erst noch herausfinden. Ich bitte Sie, in Ihre Klassen zurückzugehen, damit wir unsere Arbeit tun können. Wir kommen später noch auf jeden von Ihnen zu.« Er scheuchte die Schaulustigen vor sich her, die sich langsam in Bewegung setzten. Als er allein im Treppenhaus war, holte er sein Handy hervor und wählte die Nummer der Husumer Kollegen.

»Schon wieder ein Toter?«, war Lorenz Meisters Kommentar auf Dirks Bericht.

»Ja, und diesmal ist es eindeutig Mord.«

»Woher wollen Sie das wissen?«

»Nun, die Leiche hat ein ziemlich großes Loch im Kopf, und einen Pokal mit Blut, der die Tatwaffe sein könnte, haben wir auch sichergestellt.«

»Hm, ja gut. Also, ich kann hier gerade nicht weg, aber ihr habt das sicherlich im Griff. SpuSi benachrichtigt?«

»Ja.«

»Gut, dann holen Sie sich bei Herrn Lehmann eine Genehmigung für eine Obduktion ein, und dann sehen wir weiter.«

Dirk schnaubte laut auf, als Meister sich verabschiedet und das Telefonat beendet hatte. Er trat an ein Fenster und blickte auf den Schulhof. Einige Schüler standen in Grüppchen herum. Kein Gerenne, kein Gejohle. Dirk vermutete, dass sie bereits von dem toten Schulsozialarbeiter erfahren hatten.

Er rief den Staatsanwalt an, der sofort grünes Licht gab und darum bat, auf dem Laufenden gehalten zu werden. Eigentlich war das der Job der Kripo, aber Dirk hatte keine Lust auf Diskussionen und stimmte zu.

Er zuckte zusammen, als der Schulgong ertönte. Der Pausenhof leerte sich rasch. Dirk drehte sich um und sah Haie nach wie vor in der Tür zu Menkes Büro stehen.

Er machte dem Freund ein Zeichen, zu ihm herüberzukommen. Mit raschelnden Schritten trat Haie auf ihn zu. »Die kannst du jetzt ausziehen.« Dirk wies auf die Plastiktüten. »Die Kollegen von der SpuSi müssten gleich hier sein, die übernehmen dann.«

Er beobachtete, wie Haie stöhnend in die Knie ging und seine Füße von den Beuteln befreite.

»Du hast Menke also gefunden?«

»Ja«, schnaufte Haie, als er sich wieder aufrichtete. »Ich wollte einen tropfenden Wasserhahn reparieren. Eigentlich schon gestern, aber da war ich zu spät dran. Da war Menke nicht mehr da.«

Oder schon tot, überlegte Dirk, denn noch kannten sie den Todeszeitpunkt nicht.

»Und wie genau ist das gewesen?«

»Was, gestern?«

»Gestern und heute. Ist dir etwas aufgefallen? Waren da andere Personen?«

Haie schüttelte den Kopf, und Dirk bemerkte, wie blass er war.

»Gibt es Kaffee in deinem Hausmeisterbüro?«

»Ein Schnaps wäre mir lieber, aber ja, ich habe noch welchen. Komm.«

Haie schwankte leicht, als er sich zur Treppe umdrehte, und Dirk streckte reflexartig den Arm aus.

»Danke, geht schon«, entgegnete Haie mit leicht grimmigem Unterton.

Haie hatte sich in dem kleinen Raum bereits häuslich eingerichtet, stellte Dirk fest. Sein Rucksack hing an einem Haken neben seiner Jacke gegenüber dem Eingang, auf dem Tisch hatte er seine Brotdose, in der Spüle eine Tasse mit der Aufschrift »Bester Patenonkel der Welt« abgestellt.

Diese nahm Haie nun, reinigte sie mit klarem Wasser und füllte Kaffee aus der Kanne, die auf der Wärmeplatte der Maschine stand. Dann langte er nach einer weiteren Tasse in dem Regal über dem Waschbecken und goss Dirk ebenfalls ein. Nachdem er ihm den Becher gereicht hatte, ließ er sich auf den Stuhl vor dem Schreibtisch fallen und seufzte laut auf.

Dirk lehnte sich gegen einen der Schränke. Er trank einen Schluck.

»Also, wann warst du gestern bei Menke?«

»Ich war gar nicht bei ihm. Er hat mich gestern Morgen gebeten, den Wasserhahn in seinem Büro zu reparieren. Aber dann«, Haie machte mit den Armen eine kreisende Bewegung, »war so viel los, und ich habe es vergessen. Und als ich so gegen 17 Uhr zu seinem Büro bin, war da keiner mehr.«

»War die Tür abgeschlossen?«

Haie nickte. »Heute Morgen auch, da habe ich den Ersatzschlüssel geholt und …«

Dirk zog sein Merkbuch aus der Jackentasche und machte sich eine Notiz. »Schlüssel Menke?«

»Gibt es noch weitere Schlüssel zu dem Raum?«

Haie zuckte mit den Schultern.

»Das bedeutet, jemand hat nach der Tat abgeschlossen«, schlussfolgerte Dirk.

»Oder Menke hat die Tür selbst verriegelt. Vielleicht hatte er ein Gespräch und wollte nicht, dass ihn jemand dabei störte.«

Dirk zog die Augenbrauen hoch. »Und wie ist der Täter aus dem Raum gelangt?«

»Durchs Fenster?«

»Durchs Fenster? Aus dem zweiten Stock?«

»Warum nicht?«

Obwohl Dirk diesen Ansatz für unwahrscheinlich hielt, notierte er »Fenster kontrollieren« in sein Buch.

»Und gestern, hast du da was gesehen oder gehört?«

»Nee, also ich bin der Meinung, da war keiner mehr.«

»Bist du sicher? Der Täter hätte sicherlich nicht aufgemacht, wenn er dich gehört hätte.«

»Ich habe geklopft, aber drinnen war es mucksmäuschenstill. Wenn da einer gewesen wäre, hätte ich das gespürt.«

»Gespürt?« Dirk runzelte die Stirn.

»Jawohl, genauso wie ich gespürt habe, dass Judith sich nicht selbst verletzt hat.«

»Judith?«

»Ja, eine Schülerin, die ich weinend im Treppenhaus getroffen und verarztet habe. Zuerst hat sie behauptet, gegen das Geländer gefallen zu sein, aber ich habe sofort gemerkt, dass das nicht stimmt. Die ist abgezogen worden. Handy geklaut. Darüber wollte ich mit Menke sprechen, aber …« Haie schluckte.

»Sonst noch was?«

Haie schüttelte den Kopf und sank noch tiefer in seinen Stuhl. »Das ist so schrecklich. Erst dieser Junge und nun Menke, hier geht doch etwas nicht mit rechten Dingen zu.«

Dirk sah, wie sehr Haie die Vorkommnisse mitnahmen. Und sicherlich hatte er Angst um Niklas, was er sehr gut verstehen konnte. »Was hältst du davon, heute früher Feierabend zu machen?«

»Was? Nee, ich kann hier nicht weg.« Haie wies auf einen Zettel auf dem Schreibtisch. »Das muss ich noch alles abarbeiten.« Dirk warf einen Blick auf die To-do-Liste.

»Aber das läuft dir doch nicht davon. So einen Leichenfund steckt man nicht so einfach weg. Denk an Niklas.«

Haie schluckte erneut und nickte dann. »Also, wenn ihr mich wirklich nicht mehr braucht?«

»Nein, wir haben das im Griff.«

Wenig später räumte Haie seine Sachen zusammen und meldete sich im Sekretariat ab. Frau Hoffmann hatte Tränen in den Augen, schniefte und nickte nur, als Haie meinte, es gehe ihm nach dem Leichenfund nicht gut.

Als er zum Fahrradständer schlenderte, sah er einige Schülerinnen und Schüler auf dem Schulhof beieinanderstehen. Die Nachricht von Menkes Tod hatte ganz offensichtlich die Runde gemacht. Wie es Niklas wohl ging, fragte sich Haie. Der Junge reagierte auf Verbrechen äußerst sensibel, nicht erst seitdem er die Leiche von Tatjana Lieberknecht in einem verlassenen Haus entdeckt hatte. Erst jetzt, nach dem Fund von Menke, wurde Haie bewusst, wie es seinem Patensohn ergangen sein musste. Dieser Anblick hatte sich in sein Hirn gebrannt, lähmte ihn und erzeugte gleichzeitig das Gefühl, wegrennen zu müssen. Nur dass eine Flucht vor diesen grausamen Bildern nicht möglich war.

Haie schwang sich auf sein E-Bike und radelte los. Die Sonne hatte sich durch die Wolken gekämpft, doch ihre

Strahlen konnten seine Stimmung nicht aufhellen. Seine trüben Gedanken ließen sich nicht zur Seite schieben, aber vielleicht etwas Süßes für die Seele, überlegte er und nahm nicht den direkten Weg nach Hause, sondern machte einen kleinen Umweg über Lindholm.

Gerade noch rechtzeitig vor der Mittagspause erreichte er die Bäckerpost. Haie stellte sein Fahrrad ab, stieg die wenigen Stufen zum Eingang hinauf und betrat den kleinen Verkaufsraum, in dem es herrlich nach frischem Brot duftete. Haie sog den Geruch tief ein und schloss dabei die Augen, wobei sofort das Bild des toten Schulsozialarbeiters auftauchte. Er zuckte zusammen und riss die Augen wieder auf.

»Na, welcher Geist ist dir denn begegnet?«

»Wieso?«

»Na, du bist kreidebleich im Gesicht. Ist dir nicht gut?«

»Geht so, es ist …« Haie zögerte. Eigentlich wollte er nicht an das schreckliche Ereignis erinnert werden, aber er spürte plötzlich einen übermächtigen Drang, jemandem sein Herz auszuschütten.

»Ich habe heute in der Schule eine Leiche entdeckt«, platzte es aus ihm heraus.

Die Bäckersfrau riss die Augen auf. »Was, wen, in welcher Schule?«

»Ach«, winkte Haie ab. »Nicht so wichtig.« Jetzt, wo er das grausige Erlebnis laut ausgesprochen hatte, ging es ihm besser; als hätte der Schrecken an Kraft verloren. Zumindest drückte die Erinnerung nicht mehr ganz so stark auf seinen Brustkorb. Er holte Luft und begann, die Kuchenauslage zu inspizieren.

»Nicht so wichtig. Na, hör mal.« Die Inhaberin stemmte die Hände in die Hüften. »Erst der arme Jan Lamprecht und nun noch ein Toter? Was ist denn hier bloß los?«

»Ich nehme ein Stück von der Friesentorte.«

Die Frau machte keine Anstalten, ihn zu bedienen. Stumm starrte sie ihn an, sodass Haie sich genötigt fühlte, etwas zu sagen.

»Ich vertrete seit ein paar Tagen den Hausmeister am Gymnasium in Niebüll und wollte einen Wasserhahn reparieren. Dabei habe ich Herrn Menke in seinem Büro gefunden. Lag auf dem Boden, drum herum jede Menge Blut.«

»Menke? Etwa Till Menke?«

»Ja«, horchte Haie auf. »Kennst du den etwa?«

Die Bäckersfrau nickte langsam, dabei wippten ihre dunklen Locken auf und ab.

»Klar, der ist mit meinem Sohn zur Schule gegangen. So ein netter Kerl. Das kann ich gar nicht glauben, wer soll dem denn was Böses gewollt haben?«

Das hätte Haie auch gern gewusst, er zuckte mit den Schultern. »Also, krieg ich jetzt eine Stück Torte?«

»Torte? Ja natürlich, ich …« Mechanisch griff sie zu einem Pappuntersetzer und lud mit einem schmatzenden Geräusch ein Stück Kuchen darauf.

»Geht aufs Haus«, entgegnete sie, nachdem sie Papier um die Torte geschlagen hatte und das Paket Haie reichte.

»Danke.«

Eigentlich hätte Haie noch Fragen zu Till Menke gehabt, aber der Druck in seinem Brustkorb verstärkte sich wieder. Plötzlich kam ihm der Verkaufsraum eng und stickig vor. Er nahm das Gebäck und drehte sich um. Als er die Tür aufriss, stieß er mit Elke zusammen und hatte Mühe, die Torte davor zu bewahren, hinunterzufallen.

»Haie, na, das ist ja ein Zufall!«

Normalerweise bezweifelte Haie bei Begegnungen mit Elke, dass sie zufällig geschahen. Er wusste, wie gern sie ihn zurückgewinnen würde und daher Treffen oft absichtlich herbeiführte. Heute jedoch musste er ihr recht geben. Woher hätte sie von seinem Besuch in der Bäckerpost wissen sollen?

»Ja, kann man wohl sagen. Mach schnell, ist gleich Mittagspause.« Er wollte sich an ihr vorbeizwängen, doch so leicht entkam er ihr nicht.

»Hab gehört, du arbeitest an der Schule? Wie läuft es?«

»Geht so.«

»Siehst aber müde aus. Ist anstrengend, was?«

»Haie hat heute die Leiche von Till Menke gefunden«, fuhr die Bäckersfrau dazwischen, und sofort bereute Haie, mit ihr darüber gesprochen zu haben. Elke rückte näher an ihn heran und legte ihre Hand auf seinen Arm.

»Das ist ja furchtbar.«

Er nickte ergeben. Die Chance, Elke zu entkommen, war nun völlig dahin.

»Till Menke, der war doch Vertrauensperson am Gymnasium, oder?«, erkundigte sie sich.

»Schulsozialarbeiter.«

»Was ist denn passiert?«

»Keine Ahnung, irgendjemand hat ihn erschlagen.«

Elke trat nun einen Schritt zurück. »Weiß Irmchen das schon?«

»Irmchen?«

»Irmgard Menke, seine Mutter. Seit dem Tod ihres Mannes ist ihr nur Till geblieben. Die Tochter ist ja auch schon früh ...«

»Oh«, entfuhr es Haie, »woher weißt du das?«

»Ach, ich habe sie überredet, beim Makramee-Club mitzumachen. Sie hat ja sonst nichts.«

Haie erinnerte sich daran, dass Elke seit einiger Zeit irgendwelche hässlichen Knüpfarbeiten herstellte, und fragte sich, wie sie es schaffte, andere dafür zu begeistern.

»Na ja, eigentlich kommt sie mehr wegen der Gesellschaft als wegen der Handarbeit«, beantwortete Elke seine unausgesprochene Frage.

»Sie ist ja auch echt allein. Und Till arbeitet viel.«

»Arbeitete«, korrigierte die Bäckersfrau, die sich anscheinend gefangen hatte.

»Ja, der hat wohl mit den Jugendlichen viele Projekte gemacht. Die wissen ja sonst nichts mit sich anzufangen und kommen nur auf dumme Gedanken. Sieht man ja am Lamprecht.«

So sah Elke also den Tod von Jan Lamprecht. Oder redete sie sich das schön, fragte Haie sich. Die Ereignisse der letzten Zeit in der Gegend konnten einem schon Angst machen, besonders als alleinstehende Frau. Trotzdem war es nicht recht, in dieser Weise über den toten Jugendlichen zu sprechen, befand er.

»Ja, aber Menke wusste ja schon was mit sich anzufangen und ist trotzdem tot«, bot er patzig Paroli, woraufhin Elke die Lippen aufeinanderpresste und schwieg.

»Also, dass der Feinde hatte, kann ich mir nicht vorstellen«, bemerkte nun die Bäckersfrau. »Das war so ein Netter. Der muss da in etwas hineingeraten sein.«

12. KAPITEL

»Wie viele Lehrer sind aktuell an der Schule beschäftigt?« Dirk saß im Büro des Schulleiters und blickte Herrn Oelde an, der ihm an einem runden Holztisch gegenübersaß.

Die Leiche war zwischenzeitlich abtransportiert worden, die Kollegen der Spurensicherung hatten den Raum versiegelt und waren abgezogen. Menkes Schlüssel hatten sie nicht gefunden.

»Fünfundsiebzig.« Herr Oelde schluckte. »Glauben Sie etwa, das war einer von ihnen?«

Zum jetzigen Zeitpunkt konnte Dirk nicht ausschließen, dass es im Kollegium Streit gegeben hatte, der eskaliert war und zu Menkes Tod geführt hatte. An einer Schule ging es unter den Angestellten sicherlich nicht anders zu als in anderen Betrieben oder Behörden. Bei solch einer großen Anzahl an Mitarbeitern gab es sicherlich Streitigkeiten, aber Till Menke war kein Lehrer gewesen, hatte mit den Kollegen nicht in Konkurrenz gestanden. Wahrscheinlicher erschien es ihm, dass Menke etwas über einen Lehrer oder eine Lehrerin gewusst hatte, was nicht an die Öffentlichkeit dringen sollte. Vielleicht hatte der Sozialarbeiter den- oder diejenige unter Druck gesetzt. Diesen Ansatz behielt er jedoch für sich.

»Und Schulsozialarbeiter?«

Herr Oelde starrte ihn an.

»Gab es nur Herrn Menke?«

»Nein, natürlich haben wir auch eine weibliche Kraft in dem Bereich. Frau Lornsen, aber die ist zurzeit krank.«

Dirk notierte sich den Namen, während er nickte.

»Wissen Sie, ob jemand mit Herrn Menke nicht gut klarkam, vielleicht sogar Streit hatte?«

Sofort schüttelte der Schulleiter den Kopf. »Nein, Herr Menke war überall sehr beliebt. Er war erst ein halbes Jahr bei uns, aber er hat sich bestens integriert und eine entsprechende Position erarbeitet.«

»Sie können sich also nicht vorstellen, was da passiert ist?«

»Nein!« Herr Oelde sprang auf und ging zu einem Schrank hinter seinem Schreibtisch, auf dem ein Kaffeevollautomat stand. Er stellte eine Tasse unter die Maschine. »Auch eine?«, fragte er, ehe er den Knopf drückte, der das Mahlwerk scheppernd in Gang setzte.

Dirk schüttelte den Kopf. Heute hatte er bereits eine Überdosis Koffein intus.

»Und die Schüler kamen auch alle gut mit Herrn Menke aus?«, fuhr Dirk fort, als das Gerät verstummte.

»Ja … also, na ja, natürlich gibt es ein paar Schülerinnen, die für ihn schwärmen. Ist ja ein junger, gut aussehender Kerl«, Oelde räusperte sich, »war.« Er setzte sich mit der Tasse zurück an den Tisch. »Aber das ist alles im Rahmen, also ich wüsste nicht …«

»Und wie war das Verhältnis zwischen Frau Lornsen und Herrn Menke?«

»Gut, würde ich sagen. Doch, die beiden kamen bestens miteinander klar.«

»Und mit dem Lehrerkollegium?«

»Hören Sie«, ereiferte sich Herr Oelde, »hier an der Schule war alles in Ordnung, bis Sie hier aufgetaucht sind.«

»Ich bin aufgetaucht, weil einer Ihrer Schüler tot auf der Bahnhofstoilette aufgefunden wurde. Und soweit ich gehört habe, soll er an der Schule mit Drogen gesehen worden sein.«

»Von wem?«

»Das kann ich Ihnen leider nicht sagen.« Dirk dachte daran, wie Haie ihm von Niklas' Beobachtung erzählt hatte. Und auch Timo hatte bei ihrem Treffen am Vormittag bestätigt, dass der Schulleiter nicht die Wahrheit sprach, wenn er behauptete, es gebe keinerlei Drogenprobleme an der Schule.

Er blickte den Direktor an, der in seine Kaffeetasse schaute. Hatte Oelde etwas zu verbergen?

Für den Ruf der Schule wäre es fatal, wenn dort Drogen im Umlauf wären, dachte Dirk, aber vielleicht leugnete Oelde gerade deshalb, etwas darüber zu wissen.

»Ich muss mit dem Lehrerkollegium sprechen.«

»Mit allen?« Herr Oelde riss die Augen auf.

Den Reflex zu nicken unterdrückte Dirk, denn fünfundsiebzig Befragungen würde er heute auf keinen Fall mehr bewältigen, selbst nicht mit Ansgars Unterstützung.

»Zunächst einmal die …«, er überlegte, wie er den Kreis definieren konnte. Mit wem sollte er zuerst sprechen? Wer hatte Kontakt zu Till Menke gehabt? Und wann? Er wusste ja noch nicht einmal, wann der Sozialarbeiter zu Tode gekommen war. Plötzlich zuckte Oeldes Aussage durch seinen Kopf. »Hier an der Schule war alles in

Ordnung, bis Sie hier aufgetaucht sind.« Dann sagte er: »Zunächst möchte ich die Lehrer sprechen, die Jan Lamprecht unterrichtet haben.«

Oelde runzelte die Stirn, während er sich langsam erhob und zur Tür ging. »Frau Hoffmann, können Sie bitte alle Lehrer, die Jan Lamprecht hatte, zum Verhör zu Kommissar Thamsen schicken?«

Dirk stand auf und drängte sich an Oelde vorbei in das kleine Sekretariat. »Das wird kein Verhör«, betonte er, »sondern wir versuchen herauszufinden, wer Till Menke und Jan Lamprecht umgebracht hat.«

»Niklas?« Haie hatte das Haus betreten und Niklas' Jacke an der Garderobe hängen sehen. »Niklas?« Er ging durch den Flur in die Küche, in der noch das Frühstücksgeschirr in der Spüle stand. Haie stöhnte. Vielleicht sollte er doch einmal über eine Spülmaschine nachdenken, überlegte er, während er den Kuchen auf den Tisch stellte und zurück in den Flur kehrte. Vor Niklas' Zimmertür verharrte er kurz, und obwohl er keinen Laut vernahm, klopfte er und trat ein.

Niklas saß auf seinem Bett, hatte Kopfhörer aufgezogen und versuchte, so schien es Haie, der Welt zu entkommen. Er verließ das Zimmer wieder und schloss leise die Tür hinter sich. Was sollte er tun? Er war sich sicher, dass der Junge von dem Tod des Sozialarbeiters erfahren hatte. Niklas war bereits früh mit dem Tod in Berührung gekommen. Zu früh. Seine Mutter war kurz nach seiner Geburt gewaltsam aus dem Leben gerissen worden, und Niklas hatte ohne sie in die Welt finden müssen. Eine Welt, die er oft als bedrohlich empfand, was sicherlich in diesem Verlust begründet war. Diese Bedrohung hatte für Niklas noch einmal an Kraft gewonnen, als er vor einiger Zeit die Leiche ihrer Nachbarin, Tatjana Lieberknecht, in einem verlassenen Haus entdeckt hatte. Seitdem war er bei einer Jugendpsychologin in Behandlung, hatte zwar Fortschritte gemacht, aber Menkes Tod warf ihn sicherlich um Lichtjahre in der Aufarbeitung seiner Ängste zurück. Vielleicht sollte er in der Praxis anrufen und Frau Karbitzke um Rat fragen?

Haie ging ins Wohnzimmer und suchte die Nummer der Psychologin in Flensburg heraus.

»Ja, hier Haie Ketelsen, es geht um Niklas Meissner, ich müsste mit Frau Karbitzke sprechen.«

Er hörte ein Knacken in der Leitung, dann die Stimme der Jugendpsychologin. »Herr Ketelsen, wie geht es Niklas?«

»Nicht gut, es ist etwas passiert«, platzte er heraus.

»Was?«

Haie räusperte sich. Er konnte selbst kaum glauben, was sich in Niebüll zugetragen hatte, als er Frau Karbitzke von dem toten Schulsozialarbeiter berichtete.

»Ach herrje, hatte Niklas Kontakt zu ihm?«

»Kann ich nicht genau sagen, aber vor wenigen Tagen ist auch ein Schüler tot aufgefunden worden.«

Die Psychologin schwieg einen Augenblick, ehe sie antwortete.

»Hm, heute habe ich keinen Termin mehr frei, aber Sie könnten morgen früh direkt mit Niklas zu mir kommen.«

»Und was mache ich bis dahin?«

»Kochen Sie Tee, lassen Sie ihn in Ruhe. Ich habe mit Niklas ein paar Übungen einstudiert, vielleicht erinnern Sie ihn daran. Viel mehr können wir momentan nicht tun.«

Haie bedankte sich, war aber nur wenig beruhigt. Er fühlte sich hilflos. Was, wenn Niklas mit der Situation nicht zurechtkam?

Haie kochte einen Früchtetee, holte Niklas' Lieblingskekse aus dem Schrank und stellte alles auf ein Tablett.

»Nik?«

Der Junge zuckte zusammen, als Haie den Raum betrat. Langsam nahm er die Kopfhörer ab. Gedämpfte Musik erklang und machte Haie deutlich, mit welcher Lautstärke sein Patensohn versucht hatte, sich zu betäuben.

»Ich habe mit Frau Karbitzke gesprochen, du kannst morgen zu ihr kommen, wenn du willst.« Niklas nickte, und Haie stellte das Tablett vor ihm ab. Der Duft des Tees zog in den Raum. Trotz der Anweisung der Psychologin konnte Haie ihn nicht allein lassen. Er setzte sich zu ihm aufs Bett.

»Das ist schlimm, was an der Schule passiert ist. Aber das hat nichts mit dir zu tun.«

Niklas nickte langsam und griff nach der Teetasse. Er trank einen Schluck.

»Herr Menke hat mir neulich geholfen.«

»Geholfen, wie?«

»Ach, Ole und ich hatten uns gestritten, und Menke hat es mitbekommen und vermittelt.«

»Du hast dich mit Ole gestritten? Das hast du ja gar nicht erzählt.«

Haie wurde bewusst, dass sein Patenkind längst nicht mehr alles mit ihm teilte.

»Ist schon eine Weile her. Herr Menke hat mit uns geredet, und dann war auch alles wieder in Ordnung.«

»War ein netter Typ, der Herr Menke, oder?«

»Ja, er war in Ordnung und sehr beliebt – vor allem bei den Mädchen. Ann-Katrin war ganz vernarrt in ihn und ihr Freund …«

»Sie hat schon einen Freund?«, fuhr Haie dazwischen. Ihm schien in letzter Zeit einiges entgangen zu sein.

»Ja, der war total eifersüchtig. Ann-Katrin hat den Menke aber auch angehimmelt, ist dem hinterhergelaufen wie ein Dackel.« Ein leichtes Lächeln legte sich auf Niklas' Lippen, das jedoch sofort wieder erstarb. »Meinst du, es hat damit zu tun?«

»Womit?« Haie konnte dem Gedankengang nicht folgen.

»Na, dass der Leon eifersüchtig auf den Menke war.«

»Glaube ich nicht«, versuchte Haie Niklas zu beruhigen, da er merkte, wie aufgewühlt der Junge plötzlich war. Die Vorstellung, einer seiner Mitschüler könnte etwas mit dem Tod des Sozialarbeiters zu tun haben, musste beängstigend für ihn sein, und Haie konnte das gut nachvollziehen. Es konnte einem nur grausen, wenn man bedachte, was hier in der Gegend los war. Zwei Tote innerhalb weniger Tage.

Gerade jetzt hatte Haie das Gefühl, als wäre Nordfriesland ein besonders gefährlicher Ort. Die meisten Mordfälle waren Beziehungstaten, wurde ihm bewusst. In etwa sechzig bis siebzig Prozent der Fälle standen Täter und Opfer in Kontakt zueinander.

Daher war Niklas' Annahme, der Freund von Ann-Katrin könne etwas mit Menkes Tod zu tun haben, nicht ganz abwegig.

Er sollte Dirk anrufen, dachte Haie und erhob sich stöhnend. Sie mussten in alle Richtungen ermitteln, und ein eifersüchtiger Schüler, der einen Nebenbuhler in Menke gesehen hatte, kam durchaus als Täter in Betracht, befand er.

»Gut, vielen Dank. Und falls Ihnen noch etwas einfällt, melden Sie sich bitte.«

Herr Johnson, Jan Lamprechts Biologielehrer, nickte, erhob sich und verließ den Raum.

»Boah«, entfuhr es Dirk, als er aufstand und sich streckte. Er hatte mittlerweile mit etwa zehn Lehrkräften gesprochen, aber niemand konnte ihm sagen, ob es eine Verbindung zwischen Menke und Jan gegeben hatte.

Jan sei ein sehr zurückhaltender und stiller Schüler gewesen, familiäre Probleme seien nicht auszuschließen, aber ob er Rat oder Unterstützung bei Menke gesucht hatte, wusste niemand so genau. Das Angebot sei schließlich vertraulich, deshalb sei das Büro auch leicht abgelegen vom normalen Schulbetrieb im Dachgeschoss untergebracht.

Dirk trat ans Fenster, blickte auf den verwaisten Schulhof und wählte die Nummer des Kollegen in Kiel.

»Sag mal, habt ihr ein Handy oder sonstige Notizen vom Opfer gesichert?«, erkundigte er sich, nachdem der Leiter der Spurensicherung seinen Anruf entgegengenommen hatte.

»Keine Ahnung. Warte mal.«

Dirk hörte Schritte, dann das Geraschel von Plastik.

»Ja, hier liegt ein Handy, und einen Laptop haben wir auch sichergestellt.«

»Hm.« Dirk kratzte sich am Kinn. Zwar sprachen die Gegenstände dafür, dass anscheinend nichts gestohlen und die Tat vermutlich im Affekt verübt worden war, aber trotzdem musste der Täter befürchten, es könnte etwas geben, das eine Spur zu ihm legte. Eine Aufzeichnung etwa, Notizen, die Menke sich gemacht hatte.

Wieso war er nicht zurückgekehrt, um sämtliche Hinweise zu beseitigen? Der Mörder oder die Mörderin musste einen Schlüssel zu Menkes Büro haben, schließlich war die Tür verschlossen gewesen, und da Menke nicht in der Lage gewesen war, selbst abzuschließen, kam dafür eigentlich nur der Täter oder die Täterin infrage. Außerdem hatten die Kollegen keinen Schlüssel bei Menke gefunden, das hatte Dirk bereits während der Anwesenheit der SpuSi prüfen lassen, ebenso die Wahrscheinlichkeit, anderweitig aus dem Raum zu entkommen. Die Fenster, von denen eines offen gestanden hatte, führten auf das steile Dach und lagen weit oberhalb des Schulhofs, der Ausstieg wäre viel zu riskant gewesen, hatten die Kollegen diese Fluchtmöglichkeit gewertet, dennoch an den Rahmen nach Spuren gesucht, allerdings ohne Erfolg. Wenn der Täter oder die Täterin sich nicht in Luft aufgelöst hatte, musste er oder sie durch die Tür entkommen sein und anschließend mit Menkes Schlüssel abgesperrt haben.

»Gut, wann könnt ihr das auswerten?«

Dirk fuhr ein Seufzer aus dem Telefon entgegen.

»Vielleicht morgen, kommt darauf an, wie gut gesichert die Geräte sind.«

»Okay, bitte schickt die Info dann direkt an mich. Wie weit seid ihr mit dem Pokal?«

»Jede Menge Fingerabdrücke, weiß nicht, ob euch das weiterbringt, in der Datenbank sind die jedenfalls nicht.« Vermutlich hatten einen Haufen Schüler den Pokal in der Hand gehabt, nahm Dirk an, zumindest jene, die an dem Wettbewerb teilgenommen hatten. Er hörte hinter sich ein Geräusch und drehte sich um. Ansgar Rolfs stand im Türrahmen und blickte ihn müde an.

»Danke, tschüss«, verabschiedete sich Dirk vom Kieler Kollegen und beendete das Gespräch. »Und?«, erkundigte er sich bei seinem Mitarbeiter.

Ansgar zuckte mit den Schultern. »Nichts wirklich Neues. Jan sei sehr ruhig und zurückhaltend gewesen. Natürlich ist einigen Lehrern aufgefallen, dass die anderen Schüler wenig oder gar keinen Kontakt zu ihm hatten, sie konnten aber nichts über die Gründe sagen. Mensch, ey, ich frage mich, warum nicht ein Mal einer nachgefragt hat.«

»Vielleicht hatte er Kontakt zu Menke, das weißt du nicht. Ich meine, dafür sind Schulsozialarbeiter doch da, Lehrer können das nebenbei nicht auch noch leisten.« Dirk wunderte sich, wieso er für die Lehrkräfte Partei ergriff. Hatte er sich nicht gerade selbst noch die Frage gestellt, warum alle so wenig über Jan wussten? Aber er vermutete, dass es nicht einfach war, jeden Tag aufs Neue den Anforderungen im Schulalltag gerecht zu werden.

»Mach Feierabend, morgen sehen wir weiter.«

»Und du?« Ansgar blickte ihn fragend an.

»Ich fahre noch zu den Angehörigen. Die Sekretärin wollte mir die Adresse raussuchen. Ich denke, die Nachricht wird sich zwar schon rumgesprochen haben, aber trotzdem sollten wir noch heute der Familie einen Besuch abstatten.«

»Ich kann mitkommen.«

Dirk schüttelte den Kopf. »Ruh dich aus, die nächsten Tage werden anstrengend genug.«

Gemeinsam verließen sie den Klassenraum. Dirk winkte Ansgar kurz zu, als dieser die Treppe hinabstieg, ehe er den Weg zum Sekretariat einschlug.

»Haben Sie an die Adresse gedacht?«, erkundigte er sich, nachdem er angeklopft hatte und eingetreten war.

»Ja natürlich.« Frau Hoffmann reichte ihm einen Zettel, auf dem sie in deutlich lesbaren Buchstaben den Namen und die Anschrift notiert hatte. »Imgard Menke, Südersand 4, Risum«.

»Haben Sie recht herzlichen Dank.«

»Gern geschehen. Das ist seine Mutter.«

Dirk nickte. »Haben Sie jetzt Feierabend?«

»Wie?« Frau Hoffmann errötete leicht und Dirk wurde die Zweideutigkeit seiner Frage bewusst.

»Na, Sie hatten ja heute einen langen Tag.«

»Jaja.« Frau Hoffmann griff nach ihrer Jacke, die sie bereits auf den Tresen gelegt hatte, und nahm ihre Tasche.

Schweigend traten sie zusammen aus dem Büro, das Frau Hoffmann hinter ihnen abschloss, ehe sie Dirk Richtung Ausgang folgte.

»Wirklich ein tolles altes Gebäude«, bemerkte er, weil er das Schweigen zwischen ihnen ein wenig unangenehm empfand. »Hat so viel Flair. Schade …« Dirk stockte, als er bemerkte, wie Frau Hoffmann hinter ihm stehen blieb.

»Die Schüler werden sagen, die blaue Frau hätte Menke geholt«, flüsterte sie in die Stille hinein.

»Die blaue Frau?«

»Ja.« Die Sekretärin versuchte zu lächeln. »Das ist so eine Spukgeschichte, die seit Jahren unter den Schülern grassiert. Angeblich geistert eine blaue Frau im Haus herum. Sie lebt im Dachgeschoss und …«

»Da, wo Menke sein Büro hatte?«

»Na ja, ist eben eine Spukgeschichte.« Dirk schien es, als wäre es der Frau peinlich, die Geistergeschichte erwähnt zu haben.

»Hm, vielleicht animiert solch ein altes Gebäude einfach zur Spökenkiekerei, die einem hier im Norden ja ohnehin mit der Muttermilch verabreicht wird.« Er grinste Frau Hoffmann an.

»Vielleicht«, entgegnete sie und stieg die Treppe weiter hinab. »Haben Sie denn schon einen Hinweis, wer …?« Sie schluckte. Ganz offensichtlich fiel es ihr schwer, das Unfassbare, das vor Kurzem in diesem Gebäude geschehen war, laut auszusprechen.

»Leider nein, bisher nicht. Hatten Sie denn Kontakt zu Herrn Menke?«

»Ich? Nicht wirklich.«

Dirk fragte sich, was sie damit meinte. Obwohl der Schulsozialarbeiter als Ansprechpartner für die Schülerinnen und Schüler galt, hatten bisher alle Befragten etwas über ihn sagen können. Doch ehe er nachhaken konnte, hatten sie den Ausgang erreicht und Frau Hoffmann verabschiedete sich von ihm.

»Ja, dann einen schönen Feierabend«, wünschte er ihr. Dirk sah, wie sie erneut leicht errötete und dadurch seine Annahme, sie könne seine vorangegangene Frage missverstanden haben, bestätigte. Sie nickte ihm lediglich zu und eilte zu einem kleinen Corsa gegenüber dem Eingang, stieg ein und war in wenigen Augenblicken vom Gelände verschwunden.

Dirk seufzte. Wie gern wäre er jetzt auch nach Hause zu Dörte und den Kindern gefahren, aber der Besuch bei Menkes Mutter war wichtig. Vielleicht konnte sie etwas zur Aufklärung des Falls beitragen.

Es hatte zu nieseln begonnen. Dirk schlug den Kragen seiner Jacke hoch und lief zu seinem Wagen. In Gedanken legte er sich bereits die üblichen tröstenden Worte zurecht, die er schon zu oft hatte verwenden müssen. Dann stieg er ein und nahm den Weg nach Risum. Er war noch nie gut im Überbringen solcher Nachrichten gewesen, und auch wenn er erst vor wenigen Tagen eine Trauerbotschaft übermittelt hatte, war dieser Gang nie leicht.

Es fiel ihm schwer, mit der Trauer der Hinterbliebenen umzugehen, in die sich oftmals Wut mischte. Wut gegen den Täter, Wut gegen die Welt und manchmal auch Wut gegen ihn, da er, wie in diesem Fall, keine Antworten für das Unvorstellbare parat hatte. Er wusste nicht, wer Till Menke erschlagen hatte und warum. Vielmehr hatte er selbst so viele Fragen, die er Menkes Mutter würde stellen müssen.

Er bog vom Risumer Weg in die Dorfstraße ab. Der Ort wirkte friedlich, wenngleich der Schein trog. Der Mord an

Till Menke hatte sich mit Sicherheit bereits bis nach Risum herumgesprochen und war unter Garantie Gesprächsthema Nummer eins im Sparmarkt, dachte er, als er an dem Supermarkt vorbeifuhr, hinter dem er gleich darauf links abbog.

Er stoppte vor einem kleinen Bungalow. In der Auffahrt stand ein Smart, alle Fenster des Hauses waren hell erleuchtet.

Auch in den umliegenden Häusern sah er Licht und stieg aus, ehe sich jemand fragen konnte, warum er dort im Auto vor dem Haus der Menkes saß. In dieser Gegend blieb nichts unbeobachtet, und er vermutete, dass die Nachbarn sein Ankommen bereits bemerkt hatten.

Er drückte den kleinen messingfarbenen Knopf neben dem Namensschild und vernahm augenblicklich ein schnarrendes Geräusch im Innern des Hauses. Kurz darauf öffnete sich die Tür und eine junge blonde Frau streckte ihm den Kopf entgegen. Das konnte nicht Menkes Mutter sein, wurde ihm klar, vielleicht eine Schwester?

»Frau Menke?«

Sie schüttelte den Kopf, zog jedoch die Tür weiter auf.

»Ich, ähm, mein Name ist Dirk Thamsen, ich …«

»Ich weiß, wer Sie sind, kommen Sie herein.«

Sie führte ihn geradeaus durch den Flur in ein Wohnzimmer mit einer riesigen Fensterfront, dahinter erstreckte sich ein großer Garten, den die Abendsonne in orangerote Töne tauchte.

Seitlich, auf einem beigen Cordsofa, saß eine ältere Frau mit gekrümmtem Rücken. Sie blickte ihn von unten herauf an, als er den Raum betrat.

»Irmchen, das ist Kommissar Thamsen.« Die junge Frau setzte sich neben die ältere, machte jedoch keinerlei Anstalten, ihm ebenfalls einen Platz anzubieten. Dirk räusperte sich.

»Mein Beileid, Frau Menke«, sagte er, da ihm klar war, dass er die Nachricht vom Tod ihres Sohnes nicht mehr zu überbringen brauchte.

»Danke«, flüsterte die ältere Frau, und Dirk ließ sich langsam auf einen Sessel ihr gegenüber sinken.

Es entstand ein Schweigen, das nur vom Schluchzen der Mutter unterbrochen wurde. Dirk überlegte, wie er ein Gespräch beginnen könnte, da meldete sich die blonde Frau zu Wort.

»Weiß man denn schon, wie er …?«

»In welchem Verhältnis standen Sie zu Herrn Menke?«

»Das ist Melanie, seine Freundin.« Frau Menke lehnte ihren Kopf an die Schulter der jungen Frau.

Im Gegensatz zur Mutter wirkte sie ziemlich gefasst, fand Dirk, aber der Eindruck konnte täuschen. Vielleicht befand sie sich in einer Art Schockzustand. Die Nachricht vom Tod eines geliebten Menschen wirkte sich oft ganz unterschiedlich aus, wusste er. Manche legten eine übertriebene Aktivität an den Tag, andere mieden die Auseinandersetzung mit dem Tod, um sich zu schützen, um aushalten zu können, was geschehen war. Wieder andere reagierten wie Melanie, eher sachlich distanziert, und wirkten auf andere, als wenn der Verlust sie nicht beträfe.

»Bisher können wir noch nicht viel zu den Hintergründen der Tat sagen. Es sieht so aus, als wäre Till Menke erschlagen worden, aber von wem oder warum, wissen wir nicht.«

»Erschlagen«, flüsterte Frau Menke und griff nach einem Taschentuch.

»So sieht es leider aus. Können Sie sich vorstellen, wer das gewesen sein könnte? Hat Till vielleicht etwas erzählt, gab es Probleme mit Schülern oder gar mit jemandem vom Lehrerpersonal?« Bei seiner Frage schaute er die Freundin an, da er annahm, dass Till Menke vermutlich eher mit ihr als mit seiner Mutter über derlei Probleme gesprochen hatte.

Doch Melanie schüttelte den Kopf. »Was seine Arbeit anging, war er sehr diskret. Die Schüler sollten sich bei ihm sicher fühlen, das waren vertrauliche Gespräche.«

»Aber bestimmt hat einer von denen etwas damit zu tun«, schluchzte die Mutter auf. »Alles Verbrecher heutzutage, diese jungen Leute. Allein dieser Drogentote. Till wollte immer nur helfen, aber diese jungen Leute von heute …« Sie schnaubte laut ins Tempotaschentuch.

»Irmchen.« Melanie legte der Frau eine Hand auf den Arm und blickte Dirk eindringlich an. »Entschuldigung, sie ist sehr durch den Wind. Es ist besser, wenn Sie jetzt gehen.« Dirk nickte und erhob sich.

»Wenn Sie dann morgen um zehn im Revier vorbeischauen könnten?«

»Ich?«

»Ja bitte. Ich hätte da noch ein paar Fragen.«

»Und Irmchen?«

Dirk schüttelte den Kopf, da er sich sicher war, dass die Mutter keine Ahnung hatte, was die Arbeit ihres Sohnes anging. Er musste an Frau Lamprecht denken und an sich selbst. Irgendwann waren die Kinder flügge und gingen ihren eigenen Weg, vertrauten sich nicht mehr den Eltern an, sondern eher einer Freundin oder einem Freund. Da war er sich sicher.

13. KAPITEL

»Ich kann leider nicht mitkommen, Niklas. Du weißt doch, dass ich den Hausmeister vertrete«, lehnte Haie Niklas' Bitte ab, ihn nach Flensburg zu begleiten.

Der Junge sah ihn aus großen dunklen Augen an. Sein Zustand hatte sich weder durch den Tee noch durch die Nachtruhe verbessert. Haie hatte ein schlechtes Gewissen. Nicht so sehr, weil er Niklas allein mit Tom nach Flensburg fahren ließ, sondern weil er ihn gestern nicht wie mit der Psychologin besprochen in Ruhe gelassen, sondern stattdessen auf den toten Till Menke angesprochen hatte.

Aber die Information, dass einige Mädchen dem Sozialarbeiter hinterhergelaufen seien, rechtfertigte seiner Ansicht nach seine neugierigen Fragen.

Außerdem würde Frau Kabitzke Niklas schon wieder in die Spur bringen, dachte er.

Er blickte auf die Uhr. Es war eigentlich noch zu früh, um zur Arbeit zu fahren, aber er stand trotzdem vom Frühstückstisch auf, packte seine Sachen und zog im Flur seine Jacke an. Er wollte unbedingt Dirk anrufen. Gestern Abend hatte er mehrfach versucht, den Freund zu erreichen, aber dieser hatte seine Anrufe nicht angenommen und sich auch nicht zurückgemeldet.

Es dämmerte noch, als er vor die Haustür trat. Feuchte Kälte kroch unter seine Jacke, er fröstelte, als er zum Fahrradschuppen ging und sein E-Bike durch den Garten zur Steege schob. Kaum war er außer Sichtweite, lehnte er sein Fahrrad an den nächsten Baumstamm, zog sein Handy aus der Tasche und wählte Dirks Nummer.

»Endlich«, prustete er, als der den Anruf annahm.

»Haie, was gibt's?«

»Du, ich … ich habe gestern noch mit Niklas gesprochen, und …«

»Mit Niklas? Solltest du ihn nicht besser raushalten aus dem Fall?«

»Ja, nein, also eigentlich hat er fast von selbst angefangen zu reden«, rechtfertigte Haie sich. »Also, er hat erzählt, dass einige Mädels hinter Menke her waren.«

»Aha, hm, ja gut. Verständlich, war ja auch ein smarter Typ. Ist aber eher unwahrscheinlich, dass eine von denen Menke umgebracht hat. Aber vielleicht …«

Haie hörte ein schabendes Geräusch und vermutete, dass sich sein Freund am Kinn kratzte.

»Nun, Eifersucht wäre schon ein Motiv.«

»Genau das meine ich auch!«

»Hä, wieso auch? Hast du etwa mit dieser Melanie gesprochen?«

»Melanie?« Haie krauste die Stirn. »Nee, wer ist das?«

»Die Freundin von Menke, aber an wen hast du denn gedacht?«

»An Leon, den Freund von Ann-Katrin.«

»Ann-Katrin?«

»Ja, das ist eines der Mädchen, die Menke laut Niklas

angehimmelt haben, und dieser Leon war wohl ziemlich eifersüchtig und ...«

»Hm, weißt du, wie dieser Leon mit Nachnamen heißt?«

»Nein, aber ich kann Niklas fragen.«

»Lieber nicht. Halt ihn da raus. Ich fahre nachher eh noch mit Ansgar in die Schule, dann spreche ich das Thema beim Schulleiter an.«

»Okay, wann kommst du vorbei?«

»Kann ich noch nicht genau sagen, halt du aber weiter die Augen und Ohren offen.«

»Okay, mache ich«, bestätigte Haie, beendete das Gespräch, steckte sein Handy ein und zog den Reißverschluss seiner Jacke bis zum Hals hoch, ehe er auf sein Fahrrad stieg und losradelte.

»Was ist los?«, erkundigte sich Dörte. Dirk saß am Frühstückstisch und fuhr sich mit der Hand über sein Gesicht.

»Ach, dieser Mordfall an der Schule. Haie steckt schon wieder bis zum Hals in den Ermittlungen. Ich weiß nicht, ob das gut für ihn ist.«

»Na ja, du hast jetzt auch nicht gerade versucht, ihn zu stoppen.«

»Ich weiß.« Dirk trank seinen Kaffee aus, stellte den Becher auf dem Tisch ab und stand auf. »Aber du kennst ihn. Wenn er erst einmal Witterung aufgenommen hat, kann man ihn nicht aufhalten.«

»Bisher hast du oft von ihm profitiert. Sei froh, dass er noch so aktiv ist. Es gibt zu viele Menschen in seinem Alter, die sich einfach hinsetzen und nichts mehr tun. Das finde ich wesentlich schlimmer.«

»Ja, hast recht.« Er küsste Dörte zum Abschied, nahm seine Jacke und den Autoschlüssel und verließ das Haus.

Bevor er in die Schule fuhr, musste er auf der Dienststelle vorbeischauen. Vielleicht hatte er Glück und die Ergebnisse der Spurensicherung oder der Obduktionsbericht lagen bereits vor, doch als er seinen Arbeitsplatz erreichte, erwartete ihn zunächst etwas ganz anderes.

»Frau Lamprecht sitzt in deinem Büro«, teilte ihm sein Kollege mit.

»Was will sie?«

»Hat sie nicht gesagt, nur, dass sie dich sprechen muss.«

Die Tür zu seinem Büro stand offen. Vor seinem Schreibtisch saß Frau Lamprecht, aufrecht mit geradem Rücken, in der Hand eine dampfende Tasse Tee.

»Guten Morgen, Frau Lamprecht.« Bei seinen Worten sprang sie augenblicklich auf.

»Herr Thamsen, ich muss …«

»Setzen Sie sich doch wieder«, bot er an, während er seine Jacke auszog und über den Stuhl hängte. Frau Lamprecht ließ sich zögernd nieder. »Was kann ich für Sie tun?« Er merkte selbst, wie unangebracht seine Frage angesichts Jan Lamprechts Tod war, und räusperte sich. »Tee hat man Ihnen ja schon gebracht.«

Frau Lamprecht nickte kurz. »Ich wollte fragen, wann«, sie schluckte, »die Leiche meines Sohnes freigegeben wird, damit wir ihn beerdigen können.«

»Nun …« Dirk schaltete den Computer ein und überflog schnell den Eingang seines Mailpostfachs. Außer dem Obduktionsbericht von Till Menke fand er keine neuen Nachrichten in dem Fall. Er schüttelte bedauernd den

Kopf. »Noch habe ich keine Freigabe. Das mag daran liegen, dass es ein weiteres Verbrechen gab. Ich rufe nachher mal in der Rechtsmedizin an und erkundige mich für Sie.«

»Und was machen Sie sonst?« Ihre Stimme klang scharf.

»Wie bitte?«

»Na, was tun Sie, um herauszufinden, wer meinen Sohn umgebracht hat? Oder warten Sie auf den nächsten Todesfall?«

»Also ich glaube nicht, dass Sie unsere Arbeit beurteilen können, Frau Lamprecht«, entgegnete er in leicht zögerlichem Ton, da ihn die angriffslustige Art der Frau überraschte.

»Es ist doch denkbar, dass dieser Herr Menke etwas mit Jans Tod zu tun hatte. Haben Sie das mal in Erwägung gezogen?«

»Wie kommen Sie darauf? Hatte Ihr Sohn Kontakt zu dem Schulsozialarbeiter?«

Ein Seufzer entfuhr Frau Lamprecht. »Wenn ich das wüsste.«

Für einen kurzen Moment entstand bei Dirk der Eindruck, als bekäme die Fassade der Mutter Risse und ihr sanftes Wesen gewänne die Oberhand.

»Es ist doch auffällig, dass dieser Menke nur wenige Tage später als Jan umgebracht wurde, oder?« Sie blitzte ihn herausfordernd an, und Dirk fragte sich, was Frau Lamprecht so aufmüpfig werden ließ. Was hatte diesen Wesenswandel hervorgerufen? War es die Trauer oder hatte jemand die Frau angestachelt?

»Frau Lamprecht, ja, es sieht so aus, als würden die beiden Todesfälle zusammenhängen, aber bisher gibt es keinerlei Gemeinsamkeiten zwischen Jan und Herrn Menke – außer der Schule.«

»Das ist doch eine große Verbindung. Bedenken Sie nur, wie viel Zeit die Kinder in der Schule verbringen. Vielleicht hat Jan mit Menke gesprochen, vielleicht war er …« Sie brach unvermittelt ab.

Dirk griff den Gedankengang auf. Es war möglich, dass Jan sich an den Sozialarbeiter gewandt hatte, weil er Probleme hatte. Die Lehrer und seine Mitschüler beschrieben ihn als Einzelgänger, sonderlich und verschlossen. Die Situation zu Hause, so wie Dirk sie einschätzte, konnte nicht die allerbeste gewesen sein, jedenfalls glaubte er nicht, dass Jan mit seinen Problemen zu seinen Eltern gegangen war. Hatte er sich bei Menke verstanden gefühlt? Hatte er mehr als nur einen Berater in ihm gesehen? Aber selbst wenn, wer hatte die beiden dann getötet und warum?

Er schüttelte den Kopf. »Also soweit mir bekannt ist, ist Menke nicht homosexuell gewesen. Er hat eine Freundin.«

»Das muss nichts heißen«, zischte Frau Lamprecht.

»Das mag stimmen, aber haben Sie denn konkrete Hinweise, dass es sich anders verhält?« Frau Lamprecht presste die Lippen aufeinander.

»Frau Lamprecht, warum sind Sie hier?«

Sie rutschte leicht auf dem Stuhl hin und her.

»Frau Lamprecht?«

Sie hob den Kopf. In ihrem Blick lag große Traurigkeit. Dunkle Fenster der Seele, hinter denen Verzweiflung, Wut und Hilflosigkeit tobten.

Er beugte sich leicht vor und griff nach ihrer Hand. »Bitte, Frau Lamprecht, wer hat mit Ihnen gesprochen?«

»Ich …« Ein Schluchzer entfuhr ihr.

Dirk zog mit der freien Hand die Schublade des Schreibtisches auf und holte Taschentücher heraus, die er vor Frau Lamprecht hinlegte. Sie griff danach und fischte mit fahrigen Fingern eins aus der Packung. Lautstark schnäuzte sie sich die Nase.

»Gestern hat jemand angerufen.«

»Wer?«

Frau Lamprecht zuckte mit den Schultern. »Ein junger Mann, seinen Namen hat er nicht genannt.«

»Was hat er gesagt?«

»Dass Jan tot sei, weil der Menke sich eingemischt habe.«

»Und in was soll sich der Sozialarbeiter eingemischt haben?«

»Das hat er nicht erwähnt.«

»Und warum Menke tot ist, dazu hat er auch nichts gesagt?«

Frau Lamprecht schüttelte den Kopf. Die anschließende Stille wurde durch ein Klopfen an der Tür unterbrochen. Ansgar Rolfs steckte seinen Kopf ins Büro.

»Frau Nielsen wäre dann da.«

»Nielsen?« Dirk krauste die Stirn.

»Melanie Nielsen, die Freundin von Till Menke.«

»Ach so.« Den Termin hatte Dirk schlichtweg vergessen. Er blickte wieder zu Frau Lamprecht. »Nun, wir sind hier auch fertig, denke ich. Ich melde mich, wenn ich mit der Rechtsmedizin gesprochen habe.«

Dirk erhob sich und Frau Lamprecht stand ebenfalls auf.

»Begleitest du die Dame hinaus?« Dirk wollte den Obduktionsbericht zumindest überfliegen, bevor er mit Melanie Nielsen sprach.

Diesmal enthielt Dr. Beckers Nachricht keine überraschenden Neuigkeiten. Der Schlag auf den Kopf hatte zu einem Schädel-Hirn-Trauma geführt, an dessen Folge Till Menke verstorben war. »Es ist nicht auszuschließen, dass der Tote nach dem Schlag kurzzeitig das Bewusstsein wiedererlangt hat, dann aber aufgrund der zunehmenden Hirnblutung, die das Gehirn erdrückt hat, erneut bewusstlos geworden ist und an dem epiduralen Hämatom verstarb«, schrieb Dr. Becker.

Dirk wurde beim Lesen der Zeilen deutlich, dass Menke zu retten gewesen wäre, wenn er rechtzeitig Hilfe erhalten hätte. Wieso hatte er keinen Notruf abgesetzt? Oder der Täter? Was hatte sich in dem Büro des Sozialarbeiters abgespielt?

Dirk seufzte, ehe er aufstand und Frau Nielsen hereinrief, die von einer blumigen Duftwolke umweht sein Büro betrat.

Sie wirkte nach wie vor sehr gefasst, bat um einen Kaffee und setzte sich mit überkreuzten Beinen vor seinen Schreibtisch.

»Also, Frau Nielsen«, Dirk stellte den Kaffeebecher vor ihr ab, »die Obduktion hat bestätigt, dass Ihr Freund erschlagen wurde.«

Sie nickte lediglich, während sie an dem Kaffee nippte.

»Daher komme ich noch einmal auf meine Frage von gestern zurück. Können Sie sich vorstellen, wer das gewesen sein könnte? Hat Herr Menke vielleicht etwas erzählt, gab es Probleme mit Schülern oder mit jemandem vom Lehrkörper?«

Melanie Nielsen zuckte mit den Schultern. »Wie gesagt, er hat mit mir nicht über seine Arbeit gesprochen.«

»Gar nicht? Auch nicht so ein klein bisschen? Ich meine, wenn man zusammen ist, dann spricht man ja schon hin und wieder über seine Arbeit und über das, was einen bewegt.« Er dachte an Dörte und wie viel er ihr berichtete. Oft mehr, als ihr lieb war, das wusste er.

»In letzter Zeit haben wir uns eh nicht so häufig gesehen.«

»Ach so, wieso nicht?«

Wieder hob Melanie die Schultern.

»Hatten Sie Streit?«

»Wir? Also Sie meinen ich und er?« Sie schaute ihn mit großen Augen an. »Nein, dazu sahen wir uns viel zu selten.«

»Aber Sie waren schon noch ein Paar, oder?«

»Irgendwie schon, ja.«

»Irgendwie? Hatten Sie sich auseinandergelebt?«

»Auseinandergelebt ist vielleicht das falsche Wort. Wir wohnten ja noch nicht einmal zusammen, aber am Anfang unserer Beziehung war es anders. Wir haben viel zusammen unternommen, haben uns jeden Tag gesehen. In der letzten Zeit viel weniger, einfach seltener …« Sie seufzte. »Ach, ich weiß auch nicht. Till war einfach anders.«

»Hm.« Dirk ging sofort Frau Lamprechts Andeutung durch den Kopf. »Was genau meinen Sie damit, wenn Sie sagen, er war anders?« Melanie Nielsen lehnte sich vor, um den Kaffeebecher abzustellen. Ihr weiter Ausschnitt entging Dirk nicht.

»Er hatte kaum Zeit, war ständig mit seiner Arbeit beschäftigt.«

»Aber womit genau, hat er nicht erzählt?«

»Mich interessieren die Probleme der Kids nicht. Hatte selbst eine schlechte Kindheit, da muss jeder selbst durch.«

Vielleicht war ihre Haltung zum Problem zwischen Till Menke und ihr geworden, überlegte Dirk. Die Lehrer hatten Menke als sehr engagiert und beliebt bei den Schülern beschrieben. Das hatte ihn sicherlich beflügelt und mehr Zeit in seine Arbeit investieren lassen. Oder steckte etwas anderes hinter dem vermeintlichen Auseinanderleben des Paares?

»Und eine andere Frau kann nicht der Grund dafür sein, dass Ihr Freund so wenig Zeit für Sie hatte? Ich meine, vielleicht ist er zweigleisig gefahren und hatte nicht den Mut, mit Ihnen Schluss zu machen?«

»Ja, den Mumm hätte er wirklich nicht gehabt«, lachte Melanie auf, »aber mich betrügen …« Sie überlegte kurz. »Nee, das hätte er sich nicht getraut. Außerdem, Sie kennen Niebüll. Hier bekommt jeder alles mit. Das hätte ich gleich danach gewusst.«

Dirk nickte. Die Wahrscheinlichkeit war groß, aber es war nicht unmöglich, in der Gegend etwas geheim zu halten. Wenn die Beziehung sich nur innerhalb der Schule, in Menkes Büro, abgespielt hätte, dachte Dirk, behielt diese Überlegung jedoch für sich. »Wissen Sie denn, ob er zu Jan Lamprecht Kontakt hatte?«

»Zu diesem Bubi, den man auf der Bahnhofstoilette gefunden hat?«

»Ja.«

»Kann ich nicht sagen. Ich glaub aber nicht, dass der das Heroin an der Schule gekriegt hat und deswegen auf Tills Gesprächsliste stand.«

»Wieso nicht?«

»Na ja, wie gesagt, ich hatte selbst keine tolle Kindheit und habe einiges ausprobiert, aber hier in der Gegend an Heroin zu kommen, war fast unmöglich.«

»Das könnte sich geändert haben.«

»Glaub ich nicht. Oder haben Sie viele Drogendelikte, bei denen Heroin ein Thema ist?«

»Nicht wirklich«, musste Dirk eingestehen.

»Sie können sich also nicht vorstellen, wer Till Menke umgebracht hat und warum?«, fasste er ihre Unterhaltung zusammen.

Melanie schüttelte den Kopf, und für einen kurzen Moment erschien es Dirk, als kippte ihre Stimmung, als fiele die Maske, die sie trug, doch dann stand sie unvermittelt auf. »Wenn das alles ist, müsste ich dann jetzt auch mal los. Zur Arbeit.«

»Natürlich, aber falls Ihnen noch etwas einfällt …«

»Weiß ich ja, wo ich Sie finde.« Sie wandte sich um und verließ mit schnellen Schritten sein Büro.

Dirk lehnte sich im Stuhl zurück, schloss die Augen, um sich zu sortieren.

»Oh, ähm, ich wollte dich nicht stören«, Ansgar Rolfs stand plötzlich mit zwei Bechern Kaffee in der Hand in der Tür.

»Komm rein. Wir müssen eh über die nächsten Schritte sprechen.«

»Hat sie denn was gesagt?«

»Nichts, das uns weiterhilft. Angeblich haben sie und Menke nicht mehr viel Zeit miteinander verbracht, sich auseinandergelebt.«

»Meinst du, er hatte eine neue Beziehung?«

»Keine Ahnung. Frau Lamprecht hat da so eine Andeutung gemacht.«

»Frau Lamprecht?« Ansgar zog die Augenbrauen in die Höhe.

»Nee, nicht, was du denkst. Sie hat einen Anruf erhalten und meint nun, dass ihr Sohn und Menke ein Verhältnis gehabt haben könnten.«

»Wäre das so abwegig?«

»Ich weiß nicht, ich glaube da nicht dran. Du?«

Ansgar zuckte mit den Schultern. »Wer hat Frau Lamprecht denn angerufen?«

»Angeblich ein junger Mann, seinen Namen hat er nicht genannt.«

»Wer könnte das gewesen sein?«

»Keine Ahnung«, seufzte Dirk. »Im Grunde genommen haben wir nichts.«

»Außer einen vermeintlichen Drogentoten und einen erschlagenen Sozialarbeiter – das nenne ich nicht nichts. Und wenn wir uns die Opfer anschauen und davon ausgehen, dass die Morde zusammenhängen, dann laufen alle Fäden in der Schule zusammen. Ist denn Haie Ketelsen noch nichts aufgefallen?«

»Hm«, Dirk kratzte sich am Ohr, »sein Patensohn hat erzählt, dass einige Jungs auf Menke eifersüchtig waren, weil ihm die Mädels scharenweise hinterhergelaufen sind.«

»Und?«

»Na, ich habe Haie gesagt, er soll weiter die Augen und Ohren offen halten, was er sicherlich machen wird. Da kannst du einen drauf lassen.«

Als Haie an diesem Morgen die Schule erreichte, erschien es ihm, als läge ein schweres Tuch über dem Gebäude. Die Schülerinnen und Schüler verhielten sich nicht wie gewohnt. Haie fiel sofort auf, dass niemand rannte, dass keiner johlte.

Er ging zum Hausmeisterbüro, schloss auf und stellte als Erstes die Kaffeemaschine an. Als der aromatische Duft den Raum zu erfüllen begann, entspannte er sich ein wenig. Er setzte sich an den Schreibtisch und blätterte in seinen Notizen, um zu überlegen, was er als Erstes in Angriff nehmen würde. Den Rasen auf dem Sportplatz mähen? Nee, gestern hatte jemand einen verstopften Abfluss aus der Mensa gemeldet, das musste er zuerst …

»Ach, es ist ja doch jemand da.«

Haie fuhr aus seinen Überlegungen hoch.

In der Tür stand eine kompakte dunkelhaarige Frau mit gewagter Brille. Groß und bunt thronte sie auf ihrer Nase und nahm dabei die Hälfte des Gesichtes ein. Haie schätzte die Frau auf Mitte fünfzig.

»Ja natürlich, wieso nicht?«

»Lornsen, Bettina«, stellte sie sich vor. »Ich bin die Sozialarbeiterin und wollte fragen, ob Sie wissen, wann das Büro von Herrn Menke freigegeben wird.«

»Wieso?«

»Nun ja, also, ich habe gedacht, ich könnte mein Büro tauschen. Da oben unter dem Dach ist es für die Schüler angenehmer, etwas abgelegener, auch wenn ein Geist sein Unwesen dort treiben soll.« Sie grinste ihn schief an.

»Ein Geist?«

»Die blaue Frau. Haben Sie noch nicht davon gehört? Na ja, egal, haben Sie denn schon eine Info? Ich meine, der Raum müsste natürlich erst gereinigt und …«

Was war das denn für eine, überlegte Haie, während die Frau weiterplapperte wie ein Wasserfall. Der Menke war kaum abtransportiert, da wollte sie schon sein Büro beziehen?

»Ich denke, das wird noch dauern«, unterbrach er ihren Redefluss. »Es kann sein, dass noch weitere Untersuchungen stattfinden und …«

»Untersuchungen?« Sie blickte ihn fragend an.

»Ja natürlich. Immerhin ist gestern Ihr Kollege getötet worden. Da kann man nicht so einfach zur Tagesordnung übergehen.«

»Das ist mir schon klar«, entgegnete sie, »aber trotzdem muss das Leben weitergehen. Die Kids brauchen unsere Unterstützung. Gerade jetzt.«

»Sicher, aber Sie haben ja ein Büro, in dem Sie mit den Schülern sprechen können.«

»Schon, aber das von Menke liegt besser und ist auch größer und …«

Haie betrachtete die Frau eingehender, während sie weitere Gründe aufzählte, warum das Büro des toten Kollegen für ihre Arbeit besser geeignet war als der Raum, in dem sie momentan untergebracht war.

Könnte sie etwas mit Menkes Tod zu tun haben, überlegte er. Augenscheinlich war sie über dessen Ableben nicht besonders beunruhigt, was Haie verwunderlich fand.

»Sagen Sie, hatten Sie etwas mit Jan Lamprecht zu tun?«, unterbrach er Frau Lornsen, die ihn daraufhin mit weit geöffneten Augen durch ihre bunte Brille anstarrte.

»Nein, zu dem Lamprecht hatte ich keinen Kontakt. Sehen Sie, meistens verhält es sich so, dass die Jungen in diesem Alter eher eine männliche Bezugsperson wählen.«

Das konnte Haie nachvollziehen, wenngleich Niklas mit seiner Psychologin gut klarkam.

»Wissen Sie denn, ob Jan Lamprecht sich an Herrn Menke gewandt hat? Unter Kollegen berät man sich ja gewiss, unterhält sich über die Arbeit, oder?«

»Schon, aber über Jan Lamprecht haben wir nie gesprochen.«

»Nicht? Über wen dann?«

»Über andere Fälle«, wich Frau Lornsen aus.

»Und sind Drogen ein Thema an der Schule?«

»Nun, es gibt sicherlich Schüler, die Drogen konsumieren, aber ein wirkliches Problem stellt das insgesamt nicht dar.«

»Und Drogenhandel?«

»Bisher auch nicht.«

Haie kratzte sich am Kopf.

»Weswegen kommen die Kids denn zu Ihnen?«

»Nun, darüber rede ich nicht.«

»Mobbing?«

»Kommt vor.«

»Abzocke?«

»Auch.«

Haie musste an Judith denken.

»War denn mal eine Judith bei Ihnen?«

»Judith, wie kommen Sie auf die?«

»Ich habe sie neulich im Treppenhaus aufgelesen, da hatte man ihr das Handy geklaut.«

»Nun, wie gesagt, ich darf da nicht weiter drauf eingehen. Wenn die Schüler mitkriegen, dass ich mit anderen über ihre Anliegen spreche, kann ich als Vertrauensperson einpacken.«

Haie nickte, das konnte er verstehen. Er würde Judith fragen, ob sie Hilfe gesucht hatte.

»Ja, dann gebe ich Ihnen Bescheid, wenn ich wegen des Büros etwas erfahre.«

»Danke«, seufzte Frau Lornsen und verabschiedete sich.

Haie schaute auf die Uhr. Der Unterricht lief erst seit einer halben Stunde. Zeit für einen ersten Kontrollrundgang, in der großen Pause würde er dann nach Judith Ausschau halten.

Als Dirk gerade nach seiner Jacke greifen wollte, um sich mit Ansgar zusammen auf den Weg zur Schule zu machen, klingelte sein Telefon. »Thamsen?«

Es war der Kollege aus Kiel.

»Das Passwort auf dem Computer von eurem Drogentoten habe ich geknackt, war nicht besonders schwer. Geburtsdatum. Besonders helle scheint der Knabe nicht gewesen zu sein.«

»Er war halt noch recht jung.«

»Ach, das hat nichts zu bedeuten. Die Kids von heute sind uns meistens voraus, wenn es um technische Dinge geht.«

»Und hast du etwas gefunden, das uns in dem Fall weiterbringt?«

»Na, tatsächlich scheint er den PC hauptsächlich für Schulsachen genutzt zu haben, aber im Browserverlauf habe ich gesehen, dass er immer wieder auf einer bestimmten Seite war.«

»Was ist das für eine Seite?«

»Habe ich noch nicht so recht verstanden. Irgendein Fanclub so scheint es, aber die Band sagt mir nichts.«

Das musste nichts heißen, dachte Dirk. Die Musik, die seine Kinder hörten, könnte er auch nicht zuordnen. Die Band-Namen, die er manchmal noch nicht einmal aussprechen konnte, sagten ihm nichts, geschweige denn dass er eine Ahnung hatte, um wen es sich bei den Musikern handelte. Die Medienkanäle waren heutzutage anders, außer Platten, die sich in der letzten Zeit wieder einer gewissen Nachfrage erfreuten, waren Kassetten und CDs im Nirwana der Vergangenheit verschwunden.

»Vielleicht ein YouTube-Star«, brüstete er sich.

»Recherchiere ich noch, vielleicht ist es auch nur eine Fake-Seite.«

»Wieso?«

»Na ja, Jan Lamprecht hat da recht kryptische Nachrichten verfasst und auch erhalten.«

»Was zum Beispiel?«

»›Die blaue Frau wählt sechs Mal Hoffmann.‹ Kannst du damit etwas anfangen?«

Blaue Frau, blaue Frau, tatsächlich hatte er davon gehört. Wer hatte …? Frau Hoffmann fiel ihm ein, und augenblicklich spürte er ein Kribbeln am ganzen Körper. Hatte die nette Sekretärin etwas mit dem Fall zu tun, oder was bedeutete die Nachricht? »Und was gibt es noch für Mitteilungen?«

»›Die blaue Frau gewährt drei Mal Hoffmann.‹ Das ist eine Antwort, aber von wem, ist nicht ersichtlich. Natürlich verwenden die Chatteilnehmer Nicknamen.«

»Und kann man die Klarnamen herausfinden?«

»Ich kann das mal unseren IT-Spezialisten geben, aber das kann dauern, die sind mehr als ausgelastet.«

»Gut, schickst du mir den Chatverlauf rüber? Vielleicht finde ich etwas heraus.«

»Sagt dir ›die blaue Frau‹ denn etwas oder der Name ›Hoffmann‹?«

»Die blaue Frau ist ein Geist, aber die Hoffmann ist ziemlich lebendig«, entgegnete Dirk.

Haie schlug den Kragen seiner Jacke hoch. Er fror, daher erhöhte er das Tempo auf seinem Rundgang. Der Schulhof sah ordentlich aus, nur ein To-go-Becher hatte es nicht bis in den Mülleimer geschafft und wurde vom Wind über den Asphalt hin und her getrieben. Haie bückte sich und bereitete dem Bechertanz ein Ende.

Als er um die Ecke des Gebäudes bog und sich die Straße in sein Blickfeld schob, fiel ihm ein Wagen auf, der am Straßenrand parkte. Die Seitenfenster waren geöffnet und Rauch drang von innen heraus. Seltsam, befand Haie, vielleicht wurde ein Schüler abgeholt, weil er krank geworden war? Kurzerhand stiefelte er in Richtung des Wagens, doch als er ihn beinahe erreicht hatte, wurde der Motor angelassen und der Fahrer gab Gas. Haie blickte den Rücklichtern hinterher. Wer war das? Und warum hatte der Wagen hier gehalten? Zu spät fiel ihm ein, dass er sich das Kennzeichen hätte merken sollen. »Mist«, fluchte er. War es ein auswärtiges Nummernschild gewesen? Haie wusste es nicht.

Er blickte auf seine Uhr. In zehn Minuten würde es zur großen Pause läuten, daher ging er zurück zum Eingang. Als er seine Jacke an den Haken im Büro hängte, ertönte der Schulgong.

Augenblicklich erwachte das Gebäude zum Leben. Türen klappten auf und zu, Stimmen erklangen und erfüllten zusammen mit dem Hall von Schritten das Treppenhaus, in dem Haie sich Stufe für Stufe gegen den Strom der Schüler aufwärtskämpfte und dabei nach Judith Ausschau hielt.

Ob sie im Nebengebäude Unterricht hatte, fragte er sich, da er das Mädchen nirgends entdecken konnte. Er kratzte sich am Kopf, ließ seinen Blick suchend zwischen den Jugendlichen umherschweifen, als er am oberen Treppenabsatz kurz verschnaufte. Schließlich machte er kehrt und stieg wieder hinab ins Erdgeschoss. Im Windfang des Haupteingangs sah er eine Gruppe Mädchen stehen, die ihre Köpfe dicht gedrängt zusammensteckten. »Ha, guck mal«, hörte er, »das hat sie nun davon.« Haie reckte sich, um zu sehen, was die Mädchen so interessiert betrachteten, konnte jedoch lediglich erkennen, dass eine der Schülerinnen ein Handy in der Hand hielt.

Er schätzte, dass die Mädchen im selben Alter wie Judith waren.

»Sagt mal, kennt ihr eine Judith? Habt ihr sie gesehen?«

Augenblicklich stieben die Schülerinnen auseinander. Haie nahm den Geruch eines ziemlich aufdringlichen Parfums wahr.

Eines der Mädchen, das stark geschminkt war, blickte ihn musternd an. »Die ist krank«, antwortete es mit einem verächtlichen Unterton in der Stimme. »Ist psychisch ein wenig angeschlagen«, fügte eine andere aus der Gruppe hinzu.

»Wegen Herrn Menke?«

»Auch.« Die stark Geschminkte, die offenbar die Anführerin der Gruppe war, grinste ihn an, und auch die anderen Mädchen verzogen die Münder zu einem Grienen. Der Tod des Schulsozialarbeiters schien die Mädchen nicht sonderlich zu bewegen. Jedenfalls zeigten sie es nicht.

»Tolles Handy habt ihr da«, bemerkte Haie mit einem Blick auf das Mobiltelefon.

»Ja, ist das neueste Teil«, brüstete sich die Anführerin.

»Dann passt man auf, dass es nicht geklaut wird, wie das von Judith.« Haie hatte den Eindruck, als huschte ein Schatten über die Gesichter der Angesprochenen, schnell hatten die Mädchen sich jedoch wieder im Griff.

»Ist gesichert. Kann man außerdem orten, per GPS. Da hat ein Dieb keine Freude dran.«

»Aha«, bemerkte Haie und ging weiter. Wenn das so war, würde er Judiths Eltern vorschlagen, nach Judiths Telefon zu suchen. Die Frage war nur, wie er die Eltern verständigen konnte. Am besten, er fragte mal im Sekretariat nach Judiths Adresse.

Die Tür des Büros stand offen, aber der Platz hinter dem Tresen war verwaist. Aus dem Nebenraum hörte Haie

Stimmen, die gedämpft durch die geschlossene Tür drangen, und er beschloss zu warten. Sosehr er sich bemühte, er konnte nicht verstehen, worüber im angrenzenden Zimmer gesprochen wurde, erst als die Tür sich öffnete, vernahm er die klare Stimme des Direktors.

»Ich möchte, dass das so schnell wie möglich aufgeklärt wird, also stellen Sie der Polizei alles zur Verfügung, was sie braucht. Es muss wieder Ruhe einkehren. Je länger sich die Angelegenheit hinzieht, umso mehr Schaden nimmt der gute Ruf unserer Schule.«

Frau Hoffmann stolperte aus dem Raum und riss die Augen auf, als sie Haie erblickte. »Herr Ketelsen?«, stieß sie hervor und eilte mit trippelnden Schritten hinter den Tresen.

Haie musterte die Frau, die blass war und übermüdet wirkte. Zumindest sie schien der Mord an Till Menke zu berühren.

»Ja, also«, er räusperte sich, »ich wollte mich nach Judith erkundigen.«

»Judith?« Sie zog die Brauen zusammen. »Ja, eine Schülerin, so aus der siebten, achten Klasse. Ich brauche die Anschrift.«

»Wieso?« Sie musterte ihn von oben bis unten und Haie spürte, wie ihm das Blut in die Wangen schoss.

»Sie hat ihr Handy verloren und ich weiß vermutlich, wo es ist.«

»Und dafür brauchen Sie die Anschrift? Das fällt unter Datenschutz, ich kann nicht einfach so Adressen herausgeben.«

»Na ja.« Haie trat von einem Fuß auf den anderen. »Ich vermute, es ist ihr gestohlen worden, und zwar von ein paar Mitschülerinnen. Wenn Sie also wollen, dass ich es der Polizei melde …«

Bei dem Wort »Polizei« wurde Frau Hoffmann noch bleicher. Sie krallte sich am Tresen fest. Anscheinend klangen die Worte des Direktors in ihr nach.

»Ja, wenn das so ist. Einen Augenblick …« Sie sank auf den Schreibtischstuhl nieder und wandte sich dem Computer zu. Nur das Klacken ihrer Nägel auf der Tastatur war zu hören, während sie die gewünschte Information suchte.

Dirk bemerkte, wie Ansgar neben ihm das Gesicht eigenartig verzog, als sie das Schulgebäude betraten. Er führte es auf den Lärm zurück, der ihnen entgegenschlug. Laute Rufe, Kreischen und Gejohle hallten durch das Treppenhaus, wenngleich es Dirk vorkam, als wäre es heute ruhiger in der Schule als bei seinem letzten Besuch. Ansgar hatte keine Kinder, war den Geräuschpegel nicht gewohnt, und Dirk konnte seine Reaktion gut verstehen. Wie oft ging ihm zu Hause der Krach, den seine beiden Jüngsten erzeugten, auf die Nerven? An manchen Tagen wünschte er Lotta und Hanno auf den Mond.

Eine Gruppe Jungen kam ihnen entgegengerannt, während sie die Treppe in den ersten Stock hinaufstiegen. Als die Kinder sie erblickten, stoppten sie und gingen anschließend manierlich die restlichen Stufen hinab. Manchmal war er froh über die Autorität, die er als Polizist ausstrahlte. Wenn das zu Hause nur auch so wäre, dachte er.

Die Tür zum Sekretariat war nur angelehnt. Dirk klopfte kurz, ehe er eintrat und Haie vor dem Tresen der Schulsekretärin erblickte. Dieser wandte sich um und nickte ihm zu. Dirk hoffte, dass Haie sich nicht verplapperte. Es wäre für die Ermittlungen nicht gut, wenn seine Tarnung aufflöge.

»Oh, Kommissar Thamsen«, entfuhr es der Sekretärin. »Sie wollen sicher zu Herrn Oelde.« Sie sprang auf.

»Nein, eigentlich wollen wir zu Ihnen.«

Er sah, wie Frau Hoffmann in der Bewegung innehielt und ihn mit starrem Blick anschaute. »Ja, dann einen kleinen Moment bitte.«

Sie setzte sich, schrieb etwas auf einen Zettel und reichte ihn Haie.

»Hier, Herr Ketelsen, aber bitte die Daten sensibel behandeln.«

Haie griff nach dem Papier und Dirk fragte sich, was darauf geschrieben stand. Hatte sein Freund eine Spur? »Selbstverständlich«, murmelte Haie und drängte sich an Dirk und Ansgar vorbei. Dirk hatte das Gefühl, als wollte Haie ihm ein Zeichen geben, oder warum zwinkerte er ihm so seltsam zu?

»Herr Ketelsen, haben Sie sich von dem Schrecken erholt?«

»Es geht, die Arbeit lenkt mich ab. Wann können wir denn mit der Freigabe von Menkes Raum rechnen?«

»Nun, das wird noch ein wenig dauern, ich gebe Ihnen Bescheid«, sagte Dirk.

Haie verabschiedete sich und Dirk drehte sich zu Frau Hoffmann, die ihn mit großen Augen anschaute.

»Sie wollten zu mir?«

»Ja, Ihr Name ist uns im Zuge der Ermittlungen aufgefallen.«

»Was?«, entfuhr es ihr. »Aber wieso? Ich habe mit Menkes Tod nichts zu tun!«

Dirk trat näher an den Tresen und stützte sich mit den Ellenbogen darauf.

»Sie haben mir doch von der blauen Frau erzählt, nicht?«

»Ja, aber das ist doch nur eine Spukgeschichte.«

»Anscheinend nicht. Es gibt Nachrichten, in denen Ihr Name im Zusammenhang mit der blauen Frau genannt wird.«

»Was für Nachrichten?«, erklang eine männliche Stimme. Herr Oelde stand in der Tür zum angrenzenden Zimmer und blickte zwischen Dirk und Frau Hoffmann hin und her.

»Auf dem Computer von Jan Lamprecht haben die Kollegen einen Chat entdeckt.« Dirk richtete sich auf.

»Mit der blauen Frau?« Oelde grinste.

»Nein, mit wem, versuchen unsere ITler noch herauszufinden. Aber die blaue Frau und der Name Hoffmann werden für kryptische Botschaften genutzt.«

»Was denn für Botschaften?«

»Dazu wollten wir gerade Frau Hoffmann befragen.«

»Mich?« Die Sekretärin wurde blass im Gesicht.

»Es gibt Nachrichten, die lauten: ›Die blaue Frau wählt sechs Mal Hoffmann.‹ Sagt Ihnen das etwas?«

Die Schulsekretärin schüttelte den Kopf. »Was soll das denn bedeuten?«

»Das hätten wir gerne von Ihnen erfahren.«

»Aber ich weiß nichts darüber. Wirklich nicht.«

»Die blaue Frau wählt sechs Mal Hoffmann«, murmelte Oelde.

»Können Sie etwas damit anfangen?« Dirk drehte sich zum Direktor.

»Was ist das denn für ein Chat?«

»Vermutlich die Fanseite einer Musikgruppe, aber das kann eine Tarnung sein.«

»Tarnung? Wofür?«

»Drogenhandel«, warf Ansgar unvermittelt ein. Dirk fuhr herum und blickte verwundert zu ihm, ebenso wie die anderen.

»Könnte doch eine Art Code für Deals sein, oder?«

»Ich sagte Ihnen doch, dass an der Schule nicht mit Drogen gehandelt wird.« Herrn Oeldes Wangen glühten.

»Mag sein, dass Sie das so sehen, aber vielleicht wissen Sie einfach nicht, was hier läuft«, hörte Dirk Ansgar argumentieren.

»Also hören Sie mal!«, empörte sich der Schulleiter und trat einen Schritt auf Ansgar zu, der sich wenig beeindruckt zeigte.

»Die blaue Frau, auch wenn sie ein Gespenst ist, deutet doch ganz eindeutig auf die Schule und«, er wandte sich zur Sekretärin um, »der Name Hoffmann auch.«

»Ja, aber Drogen?« Oelde zog die Augenbrauen nach oben.

Ansgar zuckte mit den Schultern. »Für mich passt es. ›Die blaue Frau wählt sechs Mal Hoffmann.‹ Da bestellt doch einer ganz offensichtlich etwas, und wenn es etwas Legales wäre, würde man es beim Namen nennen. Außerdem hatte Jan Lamprecht eine Menge Pillen bei sich und wurde auf dem Schulhof beim Dealen beobachtet. Wollen Sie immer noch behaupten, es gebe an der Schule keine Drogen?«

»Ja, ähm, also …«

Dirk fuhr herum. Er stemmte die Hände in die Hüften und stierte Oelde an, der unter seinem Blick leicht den Kopf einzog. Nur eine klitzekleine Bewegung, aber Dirk fiel sie trotzdem auf.

»Es gab da mal so einen Vorfall, aber das hat sich schnell aufgelöst, daher spielt es keine Rolle.«

»Ob die Sache relevant für die Ermittlungen ist oder nicht, lassen Sie mal unsere Sorge sein. Also, was genau hat sich zugetragen?«

»Herr Menke hat uns auf etwas aufmerksam gemacht, was er beobachtet haben wollte. Aber genau kann ich nicht sagen, was er gesehen hat. Sie wissen ja, dass unser Gehirn viele Dinge sehr subjektiv …«

»Jaja, kommen Sie zur Sache.« Dirk bewegte leicht die rechte Hand. Dieser Eiertanz ging ihm langsam, aber sicher auf die Nerven.

»Also Herr Menke meinte, er habe da etwas beobachtet, und glaubte, es könne etwas mit Drogen zu tun haben.«

»Und was? Hat er gesehen, wie gedealt wurde, oder hat er gar Drogen bei Schülern gefunden oder gesehen, wie welche konsumiert wurden?«

»Nein, nein.« Herr Oelde schüttelte den Kopf. »Da waren zwei Männer.«

»Männer?« Dirk krauste die Stirn. »Was für Männer? Bitte, Herr Oelde, Sie müssen schon genauer werden.«

»Natürlich. Herr Menke meinte, die beiden sahen aus, entschuldigen Sie bitte, aber ich gebe nur wieder, was Herr Menke gesagt hat, als wären sie von der Mafia.«

»Mafia?«

»Ja.« Herr Oelde schmunzelte. »Ich fand das einfach lächerlich. Die Mafia hier in Niebüll?« Er grinste.

»Hat er nicht lediglich gesagt, sie hätten ausgesehen wie von der Mafia?«, hakte Ansgar nach.

»Ja, wieso?«

»Na ja, sie müssen nicht von der Mafia sein, nur weil sie so aussehen, haben aber vielleicht ähnlich kriminelle Absichten.«

»Ach so, ja, hm.« Herr Oelde schwankte leicht. »So habe ich das noch gar nicht gesehen.«

»Was genau hat Herr Menke denn berichtet?«, erkundigte sich Dirk.

»Er hat diese Männer nur von Weitem gesehen, aber für ihn war klar, dass die vor der Schule auf jemanden warteten.«

»Auf wen?«

Der Schulleiter zuckte mit den Schultern. »Woher soll ich das wissen?«

»Hat Herr Menke das denn nicht beobachtet?«

»Nein, das war ja auch der Grund, warum ich das nicht weiter verfolgt habe. Er hat gesagt, dass sich die Typen, als er auf den Wagen, an dem sie lehnten, zugegangen sei, aus dem Staub gemacht hätten.«

Haie goss sich einen weiteren Kaffee ein. Sein Herz schlug bereits etliche Takte schneller. Seit er auf Dirk wartete, hatte er die eine oder andere Tasse getrunken, um sich die Zeit zu vertreiben.

Sein Handy piepste, und auf dem kleinen Display leuchtete ein Briefumschlag auf, der eine neue Nachricht ankündigte.

Er drückte zwei Tasten, um sie zu öffnen.

Besser, wir treffen uns nicht in der Schule. Komme heute Abend bei euch vorbei. Dirk.

Leichte Enttäuschung machte sich in ihm breit, wenngleich er Dirk recht gab. Es war vernünftiger, wenn man sie nicht zusammen sah.

Er warf einen kurzen Blick auf seine To-do-Liste. Die Aufgaben konnten bis morgen warten. Wenn Dirk jetzt nicht zu ihm kam, konnte er sich auf den Weg zu Judith machen. Haie packte seine Sachen zusammen und schloss das Büro ab.

Die Adresse, die Frau Hoffmann auf dem kleinen Zettel notiert hatte, lag in einem Neubaugebiet zwischen Steege und Dorfstraße. Haie kannte sich in diesem Viertel nicht so gut aus und brauchte drei Anläufe, um die Anschrift zu finden. Das Haus wirkte neu auf ihn, und Haie vermutete, dass es in Fertigbauweise hergestellt worden war. Der Garten glich noch einem Acker, Haie erkannte Teile, die von einer Baustelle stammten. Lange konnte die Familie noch nicht hier wohnen. War Judith vielleicht erst vor Kurzem auf die Schule gekommen und hatte deswegen noch keine Freunde gefunden? Haie lehnte sein Fahrrad an die Hauswand und stapfte über einen unebenen Weg zur Haustür. Er drückte den Klingelknopf, der nicht zu funktionieren schien, denn er hörte nicht einmal den Ansatz eines Läutens aus dem Inneren zu ihm dringen.

Daher klopfte er gegen das Glas der Eingangstür, hinter dem sich kurz darauf ein dunkler Schatten abzeichnete.

»Judith? Mach auf, ich bin's, Haie Ketelsen, der Hausmeister. Ich weiß vermutlich, wo dein Handy ist.«

»Ich soll Fremden nicht aufmachen«, klang es von drinnen.

»Ich bin doch nicht fremd. Du kennst mich doch«, empörte Haie sich ein wenig. »Komm, mach auf. Ich muss mit dir reden.«

»Entschuldigung?«

Haie fuhr herum. Hinter ihm stand eine Frau und musterte ihn mit zusammengekniffenen Augen. »Was genau machen Sie hier?«

»Oh, ich ...« Haie spürte, wie ihm die Röte ins Gesicht schoss. Die Situation wirkte total missverständlich, wurde ihm bewusst. Er sollte das schnell klarstellen, ansonsten gab es am Ende noch Gerede im Dorf. »Moin.« Er ging einen Schritt auf die Frau zu und streckte ihr seine Hand entgegen. »Haie Ketelsen. Ich bin der Hausmeister der Schule Ihrer Tochter.«

»Aha.«

»Ja, es geht um Judiths Handy.«

»Haben Sie es gefunden?«

»Nein, das nicht, aber ...« Haie blickte sich um. Er hatte das Gefühl, beobachtet zu werden. »Wollen wir vielleicht reingehen?« Die Frau legte den Kopf schief und ließ ihren Blick über ihn hinwegwandern. Haie hoffte, dass sie ihm glaubte. Dann machte sie ihm mit der Hand ein Zeichen, ihr zu folgen.

Sie führte ihn zum Hintereingang, wo sie ihre Gummistiefel abstreifte und ihn bat, seine Schuhe ebenfalls auszuziehen.

Im Inneren des Hauses erklärte sich Haie, warum. Alles blitzte und blinkte, ganz im Gegensatz zum Garten befand sich das Haus in einem Zustand, den Haie beinahe als steril empfand. Der Geruch nach Sagrotan verstärkte diesen Eindruck. Vorsichtig tapste er über die glänzenden Fliesen hinter der Mutter her.

»Bitte«, in der Küche wies sie auf einen Stuhl, und Haie setzte sich. Er hoffte, mit seiner Arbeitshose keine Flecken auf die helle Sitzfläche zu machen.

»Also«, begann Judiths Mutter das Gespräch, blieb aber selbst an der Küchenzeile stehen, »was ist denn nun mit dem Handy?«

»Ja, ähm«, druckste Haie herum. »Es gibt an der Schule eine Gruppe Mädchen, die ...«, Haie kratzte sich am Kopf, »sagen wir, nicht so gut auf Judith zu sprechen ist.«

»Aha.«

»Sie ärgern Judith.«

»Ach«, winkte die Mutter ab, »das gibt es doch immer wieder mal. Ist doch normal unter Kindern.« Sie nahm ein Glas, das neben der Spüle stand, und füllte es mit Wasser. Gegen Haies Erwartung, sie würde ihm das Glas anbieten, trank sie jedoch selbst.

»Schon«, lenkte Haie ein, »aber Judith kann sich allein nicht durchsetzen.«

»Das muss sie lernen.«

Haie fragte sich, wie man als Mutter derart hart sein konnte. Das eigene Kind wollte man doch beschützen, es sollte ihm gut gehen, und wenn es Unterstützung brauchte, gab man sie ihm. So hielt es Haie jedenfalls mit Niklas, und der Junge war noch nicht einmal sein Sohn.

»Sie wird gemoppt«, sagte er deshalb und hoffte damit, eine andere Reaktion in ihr hervorzurufen.

»Ach was, das glaube ich nicht. Die Mädchen haben sich sicherlich nur gegenseitig ein wenig geärgert.«

»Ein wenig? Ich meine, die haben sie verletzt und ihr das Handy geklaut.«

»Wer genau sind denn *die*?« Judiths Mutter stellte das Glas zurück auf die Spüle.

»Ein paar Mädchen, vermutlich aus derselben Jahrgangsstufe. Hat Judith denn nichts erzählt?«

»Bisher nicht, aber wir fragen sie einfach. Juuuudiiiith!«

Erstaunlich schnell erschien das Mädchen im Türrahmen. Haie vermutete, dass sie im Hausflur gestanden und das Gespräch belauscht hatte.

»Euer Hausmeister hier, Herr ...«

»Ketelsen.«

»Ja gut, also Herr Ketelsen meint, du wirst gemoppt?«

Judith schüttelte den Kopf.

»Mädchen«, entfuhr es Haie, »du musst was sagen, das ...« Er fing Judiths flehenden Blick auf. Angst und noch etwas, das Haie nicht so recht deuten konnte, lag darin.

Sie räusperte sich. »Es ist alles in Ordnung. Es ist wirklich nichts.«

»Sehen Sie«, die Mutter blitzte ihn triumphierend an, runzelte jedoch im selben Moment die Stirn.

»Aber wo ist dann dein Handy?« Sie stemmte die Hände in die Hüften. »Er sagt«, sie deutete mit einem Kopfnicken auf Haie, »diese Mädchen haben es.«

»Ja, ich ... ich habe es ihnen geliehen.«

»Geliehen – sehen Sie.« Noch in der Bewegung hielt die Frau inne und wandte sich an ihre Tochter. »Das finde ich nicht so gut. Wie lange denn? Die nutzen doch wohl nicht dein Guthaben?«

»Nein, nein«, beeilte sich Judith zu sagen. »Sie geben mir das Geld.«

»Aha. Sie sehen also, es ist alles in bester Ordnung«, sagte sie zu Haie.

Es entstand ein kurzes Schweigen, Haie erhob sich schließlich. In Gegenwart der Mutter würde er nichts ausrichten können.

»Dann entschuldigen Sie bitte die Störung.« Er ließ sich zum Hinterausgang geleiten, schlüpfte in seine Schuhe und bog um die Hausecke. Als er auf sein Fahrrad steigen wollte, nahm er im Augenwinkel einen Schatten wahr. Judith stand plötzlich hinter ihm.

»Bitte, Sie dürfen sich da nicht einmischen. Wenn rauskommt, dass ich was gesagt habe, wird es nur schlimmer.«

»Judith«, Haie lehnte das Rad zurück an die Hauswand, »es ist schon schlimm.«

»Nein, nein, Mette und Sina geben mir das Handy ganz bestimmt zurück und dann …«

»Das glaubst du doch selbst nicht. Du solltest dich jemandem anvertrauen. Und wenn es nicht deine Eltern sind oder ich, mit dem du reden willst, dann vielleicht mit der Schulsozialarbeiterin.«

»Waas?«, entfuhr es Judith. »Nein, auf keinen Fall.«

»Wieso denn nicht? Ist die nicht nett?«

»Ich mag sie nicht.«

»Kennst du sie denn überhaupt?«

Judith zuckte lediglich mit den Schultern.

»Und was war mit Menke? Mochtest du ihn?«

»Ja, aber Till ist tot, der kann mir nun auch nicht mehr helfen.« Sie schluckte.

»Hast du denn mit ihm darüber geredet?«

Judith schüttelte den Kopf.

»Meinst du, an der Beobachtung von Menke ist was dran?«

»Ach«, seufzte Dirk, »keine Ahnung. Du weißt doch, wie die Leute hier manchmal sind. Kaum hat einer lange Haare, ist er gleich ein Bombenleger. Oder bei der Mafia.« Er lenkte den Wagen auf den Parkplatz der Dienststelle und schaltete den Motor ab.

»Aber vielleicht war Menke anders?« Ansgar öffnete die Beifahrertür. »Durch die Kids war der vermutlich aufgeschlossener als manch anderer. Du sagst doch selbst immer, dass Kinder den eigenen Horizont erweitern.«

»Ich, echt? Wann habe ich das denn gesagt?« Dirk war ausgestiegen und verriegelte die Türen.

»Ist das denn nicht so? Und jung bleibt man dank der Kinder auch, oder?«

»Im Gegenteil, ich fühle mich meist älter, als ich bin«, grinste Dirk und folgte Ansgar zum Eingang.

Trotz aller Strapazen, die seine Kinder mit sich brachten, liebte er sie und wollte sie nicht missen. Er empfand ein leichtes Bedauern für Ansgar, der keine Familie hatte – noch nicht zumindest, schließlich war sein Mitarbeiter etliche Jahre jünger, und Dirk war selbst noch einmal im eher fortgeschrittenen Alter Vater geworden. Sicherlich traf Ansgar auch noch die Richtige, so ein netter Kerl sollte doch keine Probleme haben, eine Freundin zu finden, dachte Dirk. Einziges Manko war lediglich ihr Job, aber Zeiten wie diese, in denen sie beinahe rund um die Uhr im Einsatz waren, kamen selten vor. Kapitalverbrechen gab es in der Gegend nur vereinzelt, wenngleich sie in den letzten Jahren zugenommen hatten.

»Da wartet jemand auf euch«, teilte ihnen ein Kollege von der Bereitschaft mit, als sie die Dienststelle betraten.

»Wer?«

»Eine Frau, ihren Namen hat sie nicht genannt, wollte partout auch nur mit dir sprechen.«

»Aha.«

Die Tür zu seinem Büro war ein Stück weit geöffnet, und Dirk erkannte Frau Menke, die auf dem Stuhl vor seinem Schreibtisch saß. Er runzelte die Stirn.

»Frau Menke, moin.«

Die Mutter des Mordopfers stand umständlich auf und reichte ihm die Hand. »Herr Thamsen«, ihr Blick huschte zu Ansgar.

»Das ist mein Kollege, wir bearbeiten den Fall gemeinsam.«

»Den Fall?«

»Ja, also«, Dirk räusperte sich, »den Todesfall Ihres Sohnes.«

Sie nickte kaum merklich.

Auf dem Tisch bemerkte Dirk eine Tasse. »Die Kollegen haben Ihnen schon etwas angeboten, sehe ich.« Er setzte sich hinter seinen Schreibtisch und wartete, bis Frau Menke und Ansgar auf den Stühlen davor Platz genommen hatten. »Was können wir denn für Sie tun?«

Dirk nahm an, Frau Menke wollte wissen, wann der Leichnam ihres Sohnes freigegeben wurde, damit sie die Bestattung planen konnte, doch das war es nicht, was die Mutter in die Dienststelle getrieben hatte.

»Ich wollte mal mit Ihnen allein sprechen.«

»Allein?« Dirk schaute zu Ansgar.

»Nein, der Kollege darf schon bleiben, ich wollte nur nicht, dass Melanie dabei ist.« Frau Menke kramte in ihrer Handtasche nach einem Taschentuch und schnäuzte sich.

»Und warum wollen Sie nicht mit uns reden, wenn Melanie dabei ist? Bei meinem Besuch schien es mir, als wären Sie sehr vertraut und als wäre sie Ihnen eine Stütze?«

»Ja, das schon, Melanie ist eigentlich ein nettes Mädchen. Daher will ich nicht, dass sie erfährt, dass Till sehr wohl über seine Arbeit gesprochen hat.«

»Mit wem?«

»Na, mit mir. Er hat mich in einigen Fällen sogar um meinen Rat gebeten. Manche Dinge ändern sich nie, da ist unser Alter schon mal von Vorteil.«

Dirk hatte das Gefühl, als zwinkerte Frau Menke ihm leicht zu. Und im Grunde hatte sie recht, sie dürfte kaum älter sein als er, und wenn er manchmal gewisse Situationen zwischen Lotta und Hanno mit ähnlichen Vorfällen zwischen Anne und Timo verglich, hatte sich wirklich kaum etwas geändert. Vielleicht lagen die Dinge, über die seine beiden Jüngsten manchmal in Streit gerieten, heute etwas anders, aber die Art und Weise, wie sie um ihr Recht kämpften, war identisch mit der seiner inzwischen erwachsenen Kinder.

»Was hat er denn mit Ihnen besprochen? Gab es in der letzten Zeit etwas Auffälliges, etwas, das im Zusammenhang mit dem Tod Ihres Sohnes stehen könnte?«

»Ich denke schon.«

»Wirklich?« Dirk riss die Augen auf und lehnte sich in seinem Stuhl ein Stück weiter vor.

»Es gibt da ein Mädchen in der Schule, ich glaube, sie heißt Louisa, wobei ich nicht weiß, ob Till mir wirklich den korrekten Namen genannt hat.«

»Und was ist mit dieser Louisa?«

»Till hat erzählt, das Mädchen komme aus prekären familiären Verhältnissen.«

»Was genau meinte er damit?«

»Till glaubte, das Mädchen werde zu Hause misshandelt, jedenfalls hat sie ihm gegenüber wohl so etwas angedeutet.«

Dirk nickte leicht. »Und in diesem Fall hat er Sie um Ihren Rat gefragt?«

»Er brauchte einfach jemanden zum Reden. Das Schicksal des Mädchens hat ihn sehr mitgenommen.«

»Warum hat er sich nicht an den Schulleiter gewandt? Oder mit seiner Kollegin besprochen?«

»Mit Bettina Lornsen verstand er sich nicht besonders gut.«

»Wieso nicht?«

Frau Menke zuckte mit den Schultern. »Er hat gesagt, sie sei komisch.«

»Komisch? Was genau hat er damit gemeint?«

»Kann ich nicht sagen. Ich glaube, er hat ihr nicht vertraut.«

»Aha«, entgegnete Dirk und wunderte sich über diese Aussage. Gerade Schulsozialarbeiter sollten doch vertrauenswürdig sein, oder? Er fuhr sich übers Kinn. »Okay, und was haben Sie ihm geraten?«

»Dass er die Eltern beim Jugendamt melden soll.«

»Und hat er das gemacht?«

»Ich glaube schon.«

»Sie glauben, wissen es aber nicht.«

»Ja, aber es erklärt doch, wer Till umgebracht hat«, fuhr Frau Menke auf.

»So, und wer?«

»Natürlich der Vater dieser Louisa. Der hat bestimmt rausgefunden, wer ihn angezeigt hat, wenn er es nicht sogar aus seiner Tochter rausgeprügelt hat.«

14. KAPITEL

»Glaubst du, es könnte da wirklich einen Zusammenhang geben?«, fragte Ansgar, nachdem Frau Menke gegangen war.

»Auf jeden Fall sollten wir uns beim Jugendamt erkundigen. Was, wenn der Vater das Mädchen nicht nur geschlagen hat?« Dirk schluckte. Er wollte diesem Szenario in seinen Gedanken keinen Raum geben, obgleich er sich in seiner Laufbahn bei der Polizei bereits dem Tatbestand des sexuellen Missbrauchs durchaus hatte stellen müssen. Es war etliche Jahre her und hatte ein Mädchen, keine elf Jahre alt, betroffen. Seine Tochter Anne war zu dem Zeitpunkt im selben Alter gewesen, deshalb hatte der Fall ihn besonders betroffen gemacht. Er konnte sich nach all den Jahren sogar noch an den Namen des Mädchens erinnern. Regina, Regina Schubert.

Das Mädchen war damals von ihrem wesentlich älteren Stiefbruder zu sexuellen Handlungen gezwungen worden und durch den Missbrauch auffällig in der Schule gewesen. Manche Opfer zogen sich in sich selbst zurück, kapselten sich ab. Andere wiederum verdrängten die scheußlichen Erlebnisse und funktionierten einfach weiter, aber manchmal kam es vor, dass die eigene Ohnmacht sich in Wut kehrte und gegen andere richtete. Dirk war damals

als Streitschlichter an ihre Schule gerufen worden, und in einem Gespräch zusammen mit einer Psychologin war der Missbrauch ans Licht gekommen.

Vielleicht hatte sich diese vermeintliche Louisa an Till Menke als Vertrauensperson gewandt. Dirk konnte verstehen, wie hilflos man sich in solch einer Situation fühlte, wie ohnmächtig. Wahrscheinlich hatte er deshalb mit seiner Mutter über das Mädchen und dessen Lage gesprochen und anschließend den Fall beim Jugendamt gemeldet.

Wenn es so gewesen war, hätte das Amt diesem Hinweis nachgehen müssen und damit Louisas Familie in Aufruhr gebracht, egal, ob der Vorwurf stimmte oder nicht.

Frau Menke hatte recht, wenn sie behauptete, dass dieser Vorfall im Zusammenhang mit dem Mord an ihrem Sohn stehen könnte.

»Ich werde mich mal beim Jugendamt erkundigen. Willst du vielleicht noch einmal mit der Kollegin von Menke sprechen?«

Ansgar nickte. »Aber nicht telefonisch, ich will mir ein persönliches Bild von Bettina Lornsen machen. Mal sehen, was Till Menke mit seiner Äußerung, sie sei komisch, gemeint hat.«

Dirk hob zur Verabschiedung kurz die Hand und suchte dann am Computer nach der Nummer vom Jugendamt. Er hoffte, noch jemanden zu erreichen, immerhin war es bereits später Nachmittag. Er wählte die Nummer, die er im Verzeichnis gefunden hatte. Ein Freizeichen ertönte. Einmal, zweimal, dreimal. »Jugendamt Niebüll, Inga Hansen, guten Tag.«

»Guten Tag, Kommissar Dirk Thamsen.«

»Oh, Polizei, ist was passiert? Gibt es einen Notfall? Ich …«

»Nein, ich bräuchte nur eine Auskunft.«

»Worüber?«

Dirk wusste, dass Frau Hansen ihm aus Gründen des Datenschutzes am Telefon keine Details zu Fällen mitteilen durfte. Er überlegte, wie er am geschicktesten vorgehen könnte, um zu erfahren, ob Till Menke in der letzten Zeit einen Fall von häuslicher Gewalt gemeldet hatte.

»Wir ermitteln im Fall des ermordeten Schulsozialarbeiters Till Menke.«

»Ach, ja, Till, das ist furchtbar.«

»Sie kannten Herrn Menke?«

»Natürlich, wir hatten öfter miteinander zu tun.«

»Wann haben Sie das letzte Mal mit ihm gesprochen?«

»Das muss gut zwei Wochen her sein, denke ich.«

»Und worum ging es in dem Gespräch?«

»Also, das ist vertraulich, da kann ich nichts zu sagen.«

»Das verstehe ich, aber seine Mutter war gerade hier bei uns auf der Dienststelle und meinte, Till habe einen Fall häuslicher Gewalt melden wollen. Sie sieht da einen Zusammenhang.«

»Zusammenhang?«

Dirk verdrehte die Augen und fragte sich, ob er sich derart ungenau ausgedrückt hatte oder ob die Dame einfach nur schwer von Begriff war.

»Nun, es wäre möglich, dass sich jemand aus der Familie wegen der Anzeige gerächt hat. Vielleicht der Vater.«

»Das könnte ich mir vorstellen.«

»Ah, es hat also eine Anzeige gegeben?«

»Hm.«

»Und gegen wen?«

»Herr Thamsen, bitte, ich verliere meinen Job, wenn ich Ihnen am Telefon einen Namen nenne. Sie müssen schon ein offizielles Auskunftsersuchen vorlegen.«

»Ich weiß, ich weiß«, seufzte Dirk, »ich bringe es Ihnen morgen vorbei.«

Ansgar stoppte den Wagen vor einem Haus in Deezbüll Burg. In der Schule hatte er Bettina Lornsen nicht mehr angetroffen. Zum Glück hatte er sich, bevor er von der Dienststelle aufgebrochen war, die Privatanschrift der Schulsozialarbeiterin rausgesucht und war direkt zu ihr gefahren. Bettina Lornsen wohnte in einem kleinen Reetdachhaus, das zur Straßenseite hin nur zwei schmale Fenster hatte, durch die kaum Tageslicht drang, vermutete Ansgar. Vielleicht mochte sie es eher düster, überlegte er, während er ausstieg, und fühlte sich in seiner Annahme bestätigt, als er den schwarzen Mercedes auf der Auffahrt erblickte.

Die Haustür befand sich seitlich des Hauses. Neben einem weißen Klingelknopf hing ein getöpfertes Namensschild: »Bettina Lornsen und Torsten Ahrend«. Ansgar klingelte. Zunächst schien sich nichts zu regen, es dauerte, bis im Haus Leben erwachte, Schritte sich näherten und die Tür geöffnet wurde. Vor ihm stand ein Mann Mitte vierzig, in Jogginghosen und Muskelshirt und schaute ihn taxierend an.

»Herr Ahrend?«

»Und Sie sind?«

»Ansgar Rolfs, Polizei Niebüll. Ich möchte mit Frau Lornsen sprechen.«

»Bettina!« Der Mann drehte sich um und verschwand im Inneren des Hauses, aus dem Ansgar ein beißender Geruch entgegenschlug. Entweder Räucherstäbchen oder es wurde hier mit orientalischen Gewürzen gekocht, überlegte er, während er das Gewicht von seinem linken auf den rechten Fuß verlagerte.

Mit einem klimpernden Geräusch, verursacht durch eine Reihe von Armreifen, erschien Frau Lornsen in der Tür.

»Ja?«

»Moin, Ansgar Rolfs, Polizei Niebüll. Ich müsste Ihnen ein paar Fragen zu Ihrem Kollegen stellen.«

»Zu Till Menke?«

Ansgar nickte.

»Da kann ich nicht viel sagen.« Sie verschränkte die Arme vor der Brust.

»Warum nicht? Sie haben doch zusammengearbeitet.«

»Zusammenarbeit konnte man das kaum nennen.« Sie kniff die Augen zusammen und musterte ihn schweigend. »Aber bitte, kommen Sie doch herein.«

Er folgte Bettina Lornsen ins Haus.

Die Lichtverhältnisse im Flur waren schlecht, so wie Ansgar es erwartet hatte, aber als Bettina Lornsen die Tür zum Wohnzimmer öffnete, wurde er von einer Helligkeit überrascht, die ihn blinzeln ließ. Die gesamte gegenüberliegende Front war aus Glas und zeigte in einen Naturgarten hinaus, in dem das Gras beinahe meterhoch stand. Zwischen dem Grün wucherten bunte Blumeninseln, ein wahres Insektenparadies.

Die Einrichtung wirkte zusammengewürfelt, aber gemütlich. In einer Ecke entdeckte er eine Art Altar, auf dem in einem Metallständer mehrere Räucherstäbchen vor sich hin glommen und einen strengen Geruch ausströmten. Ansgar bemerkte ein Kratzen im Hals und schluckte.

»Nehmen Sie Platz, möchten Sie einen Tee?«

»Gerne.«

Bettina Lornsen entschwand und kehrte kurz darauf mit einem dampfenden Tonbecher zurück.

Ansgar roch Ingwer und hoffte, dass sie bei der Zubereitung des Tees zurückhaltender mit der Wurzelknolle umgegangen war als beim Gebrauch der Räucherstäbchen. Er nippte und verspürte sofort ein Brennen im Mund.

»Also«, er stellte den Tonbecher auf dem fleckigen, zerkratzten Holztisch vor sich ab, »wir ermitteln im Todesfall Till Menke und ...«

»Haben Sie denn bereits eine Spur, wer meinem Kollegen das angetan haben könnte? Doch wohl hoffentlich keiner der Schüler?«

»Wie kommen Sie darauf?«

»Sie wissen bestimmt, dass es heutzutage an Schulen nicht so gewaltfrei zugeht, wie man vielleicht glaubt.«

Ansgar nickte. »Gab es denn an Ihrer Schule schon einmal Vorfälle?«

»Nun ...«

»Bettina ist neulich bedroht worden, erzähl das ruhig.« Herr Ahrend war wie aus dem Nichts in der Tür erschienen und blickte seine Freundin herausfordernd an.

»Ach, das war nichts.«

»Nicht? Der Typ hat dich mit einem Messer bedroht.«

»Wirklich?«, mischte Ansgar sich ein und blickte Frau Lornsen an. Hatte es etwa Anzeichen gegeben, die bei Beachtung vielleicht Till Menkes Tod verhindert hätten?

»Nein, wirklich, also, das war so ein Bubi mit einem Kinder-Opinel. Er war ein wenig aufgebracht, der Bursche.«

»Weswegen?«, erkundigte sich Ansgar.

Bettina Lornsen setzte sich umständlich auf die Couch und drapierte ein paar Kissen neu. Ansgar sah ihr an, dass sie ihre Antwort hinauszögerte. »Wegen Till«, entgegnete sie, nachdem sie die Polster von imaginären Flusen befreit hatte.

»Wegen Till? Um was ging es genau?«

»So eine Eifersüchtelei, nichts Ernstes.«

»Nichts Ernstes? Frau Lornsen, Ihr Kollege ist tot und Sie wurden mit einem Messer bedroht.«

»Das weiß ich«, zischte Bettina Lornsen ihn an.

»Haben Sie denn mit ihm über den Vorfall gesprochen?«

Sie schüttelte den Kopf. »Aber er ist nicht ganz unschuldig.«

»Woran? An seinem Tod?«

»Nein, das natürlich nicht. Aber die Mädchen haben ihn umschwärmt wie Motten das Licht, kein Wunder, dass die Jungs eifersüchtig auf ihn waren. Es drehte sich bei den Mädels ja immer nur alles um Till. Till hier, Till dort. Nicht auszuhalten war das.«

Bettina Lornsen hatte sich in Rage geredet. Ansgar schien es, als wäre sie selbst eifersüchtig auf den Kollegen gewesen, offensichtlich hatte er sich einer größeren Beliebtheit erfreut als sie. Hatte sie mit Absicht die Drohung verheimlicht?

»Wie war das denn genau mit dem Jungen und dem Messer?«

»Ach«, seufzte Bettina Lornsen und lehnte sich auf dem Sofa zurück.

»Das war Leon, der Freund von Ann-Katrin, glaube ich, und die hat ihn fallen lassen, seitdem Till Menke diese Umweltgruppe ins Leben gerufen hat. Sie hat sich nur noch dafür und vor allem für Till Menke interessiert.«

»Umweltgruppe? Fällt so etwas überhaupt in Ihren Aufgabenbereich?« Ansgars Blick wanderte zum Fenster hinaus. Natur- und Umweltschutz lagen Frau Lornsen augenscheinlich am Herzen. War es vielleicht ihr Vorschlag gewesen, mit den Schülern in diesem Bereich aktiv zu werden? War Till Menke ihr zuvorgekommen und hatte aufgrund seiner höheren Popularität größeren Zulauf genossen? Oder ihr gar die Idee geklaut?

»Ja, auch«, entgegnete Frau Lornsen zögerlich.

»Wieso haben Sie mit Menke nicht über den Vorfall gesprochen?«

»Ich habe gedacht, der Junge sei einfach aufgebracht, gegen alles und jeden. Kann man ja auch verstehen. Ein paar Tage vorher hatte ich ihn bereits mit Menke in dessen Büro streiten hören.«

»Und um was ist es da gegangen?«

Frau Lornsen zuckte mit den Schultern. »Vermutlich um die gleiche Geschichte.«

»Und wieso hat Leon dann Sie mit dem Messer bedroht?«

»Das wüsste ich auch gerne«, mischte sich Herr Ahrend wieder ein. »Der muss doch einen Grund gehabt haben, Bettina.«

»Wer versteht diese pubertierenden Jünglinge schon? Wahrscheinlich war ich nur zur falschen Zeit am falschen Ort.« Frau Lornsen versuchte ein Lächeln.

»Wo genau befanden Sie sich denn, als Leon Sie bedroht hat?«

»In Menkes Büro, ich hatte ihm ein paar Unterlagen gebracht.«

»Und Till Menke war nicht da?«

»Nein, wahrscheinlich war er kurz zur Toilette gegangen. Was weiß ich.«

»Hm«, Ansgar zückte sein Merkbuch. »Das ist trotzdem ein Hinweis, dem ich nachgehen muss. Wie heißt Leon mit Nachnamen?«

»Sönnichsen. Leon Sönnichsen.«

Dirk hatte ein Auskunftsersuchen erstellt, ausgedruckt und in einen Briefumschlag gesteckt. Gleich morgen früh würde er persönlich beim Jugendamt vorbeifahren und die entsprechenden Informationen einfordern. Er nahm seine Jacke und erhob sich, als sich die Tür zu seinem Büro öffnete und Lorenz Meister den Raum betrat.

»Ach, Sie machen schon Feierabend?«

Ach, die feinen Beamten lassen sich auch mal hier blicken, wäre es Dirk beinahe herausgerutscht. Zum Glück konnte er seine Zunge gerade noch im Zaum halten. »Ich wollte noch zu einer Befragung«, umschrieb er den vereinbarten Besuch bei Haie.

Lorenz Meister ließ sich unaufgefordert auf den Stuhl vor seinem Schreibtisch fallen. Dirk blickte einen Moment auf den Beamten hinunter, ehe auch er sich setzte.

»Was habt ihr denn bisher?«

Zähneknirschend nannte Dirk ein paar der Informationen, die sie bereits gesammelt hatten.

»Hm.« Meister fuhr sich übers Kinn. »Das ist nicht allzu viel.«

»Nein, aber zumindest gibt es überhaupt ein paar Ermittlungsansätze.«

Meister nickte, aber zufrieden schien er nicht zu sein. Dirk fragte, was den Beamten hierherverschlagen hatte, und bekam prompt eine Antwort.

»Ihr müsst da mal einen Zahn zulegen, könnt euch ja denken, dass der Fall hohe Wellen schlägt. Ein toter Jugendlicher, das ist eine Katastrophe.«

»Jeder Mord ist eine Katastrophe«, gab Dirk zu bedenken.

»Ja, aber bei Kindern ist das öffentliche Interesse enorm. Was soll ich den Journalisten denn bloß sagen?«

Daher wehte also der Wind, dachte Dirk und zuckte mit den Schultern.

»Kann es nicht sein, dass Jan Lamprecht die Drogen von dem Schulsozialarbeiter hatte? Vielleicht hat dieser Menke sich deswegen selbst umgebracht?«

Dirk spürte, wie sein Hals enger und enger wurde. Hatte Meister nicht einmal den Obduktionsbericht gelesen? »Er wird sich kaum selbst erschlagen haben.«

»Und ein Unfall? Vielleicht ist er unglücklich gestürzt?«

»Nein, das schließt Dr. Becker aus.« Dirk fasste sich an den Kopf. »Hutkrempenregel?«

»Mensch«, zischte Lorenz Meister, »ich habe keine Zeit für so was.«

»Ich auch nicht.« Dirk stand auf, schlüpfte in seine Jacke und verließ das Büro. Er ließ den Husumer einfach sitzen. Meister sollte ruhig selbst einmal spüren, wie es war, wenn man von den Kollegen im Stich gelassen wurde. Er konnte sich ja beschweren, Kapitalverbrechen fielen schließlich nicht in seinen Zuständigkeitsbereich. Die Kripo sollte froh sein, dass Dirk und sein Team den Fall übernommen hatten. Da konnte Meister sich zumindest mit der Presse rumschlagen.

Dirk verabschiedete sich von seinem Kollegen der Bereitschaft, der ihn mit einem fragenden Blick bedachte, als er vor Meister die Dienststelle verließ.

Draußen atmete er tief durch, ehe er in seinen Wagen stieg und über die B 5 nach Risum fuhr. Der Ort lag friedlich da, jedenfalls oberflächlich betrachtet. Wie viel Gewalt und Verbrechen hatte es in der Gegend bereits gegeben, seitdem er Polizist war? Er konnte die Fälle nicht zählen. Warum nur war es den Menschen nicht möglich, gänzlich in Frieden miteinander leben? Wieso kam es immer wieder zu Mord und Totschlag? Vielleicht, weil Neid, Hass, Eifersucht und Rachegefühle zutiefst menschliche Regungen waren, die, egal wie zivilisiert eine Gesellschaft auch sein mochte, immer wieder an die Oberfläche drangen und das Handeln der Menschen bestimmten? Was für einen Sinn hatte seine Arbeit? Kämpfte er nicht gegen Windmühlen an?

Er erreichte das Haus seiner Freunde und blieb einen Moment sitzen, nachdem er geparkt und den Motor abgestellt hatte. Hinter diesen Mauern lebten die Menschen, die ihm neben seiner Familie die wichtigsten auf der Welt waren. Tom, Haie und Niklas und einst auch Marlene.

Bei dem Gedanken an sie huschte ein Schatten über sein Gesicht. Sie hatte er nicht retten können. Er sah, wie sich die Tür öffnete und Niklas ihm zuwinkte.

»Onkel Didi!«, hörte er die Stimme des Jungen, als er aus dem Auto stieg, und ehe er es sich versah, umarmte Niklas ihn und er merkte, wie ihm warm wurde.

»Na, wie läuft es bei dir?«

»Ganz gut. Habe gestern eine Zwei plus in der Mathearbeit zurückbekommen.«

»Wow, toll, da ist dein Patenonkel aber bestimmt mächtig stolz, was?«

»Geht so. Onkel Haie hat momentan wenig Zeit. Und wenn, dann ist er müde.«

Dirk spürte, wie sich augenblicklich sein schlechtes Gewissen meldete. Mutete er dem Freund zu viel zu? »Wo steckt er denn?«

»In der Küche – macht Abendbrot.«

»Was gibt es denn?«

»Brot.« Niklas verzog das Gesicht.

»Gibt doch bestimmt nicht nur Brot. Wie ich Haie kenne, macht der auch Eier und hat Aufschnitt, Käse und vielleicht Würstchen?« Er knuffte Niklas in die Seite und schob ihn ins Haus. »Klassisch Altdeutsch solltest du nicht verschmähen. Ist sehr lecker.«

Haie stand am Herd und ließ gerade ein paar Eier in kochendes Wasser gleiten. »Isst du mit uns?«

»Klar, wer kann denn da widerstehen?«, entgegnete Dirk mit einem zwinkernden Seitenblick auf Niklas, der sich an den Tisch gesetzt hatte und bereits nach der ersten Scheibe Brot langte.

Während des Essens sprachen sie nicht über den Fall, redeten nur kurz über Haies Aufgabe als Hausmeister, und Tom, der später zum Abendessen dazukam, berichtete von den Plänen für die Sommerferien.

»Wir wollen mit Niklas zusammen nach Mallorca fliegen.«

»Mallorca, toll, freust du dich?", fragte Dirk. Ihm war nicht entgangen, dass Niklas wenig Begeisterung zeigte. Lag es an Astrid, Toms Lebensgefährtin? Oder wieso umspielte ein Schatten Niklas' Miene?

»Schon, aber Onkel Haie will nicht mitkommen.« Er warf seinem Patenonkel einen beleidigten Blick zu.

»Na, hör mal. Einer muss ja wohl die Stellung hier halten«, entgegnete Haie mit vorgetäuschter Entrüstung. Haie verließ Risum nur ungern, und zu fliegen, das kam für ihn überhaupt nicht infrage. Er war ein nordisches Urgestein, und wenn Dirk ehrlich war, konnte er sich Haie auch nirgends anders als in Risum vorstellen. Schon gar nicht am Ballermann. Bei dem Gedanken von Haie in Shorts in einem Liegestuhl am Strand von Palma, umgeben von grölenden Jugendlichen, die den Alkohol aus Eimern tranken, musste er schmunzeln. Nein, das passte wirklich nicht zu ihm.

Als Niklas sich zum Fernsehen ins Wohnzimmer verzogen hatte, verlagerten sich ihre Gesprächsthemen.

»Was war denn eigentlich heute los? Wieso wart ihr noch mal an der Schule?«, wollte Haie erfahren.

»Die Kollegen haben seltsame Nachrichten auf dem Computer von Jan Lamprecht gefunden. Der Name Hoffmann kam vor, deshalb waren wir da.«

»Was denn für Nachrichten?«

»Aus einem Chat.«

»Kennst du dich nicht mit aus«, mischte Tom sich ein und Haie schob die Unterlippe vor.

»Aber der Direktor hat nun zugegeben, dass es eventuell doch Drogenprobleme an der Schule gibt. Menke will zwei Männer gesehen haben, die aussahen wie von der Mafia.«

»Woran hat er das erkannt?«, erkundigte Haie sich.

»Was weiß ich. Vermutlich an ihrem Äußeren oder daran, dass sie eine dicke Karre fuhren.«

»Dicke Karre? Vielleicht einen schwarzen Mercedes?«

»Was, wieso?«, horchte Dirk auf. »Hast du etwa etwas beobachtet?«

»Nicht wirklich, da war heute nur so ein Wagen, und als ich näher ran bin, ist der weggefahren.«

»Und wer saß darin?«

Haie zuckte mit den Schultern. »Vielleicht hatte das auch gar nichts mit dem Fall zu tun«, entgegnete er und wirkte frustriert auf Dirk. Ohnehin war er ruhiger als sonst, als bedrückte ihn etwas. Wo war seine Leidenschaft fürs Detektivspielen? War er, wie Niklas gesagt hatte, einfach zu müde?

»Was ist los?«

»Ach, man fühlt sich so machtlos.«

»Wie meinst du das?« Konnte es sein, dass Haie ähnlich fühlte wie er selbst noch vor wenigen Minuten auf dem Weg hierher?

»Die Kinder, man kann nichts machen.«

»Was willst du denn machen?«

»Helfen.«

»Wem willst du helfen?«

»Judith, einem Mädchen aus der Schule. Ein paar Mitschülerinnen haben ihr das Handy weggenommen und auch sonst gehen sie nicht gut mit ihr um.«

»Du meinst, sie wird gemoppt?«

Haie nickte. »Ich war heute bei ihr, wollte mit den Eltern reden, aber die Mutter hat das so abgetan, so …« Haie schien nach den richtigen Worten zu suchen.

»Hm, und diese Judith?«

»Will nicht, dass ich mich einmische. Sie meint, dann wird alles noch schlimmer, aber …«

»Da hat sie sicherlich nicht ganz unrecht. Ausbaden muss es vermutlich am Ende sie.«

»Ja, aber das geht doch nicht, dass die anderen damit durchkommen. Ich meine … ach, ich weiß nicht.«

»Warst du deswegen heute bei der Hoffmann im Sekretariat?«

»Ja, sie hat mir die Adresse von Judith gegeben.«

»Was für einen Eindruck hast du von ihr?«

»Von Frau Hoffmann?« Haie schaute ihn mit großen Augen an. »Das ist eine nette Frau, oder hast du andere Informationen?«

»Nein, nicht wirklich, aber in diesen Nachrichten wird ihr Name genannt. Das ist doch komisch, findest du nicht?«

»Weißt du, wen ich komisch finde?«

»Nein, wen?«

»Bettina Lornsen. Ganz seltsame Person. Hat schon gestern gefragt, wann sie wohl das Büro von Menke beziehen kann. Anscheinend kann sie es kaum erwarten, bis ihr Kollege unter der Erde ist.«

Ansgar verließ Deezbüll Burg mit gemischten Gefühlen. Er hatte mehr als nur einen flüchtigen Eindruck davon gewonnen, wie sich die Arbeit eines Schulsozialarbeiters heutzutage gestaltete, welche Probleme dabei an der Schule bewältigt werden mussten.

Nicht alles war neu, aber einiges hatte sich im Vergleich zu seiner Schulzeit verändert. Angefangen mit der Stelle der Schulsozialarbeiter. Als er Schüler gewesen war, hatte es noch Vertrauenslehrer gegeben, an die sich jedoch kaum jemand gewandt hatte. Zu sehr waren diese Personen im Kollegium verbandelt, der Erfolg einer Beschwerde abhängig von dem Verhältnis untereinander gewesen. Die Chancen standen meist fifty-fifty. Persönliche Befindlichkeiten bestimmten das Handeln. Neutral waren die Vertrauenslehrer jedenfalls nicht gewesen. Er fand es ohnehin schwer, subjektive Empfindungen komplett auszublenden, auch wenn sein Job es oftmals erforderte. Die eigene Einstellung so weit in den Hintergrund zu rücken, dass sie bei der Arbeit keine Rolle mehr spielte, hielt er für beinahe unmöglich. Der Mensch war nun einmal ein Individuum, das es gewohnt war, Situationen durch eigene Erfahrungen zu bewerten. Daher glaubte er bei Bettina Lornsen ein gewisses Talent zu erkennen, eine Distanz zu Ereignissen aufbauen zu können und somit zumindest scheinbar Objektivität zu erzeugen. Allein wie sie den Messerangriff von Leon analysiert und im Vergleich zu ihrem Lebensgefährten heruntergespielt hatte.

Oder war ihr dies nur möglich, weil sie wusste, dass der Angriff nicht ihr gegolten hatte?

Auf jeden Fall hatte Ansgar mehrmals nachfragen müssen, wo der Junge wohnte.

Ansgar fuhr auf den alten Außendeich, passierte Deezbülleck und nach zwei weiteren Rechtskurven gab er Gas, bis er das Ortsschild von Maasbüll erreichte. Von links mündete die Dorfstraße ein, doch Ansgar lenkte seinen Wagen weiter geradeaus, nahm die erste Möglichkeit rechts den Deich hinunter, um in den Kleiseerkoog zu gelangen. Schnurgerade zog sich die Straße vor ihm durch die Felder, ehe sie am Ende den Deich hinaufführte, die Kleinbahn kreuzte und sich linker Hand schmaler als zuvor auf dem Deich fortsetzte.

Nach nur wenigen Metern jedoch bog er links ab und rollte auf den Hof eines alten Bauernhauses, wo ein Hund bellend auf sein Auto zusprang.

Wenigstens brauchte er nicht mehr zu klingeln, überlegte Ansgar, als er ausstieg und sich des braunen Jagdhundes erwehrte, der versuchte, kläffend an ihm hochzuspringen, bis ein scharfes »Hector, hier!« ertönte. Der Hund parierte sofort, lief zu einem Mann im Arbeitsoverall und setzte sich zu dessen Füßen. Ansgar war begeistert, wie gut der Hund gehorchte. Das gab es wirklich nicht alle Tage, wusste er. Oft begegnete er beim Joggen Leuten, die ihren Hund nicht unter Kontrolle hatten und trotzdem die Leinenpflicht ignorierten.

Hector jedoch brauchte keine Leine, denn selbst als sein Herrchen sich auf Ansgar zubewegte, blieb er wie festgeklebt an Ort und Stelle sitzen.

»Moin«, grüßte Ansgar und nickte dem Mann anerkennend zu. »Der ist aber gut erzogen.«

»Muss sein«, erklärte sein Gegenüber und blickte Ansgar fragend an. »Sind Sie nicht von der Polizei?«

»Ja, Ansgar Rolfs, ich wollte mit Ihrem Sohn sprechen.«

»Mit welchem?«

»Leon.«

Der Mann nickte. »Kommen Sie.«

Selten erlebte Ansgar, dass die Leute derart gelassen und freundlich auf sein Erscheinen reagierten. Er folgte dem Vater, der an der Haustür aus seinen Arbeitsschuhen schlüpfte und ihn hineinbat.

Ansgar zögerte kurz, ehe er ebenfalls seine Sneaker auszog und das Haus betrat. In der Küche räumte eine schlanke blonde Frau gerade den Abendbrottisch ab.

Beim Anblick der Schinken- und Wurstteller lief ihm das Wasser im Mund zusammen, und sein Magen machte sich lautstark bemerkbar. Er hatte seit dem Morgen nur einen Apfel gegessen.

»Möchten Sie eine Stulle?«, bot die Frau schmunzelnd an.

»Nein, ich möchte Ihnen keine Umstände bereiten. Ich habe nur ein paar Fragen.«

»Es macht keine Umstände. Setzen Sie sich.« Sie wies auf eine Holzbank, auf der bunte Kissen die Sitzplätze markierten. »Auch einen Tee?«

»Gerne.«

Schweigend beobachtete er, wie sie Brot, Butter, Wurst und Käse auf den Tisch zurückstellte, während der Mann ihm gegenüber Platz nahm.

»Sie wollen mit Leon sprechen, warum?«

»Ich war gerade bei Frau Lornsen und …«

»Frau Lornsen?« Der Mann hob die Augenbrauen.

»Das ist die Schulsozialarbeiterin«, erklärte die Mutter. Ansgar vermutete, dass sie sich wahrscheinlich, wie in den meisten Familien, mehr um die schulischen Belange der Kinder kümmerte als der Vater.

»Und was ist mit der?«

»Leon hat sie mit einem Messer bedroht.«

»Waaas!«, entfuhr es Frau Sönnichsen, die sich vor Schreck den Mund zuhielt. Der Vater hingegen blieb ruhig.

»Wann soll das gewesen sein?«

»Vor ein paar Tagen.«

»Und weshalb?«

»Hören Sie, genau das wollte ich Leon selbst fragen«, entgegnete Ansgar und griff nach einer Scheibe Schwarzbrot. »Ist er zu Hause?«

»Er müsste eigentlich jeden Augenblick kommen.« Frau Sönnichsen beugte sich vor, um aus dem Fenster zu schauen.

»Wo ist er denn?« Ansgar bestrich das Brot mit Butter und legte eine glänzende Scheibe Käse darauf.

»Bei Freunden.«

Unweigerlich musste er bei der Antwort an Jan Lamprecht denken, der seiner Mutter zufolge auch Freunde hatte, die sich jedoch partout nicht auftreiben ließen.

»Was sind das für Freunde?«

Frau Sönnichsen zuckte mit den Schultern. »Ich weiß nicht genau, wissen Sie, Leon ist ja auch schon dreizehn, da erzählt man den Eltern nicht mehr alles.« Sie verzog den Mund zu einem entschuldigenden Lächeln.

Die Mutter mochte recht haben, dachte Ansgar, mit dreizehn erzählten die Jugendlichen sicherlich nicht alles zu Hause. Er fand, dass es aber dennoch ihre Verantwortung war, sich um den Jungen zu kümmern, was sie zwar augenscheinlich tat, aber zu der Aufsichtspflicht gehörte eben nicht nur, die Wäsche zu waschen und dafür zu sorgen, dass das Kind etwas zu essen bekam – was schon weitaus mehr war, als einige andere Eltern taten –, sondern in dem Alter sollte man als Elternteil auch wissen, wo sich das Kind aufhielt und mit wem es Umgang hatte.

»Wissen Sie, dass er eine Freundin hat?«

»Was, Leon? Das glaube ich nicht«, fuhr Frau Sönnichsen auf. Anscheinend hielt sie den Jungen nicht für so erwachsen, wie sie ihm gerade hatte weismachen wollen.

Ansgar nickte nur, während er von der Stulle abbiss, kaute und schluckte.

»Frau Lornsen behauptet …«

»Ah, da kommt Leon ja!« Frau Sönnichsen sprang auf und verließ eilig die Küche. Ansgar hoffte, sie würde den Jungen nicht sofort mit den Neuigkeiten, die sie erfahren hatte, konfrontieren.

Doch nur wenig später erschien sie mit dem Sohn im Schlepptau und wies ihn an, sich an den Tisch zu setzen.

»Der Kommissar hat einige Fragen an dich.«

Leon hielt den Kopf gesenkt, als er Platz nahm. Die Luft in der Küche schien zu knistern.

»Ich bin Ansgar Rolfs von der Polizei Niebüll«, stellte er sich vor. »Darf ich dir ein paar Fragen stellen?«

Der Junge nickte kaum merklich.

»Rede laut, wenn man mit dir spricht«, fuhr der Vater ihn an und knuffte ihn in die Seite. »Und schau den Herrn an.«

Leon hob zögernd den Kopf und wandte sich zu Ansgar. In seinem Blick konnte Ansgar erkennen, dass er wusste, warum er hier war.

»Du kennst Frau Lornsen?«

»Ja«, entgegnete Leon.

»Sie hat mir erzählt, du hättest sie mit einem Messer bedroht. Stimmt das?«

Leon schluckte. »Nicht so ganz.«

»So, wie war es dann?«

Leon schaute zwischen seinen Eltern hin und her. Vielleicht fragte er sich, ob sie dabei sein mussten, überlegte Ansgar, denn während die Mutter ihm aufmunternd zunickte, starrte der Vater ihn mit ausdrucksloser Miene an.

»Ich wollte eigentlich zu Herrn Menke.«

»Was, mit dem Messer? Leon, aber …«

»Bitte, Frau Sönnichsen, lassen Sie Ihren Sohn aussprechen.«

»Entschuldigung, ich …« Frau Sönnichsen trat einen Schritt zurück.

»Und was wolltest du von ihm?«

Leon zuckte mit den Schultern. »Weiß nicht, ich war wütend. Eigentlich ja auf Ann-Katrin, aber …«

»Wer ist denn Ann-Katrin?«

»Frau Sönnichsen«, mahnte Ansgar erneut.

»Seit der Menke an der Schule ist …«, Leon stockte kurz,

»war, ist sie total komisch geworden. Erst recht, seitdem sie in seiner Umwelt-AG mitmacht.«

»Was genau meinst du damit, wenn du sagst, sie sei komisch geworden?«

Leon ruckelte auf seinem Stuhl hin und her. »Sie wollte mich nicht mehr treffen, nicht mit mir zusammen gesehen werden, und dann wollte sie Schluss mit mir machen.«

»Woher weißt du das? Hat sie es dir gesagt?«

»Ja, nein, nicht direkt. Sie hat mir eine WhatsApp geschickt.«

Ansgar spürte plötzlich einen dicken Kloß im Hals. Er wusste, wie es sich für Leon angefühlt hatte, als er die Nachricht erhalten hatte. Vor ein paar Jahren hatte er etwas Ähnliches erlebt. Seine damalige Freundin hatte die Beziehung per SMS beendet. Er erinnerte sich, als wäre es gestern gewesen, wie er fassungslos auf sein Handy gestarrt und es anschließend einfach gegen die nächste Wand geschleudert hatte. Wut war das Erste gewesen, was von ihm Besitz ergriffen hatte. Er hätte alles kurz und klein schlagen können.

»Okay, und dann bist du zu Menke?«

Leon nickte.

»Und was war dann?«

»Die Tür zu seinem Büro stand offen und ich bin rein. Er war nicht da und ich dachte, das sei gut, weil ich ihn dann bei seiner Rückkehr direkt attackieren könnte.«

»Attackieren? Mit dem Messer?«

»Nein, das hatte ich gar nicht vor. Ich wollte ihn zur Rede stellen, ihn fragen, was er sich einbildet, warum er mir die Freundin wegnimmt. Aber als ich gerade überlegte, was ich ihm alles an den Kopf werfen würde, kam Frau Lornsen rein und fing sofort zu meckern an.«

»Wieso das denn?«

»Was weiß ich? Die alte Kuh …«

»Leon«, mahnte der Vater mit einem drohenden Unterton in der Stimme.

»Sie hat gesagt, ich dürfe nicht in Menkes Büro sein, was ich überhaupt von ihm wolle und warum ich nicht zu ihr käme, wenn ich Sorgen hätte. Sorgen, pff, der Typ hat mir quasi meine Freundin ausgespannt.«

»Ja, aber du hättest doch vielleicht mit ihr reden können«, gab Frau Sönnichsen zu bedenken.

»Reden? Mit der?« Leon schüttelte den Kopf.

Ansgar fragte sich, woher diese Einstellung gegenüber der Schulsozialarbeiterin kam. Was war der Grund, warum Leon so schlecht auf sie zu sprechen war? Auf ihn hatte die Frau einen akzeptablen Eindruck gemacht. Sie mochte ihre Eigenarten haben, aber hatte die nicht jeder Mensch?

»Und wieso hast du sie mit dem Messer bedroht?«

»Weil die Alte mich anpacken wollte. Da habe ich ihr mein Klappmesser gezeigt, um sie auf Distanz zu halten, und bin weggerannt.«

»Und zu Menke bist du später noch mal?«

Leon schüttelte den Kopf. »Nee, ich hatte dann Mathe und danach war Schulschluss und ich musste zum Bus.«

»Okay.« Ansgar steckte sein Merkbuch ein, in dem er sich einige Notizen gemacht hatte, und stand auf. »Vielen Dank für die Gastfreundschaft.« Er nickte Frau Sönnichsen zu, die behände auf ihn zusprang, während Leon sich in seinem Stuhl zurücklehnte.

»Aber was wird denn jetzt, ich meine, wird die Lornsen Anzeige erstatten?«

»Ich denke nicht«, entgegnete Ansgar. »Aber du«, er wandte sich an Leon, »solltest dir trotzdem ein anderes Ventil für deine Wut suchen. Wie wäre es mit Sport?«

»Mache ich schon.«

»Und was ist jetzt mit Ann-Katrin? Warst du heute bei ihr?«

Leon richtete sich auf und blickte kurz zwischen seinem Vater und der Mutter hin und her, ehe er kaum merklich nickte. »Seit der Menke tot ist, sind wir wieder zusammen.«

15. KAPITEL

Als Haie die Beine aus dem Bett schwang, fühlte er sich nicht ganz so müde wie in den vergangenen Tagen, obwohl er und Tom noch recht lange am Abend zuvor mit Dirk zusammengesessen hatten. Immer wieder waren sie verschiedene Aspekte durchgegangen, doch wie sie es auch drehten und wendeten, zu einem befriedigenden Ergebnis waren sie nicht gekommen. Fest stand für alle nur, dass die beiden Todesfälle in Zusammenhang stehen mussten, wie genau, ließ sich mit dem, was sie bisher herausgefunden hatten, jedoch nicht sagen.

Umso wichtiger sei es, hatte Dirk betont, dass Haie die Augen und Ohren an der Schule offen hielt.

Nach dem Frühstück stieg er aufs Fahrrad und radelte los. Der Wind blies ziemlich kräftig von vorn, und Haie stellte den Motor seines E-Bikes auf die höchste Stufe. Trotzdem musste er ordentlich in die Pedale treten und war froh, als er sich der Schule näherte. Auf Höhe der Zufahrt zum Parkplatz in der Marktstraße streckte er den Arm zur Seite, um zu signalisieren, dass er abbog. Plötzlich rauschte aus der Gegenrichtung ein dunkler Wagen an ihm vorbei. Haie versuchte sich umzudrehen, geriet dabei ins Schlingern und sprang vom Fahrrad. »Mist«, fluchte er. Da der Fahrer sich nicht an die vorgeschriebene Geschwindigkeitsbegrenzung hielt, war der Pkw bereits so weit entfernt, dass er das Kennzeichnen nicht mehr erkennen konnte.

War das nicht das Auto von gestern, vielleicht sogar dasselbe, das Menke gesehen hat, überlegte Haie, während er auf den Fahrradständer zusteuerte, wo heute wieder der Junge im dunklen Hoodie saß und rauchte.

»Na, dich hab ich vermisst.«

»Hä?« Der Schüler hob den Kopf, und Haie fiel auf, wie kindlich er im Gesicht wirkte. Kein Junge mehr und doch noch kein Mann. Schwierige Phase.

»Na, warst die letzten Tage ja nicht hier.«

»Nee, war krank.«

»Ach so, was hattest du denn?«

»Wüsste nicht, was Sie das angeht.« Der Junge stand auf, warf die Zigarette auf den Boden, trat sie aus und verschwand im Zwischengang.

Wirklich schwierige Phase, dachte Haie, zum Glück war Niklas bisher umgänglicher. Er konnte verstehen, dass es in dem Alter nicht immer leicht war, seinen Platz in der Welt zu finden, sich selbst zu finden, aber konnte man dabei nicht freundlich bleiben? Sein Vater hätte ihm ganz schön was gehustet, wenn er solch patzige Antworten gegeben hätte, dachte Haie und schloss das Fahrrad ab, ehe er ins Gebäude ging.

Wie tags zuvor stand Bettina Lornsen vor der Tür zum Hausmeisterbüro. Was wollte die schon wieder, wunderte er sich, als er sich näherte.

»Guten Morgen«, begrüßte sie ihn.

»Ich habe noch keine Info, wann …«

»Nein, nein, deswegen bin ich nicht hier. Ich wollte … ich war wohl ein wenig taktlos. Es eilt nicht mit dem Büro, wollte ich nur sagen.«

Haie musterte sie, konnte an ihrem Blick und dem Lächeln jedoch nicht ausmachen, ob sie es ehrlich meinte. Aber was hätte sie davon, ihm etwas vorzuspielen? Oder wusste sie, dass er mit der Polizei zusammenarbeitete? »Nicht weiter wild. Möchten Sie vielleicht einen Kaffee?«

»Ach, da sage ich nicht Nein.«

Während Haie die Maschine befüllte und wartete, dass der Kaffee durchlief, schaute Frau Lornsen sich im Raum um.

»Man vergisst immer, was ein Hausmeister so alles leistet.« Sie lächelte ihn an.

»Na, Sie haben sicherlich auch eine Menge zu tun, wichtiger Job, den Sie machen.« Haie reichte ihr eine der beiden Tassen.

»Danke.«

Er fragte sich, ob sich ihr Dank auf das Getränk oder sein Lob für ihre Arbeit als Schulsozialarbeiterin bezog. Letztere hielt er wirklich für unerlässlich.

»Neulich haben Sie ja gesagt, dass es Mobbing an der Schule gibt. Sind Ihnen aktuelle Fälle bekannt?«

Sie nahm einen Schluck Kaffee und nickte. »Mobbing ist eigentlich ein Dauerthema.«

Haie wusste, die Schulsozialarbeiterin würde nicht über konkrete Fälle mit ihm sprechen, daher formulierte er sein Anliegen hypothetisch.

»Also, nehmen wir mal an, eine Schülerin dieser Schule wird gemobbt.«

»Ja?« Bettina Lornsen kniff die Augen leicht zusammen, doch Haie glaubte, dass sie verstand, was er erreichen wollte.

»Und nehmen wir mal an, es hätte sich eine Gruppe Mädchen gegen diese Schülerin zusammengetan.«

»Nicht so unwahrscheinlich.«

»Und jetzt nehmen wir mal an, die anderen hätten das Handy von dem gemobbten Mädchen geklaut und …«

»Auch das kann ich mir gut vorstellen. Kommt öfter vor, als man denkt.«

»Ja, aber das ist doch nicht rechtens, das Handy hat ja auch viel Geld gekostet und …«

»Darum geht es doch gar nicht …«

Haie stutzte. »Nein? Ja, aber worum geht es dann?«

Bettina Lornsen nahm einen weiteren Schluck Kaffee, ehe sie antwortete. »Die Mädchen posten direkt über den Account der Bestohlenen. Das sieht dann so aus, als hätte die Betroffene das selbst hochgeladen.«

Haie krauste die Stirn. Er verstand nur Bahnhof.

»Sehen Sie hier.« Bettina Lornsen holte ihr Handy aus der Tasche. Nach einigem Gewische auf dem Display fand sie, wonach sie gesucht hatte. »Das ist Facebook.«

Haie nickte. Facebook kannte er, zumindest vom Namen, denn Niklas sprach öfter darüber.

»Hier sehen Sie, was die Leute so alles posten.«

Haie rückte näher an Bettina Lornsen heran, die ihm ihr Handy entgegenstreckte. Er entdeckte Bilder von Speisen und Getränken, Leute im Auto, Leute am Schreibtisch, Kinder.

Jedes Mal, wenn die Sozialarbeiterin über den Bildschirm fuhr, erschien eine neue Aufnahme, und es kam Haie vor, als würde die Bilderflut kein Ende nehmen.

»Das sind normale Fotos, die jungen Leute veröffentlichen da heutzutage ganz andere Sachen«, kommentierte Bettina Lornsen die Posts.

»Was für andere Sachen?«

»Wie, sagten Sie, hieß das Mädchen?«

»Judith.«

»Hm.« Haie beobachtete, wie Bettina Lornsen auf ihrem Handy wischte und drückte, diesmal länger als zuvor. »Oh«, entfuhr es ihr plötzlich, »könnte sie das sein?« Sie hielt ihm das Handy entgegen. Auf dem Bildschirm war ein Bild von Judith zu sehen – oben ohne.

»Ja, aber«, Haie wandte den Blick ab, »so würde sie sich bestimmt nicht öffentlich zeigen.«

Bettina Lornsen zog das Handy näher zu sich. »Sagten Sie nicht, dass das Handy geklaut wurde?«

»Ja, von dieser Mädchen-Clique.«

»Sieht aus wie gephotoshoppt.«

»Ge... was?«

Haie kam einfach nicht mehr mit. All dieser neumodische Kram überstieg seine Interessen und seine Fähigkeiten.

»Bildbearbeitet, und wenn ich mir die Kommentare anschaue ...«

»Wieso?«

»Na, nicht gerade nett.« Bettina Lornsen hielt ihm das Display vor die Nase und Haie las.

»Was ist denn bei dir in der Entwicklung schiefgelaufen? –Schau mal im Lexikon unter Arschloch, da ist dein

Gesicht abgebildet. – Wie sahst du eigentlich vor deinem Unfall aus? – Waren deine Eltern Geschwister?«

Haie wandte sich ab.

»Ja, aber dagegen muss man doch was tun. Das geht doch nicht, das arme Mädchen.«

»Dagegen kann man wenig tun. Sie müsste den Account löschen, aber sicherlich hat sich das schon verbreitet. Das Internet vergisst nie.«

»Na, wenigstens dort scheint Alzheimer kein Thema zu sein«, entgegnete Haie und kratzte sich am Kinn.

Als Dirk am Morgen in die Dienststelle kam, saß Ansgar in seinem Büro. Auf dem Schreibtisch stand eine Thermoskanne mit Kaffee und auf dem Whiteboard waren einige Skizzen und Schlagwörter zu sehen.

»Morgen, Chef.«

»Moin.« Dirk setzte sich an seinen Schreibtisch und goss sich einen Kaffee ein.

»Ich dachte, wir tragen heute erst einmal zusammen, was wir an Informationen haben, und stimmen dann die weitere Vorgehensweise ab.«

»Gute Idee.«

Dirk nahm den Becher und trank. Der Kaffee schmeckte außergewöhnlich gut, sicherlich hatte sein Mitarbeiter wieder seine Spezialmischung von der ortsansässigen Rösterei aufgebrüht.

»Also, was haben wir?«

»Kryptische Nachrichten, ein Handy, das sich nicht orten lässt, eine Tatwaffe, die dutzende Leute in der Hand gehalten haben, sodass uns die Fingerabdrücke nicht weiterhelfen, einen verschwundenen Schlüssel, einen anonymen Anrufer … Soll ich weiter aufzählen?«

»Nee, reicht. Lass uns lieber mit Fakten beschäftigen, die uns weiterführen können.«

»Hier«, Ansgar wies auf die Mitte der Tafel, »sind unsere beiden Opfer. Wir gehen davon aus, dass ein Zusammenhang zwischen den beiden Todesfällen besteht, eventuell sogar vom selben Täter verübt wurden.« Dirk nickte und verfolgte, wie sein Mitarbeiter mit dem Marker an die Seite der Tafel klopfte, wo einige Wörter notiert waren:

»Drogen«, »Eifersucht«, »Konkurrenz«. »Das könnten Hintergründe oder Tatmotive sein«, erklärte Ansgar.

»Ja, dann lass uns die Personen entsprechend zuordnen.«

In einem Kreis um die jeweiligen Opfer hatte Ansgar die Namen geschrieben, mit denen sie in Verbindung gestanden hatten.

»Also, bei ›Eifersucht‹ würde ich Leon zuweisen, obwohl ich nach dem Gespräch gestern ziemlich sicher bin, dass der Schüler die Wahrheit sagt.«

»Und bei ›Konkurrenz‹ kommt eindeutig die Lornsen infrage. Haie findet sie auch seltsam.«

»Okay, obwohl …« Ansgar schrieb den Namen unter das Motiv. »Was ist mit Menkes Freundin?«

»Hattest du den Eindruck, sie sei eifersüchtig gewesen?«

Ansgar wog den Kopf. »Sie vielleicht nicht, aber was, wenn Till Menke es war?«

»Auf wen?«

»Na, Melanie hat doch gesagt, dass sie sich auseinandergelebt hätten. Vielleicht hatte sie schon was Neues am Start.«

»Möglich, aber hätte der neue Freund dann Till Menke umgebracht? Wäre es nicht eher umgekehrt gewesen? Diesen Ansatz halte ich für unwahrscheinlich.« Dirk stand auf und trat näher an die Tafel. »Was ist denn bei den Befragungen der ehemaligen Mitschüler von Jan Lamprecht rausgekommen?«

»Ach«, seufzte Ansgar. »Ich habe nur ein paar erreicht, aber bei denen verhält es sich ähnlich wie bei den aktuellen Klassenkameraden. Keiner hatte angeblich näheren Kontakt zu ihm oder konnte etwas über ihn sagen, außer dass er ein Einzelgänger war. Ich könnte noch die anderen kontaktieren, verspreche mir aber wenig davon.«

»Hm, der Junge scheint echt ein Außenseiter gewesen zu sein. Konzentrieren wir uns erst einmal auf andere Dinge. Was ist beispielsweise mit dem Thema Drogen? Ich könnte mir vorstellen, dass Menke Jan beim Dealen erwischt hat, mit den Eltern reden oder ihn sogar anzeigen wollte, nur stimmt die Reihenfolge nicht. Jan war schließlich vor Menke tot.«

»Und wenn noch jemand involviert ist? Schließlich wissen wir nicht, mit wem Jan in diesem Chat geschrieben hat. Und vielleicht hat dieser jemand auch Frau Menke angerufen.«

»Warum?«

Ansgar zuckte mit den Schultern. »Um von sich abzulenken?«

»Möglich.« Dirk fuhr sich mit der Hand durchs Haar. »Die blaue Frau und der Name Hoffmann könnten auf einen anderen Schüler hindeuten.«

»Ja, oder es hat doch etwas mit dem Wagen zu tun, den Menke gesehen haben will.«

»Haie hat dieses Auto übrigens auch vor der Schule bemerkt.«

»Was? Dann ist da vielleicht wirklich was dran. Die Schüler sind sicherlich nur die kleinen Fische, wenn sie gedealt haben. Irgendwie müssen sie ja an die Drogen gekommen sein.«

»Guter Punkt«, lobte Dirk. »Sollten wir dem Grafen noch einmal auf den Zahn fühlen?«

»Ich würde erst einmal mit den Kollegen von der Kripo sprechen, vielleicht gibt es an anderen Schulen ähnliche Vorkommnisse.«

Dirk musste an Lorenz Meister denken. Der Husumer Beamte hatte sich bis jetzt nicht wieder gemeldet, und Dirk fragte sich, ob das ein gutes oder ein schlechtes Zeichen war. »Du kannst ja mal bei denen anrufen, ich muss noch zum Jugendamt und ein Auskunftsersuchen vorlegen«, merkte er an und schlüpfte bereits in seine Jacke.

Ansgar griff nach der Thermoskanne und goss sich eine weitere Tasse Kaffee ein, nachdem Dirk gegangen war. Er wunderte sich ein wenig, warum sein Vorgesetzter ihn mit der Kripo sprechen ließ, eigentlich war das Chefsache.

Zu den Kollegen vom Drogendezernat hatten sie nicht oft Kontakt, in ihrem Zuständigkeitsbereich hatte es in der Vergangenheit nur kleinere Delikte gegeben. Niebüll war eben nicht Hamburg oder Berlin, dort herrschten ganz andere Verhältnisse. Manchmal wünschte sich Ansgar schon ein wenig mehr Herausforderung im Job, aber insgesamt fühlte er sich wohl in Nordfriesland, auch auf seiner Dienststelle mit Dirk Thamsen als Chef. Wobei in naher Zukunft sicherlich Veränderungen anstanden, denn Thamsens Pension war in greifbarer Nähe, wenngleich man es ihm nicht ansah.

Ansgar wählte die zentrale Nummer der Kriminalpolizei und ließ sich verbinden.

»Hier KHK Bruhns«, nahm eine Beamtin seinen Anruf entgegen.

»Ja, hallo … hier PHK Rolfs aus Niebüll.«

»Ach, Niebüll, hattet ihr nicht den Drogentoten am Bahnhof?«

»Ja, also nein, nach dem bisherigen Stand der Ermittlungen gehen wir davon aus, dass es sich um Mord handelt.«

»Mord mit einer Überdosis Heroin? Seid ihr euch sicher?«

»Also laut Obduktionsbericht …« Aus dem Hörer drang ein lautes Rascheln. »Hallo?«, erkundigte sich Ansgar, ob seine Gesprächspartnerin noch in der Leitung war.

»Vor ein paar Tagen gab es einen ähnlichen Vorfall in Husum.«

»Was für einen Vorfall?«

»Im Bahnhof wurde ein junger Mann aufgefunden.«

»Und?« Ansgar spürte, wie sein Körper sich anspannte. Hatten sie es womöglich mit einer Serie zu tun?

»Der Jugendliche hatte eine Menge Drogen in seinen Taschen und sich augenscheinlich zu viel gedrückt. Aber er lebt.«

»Habt ihr ihn schon befragt?«

»Bisher noch nicht. Erst heute Morgen kam der Anruf, dass er überm Berg ist. Wir fahren nachher hin.«

»Kann ich mitkommen?« Wieder hörte Ansgar ein Rascheln und gedämpfte Stimmen.

»Okay, könntest du in einer Stunde da sein?«

Der Fachdienst Jugend, Familie und Bildung lag in der Marktstraße unweit der Schule. Dirk parkte direkt vor dem Gebäude und betrat es durch die gläserne Eingangstür. Beinahe steril wirkte das Innere dieser kleinen Behörde. Auf dem Gang saß eine junge Frau mit einem Kinderwagen. Sonst war niemand zu sehen. Dirk wanderte durch den Flur von einer Tür zur anderen, suchte nach dem Türschild von Inga Hansen, klopfte und trat ein.

Eine Frau, die mit dem Rücken zur Tür saß, drehte sich ruckartig um. Dirk kam das Gesicht bekannt vor, er konnte es aber keinem Namen zuordnen.

Inga Hansen sprang von ihrem Stuhl auf. »Hallo? Entschuldigung, wir führen hier ein Gespräch. Sie können nicht einfach so hereinplatzen!«

»Kommissar Thamsen, ich bringe das Auskunftsersuchen. Hatten wir ja gestern vereinbart.«

»Polizei?« Die Frau vor dem Schreibtisch stand auf. »Ich dachte, Gespräche seien hier vertraulich.« Sie packte ihre Tasche und rauschte an Dirk vorbei zur Tür hinaus.

»Sehen Sie nur, was Sie angerichtet haben«, zischte Frau Hansen ihn an. »Wenn sich herumspricht, dass die Polizei hier Auskünfte erhält und quasi ein und aus geht, können wir dichtmachen.«

»Na, ganz so schlimm wird es wohl nicht sein.«

»Sie haben doch keine Ahnung!«

Dirk fand die Anschuldigungen reichlich übertrieben. Frau Hansen wirkte auf ihn zu theatralisch.

»Es ging um eine wichtige Aussage, ohne die sind mir quasi die Hände gebunden.« Inga Hansen ließ sich stöhnend auf den Stuhl zurückfallen. »Dabei hängt der Verdacht der Kindeswohlgefährdung schon länger im Raum, aber immer wenn wir die Familie überprüfen, ist alles in Ordnung.«

Dirk nickte, da er Parallelen zu seinem Job erkannte. »Tut mir leid.«

Inga Hansen musterte ihn stumm, nickte kaum merklich als Zeichen der Annahme seiner Entschuldigung. »Weswegen sind Sie noch mal hier?«

Dirk holte das Auskunftsschreiben aus der Innentasche seiner Jacke hervor. »Es geht um die Meldung, die Herr Menke kurz vor seinem Tod bei Ihnen gemacht hat. Seine Mutter hat uns kontaktiert und berichtet, ihr Sohn habe sie in einem Fall von häuslicher Gewalt um Rat gefragt. Er hatte wohl bei einer Schülerin einen Verdacht.«

»Ja, Till war immer sehr aufmerksam, aber von einem Mädchen war nicht die Rede, als er das letzte Mal hier war.«

»Nicht?«

»Wenngleich weitaus mehr Frauen und Mädchen von häuslicher Gewalt betroffen sind; es gibt auch Jungen, die …«

»Das ist mir bekannt. Ich bin Polizist«, unterbrach er Frau Hansens vortragsähnlichen Ansatz. »Es wundert mich nur, weil er seiner Mutter gegenüber von einem Mädchen sprach.«

»Hm, vielleicht gab es ein Mädchen, aber bei mir war er vor gut zwei Wochen wegen eines Schülers, und von häuslicher Gewalt war nicht die Rede.«

»Sondern?«

»Der Junge kommt aus keinem guten Umfeld. Gewalt, Vernachlässigung, wir hatten schon öfter mit der Familie zu tun, aber diesmal ging es laut Menke um Drogen.«

»Um Drogen?« Dirk fuhr auf.

»Nun ja, es war nur ein Verdacht, den Till hatte, mehr kann ich dazu im Grunde nicht sagen.«

»Sind Sie denn der Meldung nicht nachgegangen?«

»Wir wollten, aber bisher ... Sie sehen ja selbst, was hier los ist.« Inga Hansen hob die Arme und machte eine allumfassende Bewegung.

»Wieso haben Sie uns denn nicht eingeschaltet?«

»Na, hören Sie mal, wenn ich Sie mit jedem Hinweis, den wir bekommen, belästigen würde, dann würden Sie mir schnell etwas husten.«

»Aber in diesem Fall ...« Dirk fehlten die Worte. Er spürte Wut in sich aufkeimen. »Jetzt ist es zu spät, nun ist Jan Lamprecht tot!«

»Jan Lamprecht? Wer spricht denn von dem?« Inga Hansen riss die Augen auf.

»Nicht? Ich dachte, Menke hätte ihn ...«

»Nein, um Jan Lamprecht ging es in dem Gespräch nicht.«

Ansgar hatte versucht, Dirk auf dem Handy zu erreichen, aber es sprang immer nur die Mailbox an. Nach dem dritten Versuch hinterließ er eine Nachricht. »Die Kollegen in Husum haben einen ganz ähnlichen Fall. Ein Jugendlicher am Bahnhof, der sich anscheinend eine Überdosis gespritzt hat. Der Junge hat überlebt. Ich bin gerade auf dem Weg zur Befragung. Melde mich später.«

Als er auflegte, passierte er gerade das Ortsschild von Husum, der grauen Stadt am Meer, die ihrem Namen heute alle Ehre machte. Tief und düster hingen die Wolken über den Dächern und ließen die Welt farblos und trist erscheinen. Das Krankenhaus, das im Verbund mit Niebüll, Tönning und den Inseln Föhr und Amrum dem Klinikum Nordfriesland angehörte, lag in der Nähe des Schlossparks. Ansgar fand einen Parkplatz im Erichsenweg und stieg aus. Ihn fröstelte, als er zum Eingang der Klinik lief. Er mochte keine Krankenhäuser. Derart geballt mit Krankheit, Tod und Verfall konfrontiert zu werden, machte ihm stets bewusst, wie vergänglich er selbst war. Es waren nicht nur die visuellen Eindrücke, die Unwohlsein in ihm auslösten, der Geruch, der ihm entgegenschlug, als die gläserne Schiebetür geräuschlos zur Seite glitt, tat sein Übriges.

Er trat an den Empfangsschalter und erkundigte sich nach den Kollegen.

»Nee, von der Polizei war heute noch keiner hier«, gab die Klinikmitarbeiterin Auskunft.

Nur wenige Schritte neben dem Schalter befand sich ein Tisch mit Büchern, die man gegen eine kleine Spende erwerben konnte. Um sich die Wartezeit zu vertreiben, schaute Ansgar sich das Angebot an.

Na, ob das noch jemand lesen wollte, überlegte Ansgar, als er einen Band von Konsalik entdeckte. Daneben lag ein Buch, dessen Cover seine Aufmerksamkeit auf sich zog. Abgebildet war ein junger Mann mit schmerzverzerrtem Gesicht. »Ein wenig Leben«. Ein richtiger Schmöker, urteilte er, als er den schweren Band anhob. Der Name des Autors oder der Autorin wirkte auf Ansgar beinahe unaussprechlich – Hanya Yanagihara. Er drehte das Buch um und las den Klappentext.

»PHK Rolfs?« Die Stimme der Kollegin Bruhns hallte durch die Eingangshalle und ließ Ansgar zusammenzucken. Schnell legte er das Buch zurück auf den Tisch; er würde es nach der Befragung vielleicht mitnehmen, wenn es noch da war.

Die Kollegin war jünger, als er anhand der Stimme vermutet hätte. Neben ihr stand ein älterer Mann, sicherlich ein Kollege in Zivil, vermutete Ansgar, trat auf die beiden zu und ergriff die ihm entgegengestreckten Hände.

»Dann wollen wir mal.« Bruhns lief zu den Aufzügen. Ansgar folgte ihr zusammen mit dem anderen Mann.

Das Gespräch mit der Schulsozialarbeiterin hatte Haie mit einer Realität konfrontiert, die ihm bisher fremd gewesen war. Welche Chancen hatte Judith, sich zu wehren? Diese Bilder, die ihre Widersacherinnen gepostet hatten, waren weltweit für jeden sichtbar. Und die Kommentare ihrer sogenannten Hater auch. Frau Lornsen hatte versucht, ihm diese Welt, in der die Kids heutzutage unterwegs waren, zu erklären. Alles hatte Haie nicht verstanden, aber eins war sicher – das, was die jungen Leute dort trieben, war ganz und gar nicht in Ordnung. Er hatte den Eindruck, als befänden sich die Kinder in einer Art Krieg.

Worte und Bilder statt Bomben und Gewehre. Soziale Isolation, Angst und Depressionen statt Tote und Trümmer.

Er räumte die Kaffeetassen in das Spülbecken und warf einen flüchtigen Blick auf seine To-do-Liste. Glühlampen wechseln, Hof säubern, den Handwerker wegen einer verstopften Toilette bestellen. Kurz überlegte er, Herrn Frommelt anzurufen, verwarf den Gedanken jedoch sogleich. So wie der Hausmeister sich bei ihrem letzten Telefonat gegeben hatte, machte Haie sich wenig Hoffnung, ausgerechnet von ihm etwas zu erfahren. Selbst wenn ihm der dunkle Wagen aufgefallen wäre, würde er Haie sicherlich nur daran erinnern, dass derlei Beobachtungen nicht in seinen Aufgabenbereich fielen. Vielmehr gehörte es zu diesem, den Hof zu fegen, wofür Haie sich anstelle eines Anrufs bei Frommelt entschied. Noch war keine Pausenzeit, da konnte er in Ruhe den Besen schwingen und die Mülleimer leeren. Er zog sich seine Jacke an, nahm die Kehrgarnitur und eine Rolle mit Müllsäcken.

Gedankenverloren säuberte er den Schulhof von altem Laub und ein paar herumliegenden Taschentüchern sowie Papier von diversen Schoko- und Müsliriegeln.

Warum nur kämpften die Schüler derart gegeneinander? Warum bestahlen sie sich, denunzierten sich im Internet? Haie verstand das nicht. Was war nur mit ihnen? Das Gespräch mit Frau Lornsen ließ ihn nicht los.

Er kehrte einen kleinen Haufen mit dem Blech auf und schüttete den Dreck in den Mülleimer, bevor er den Plastiksack herausnahm und einen neuen einlegte. Behälter für Behälter arbeitete er sich bis zum Haupteingang vor, wo er den letzten Mülleimer ansteuerte. Er öffnete den Reißverschluss seiner Jacke, ehe er sich keuchend über den Eimer beugte und an dem vollen Müllsack zog. Im Augenwinkel registrierte er eine Bewegung und richtete sich auf. Haie erkannte den Jungen vom Fahrradständer. Die Hände tief in den Hosentaschen, lief er die Zufahrt zur Schule hinab.

Hatte der gar keinen Unterricht, fragte Haie sich. Oder war ihm schlecht geworden und er ging nach Hause?

An der Straße blieb der Schüler stehen. Haies Herz tat einen Satz, als er gleich darauf einen schwarzen Mercedes halten sah.

Der Junge stieg nicht ein, lediglich das Seitenfenster wurde heruntergelassen und eine Plastiktüte herausgereicht. Anscheinend wurde auch etwas gesprochen, aber nur kurz, denn gleich nachdem der Schüler die Tüte in Empfang genommen hatte, trat er zurück und der Wagen fuhr weiter.

Haie lehnte den Müllsack gegen den Eimer und suchte Schutz im Eingang des Gebäudes. Er konnte sehen, wie der Junge in die Plastiktasche blickte, sie dann unter seinen Pullover schob und wieder in seine Richtung kam. Fieberhaft überlegte Haie, was er tun sollte. Den Jungen ansprechen oder sich zurückziehen? Er entschied sich, in die Offensive zu gehen.

»Na, hattest du zu Hause was vergessen?«

Der Angesprochene zuckte mehrmals zusammen und blieb wie angewurzelt stehen. »Hä, was, wieso?«

»Dir hat doch gerade jemand etwas gebracht.« Haie deutete auf die Wölbung unter dem Sweater. Der Junge blickte an sich hinab, hob dann den Kopf und blitzte ihn an.

»Spionieren Sie mir etwa nach?«

»Ich? Nee, sollte ich?«

»Was weiß ich, was Sie hier treiben!«

Haie begann zu schwitzen. War seine Tarnung etwa aufgeflogen? Er wies auf den Mülleimer. »Habe nur den Dreck weggemacht und gesehen, dass dir jemand etwas vorbeigebracht hat.«

Einen Moment blieb der Junge still. Dann trat er auf Haie zu. »Dann kümmern Sie sich weiter um Ihren Dreck. Was ich mache, geht Sie rein gar nichts an.« Er spuckte Haie vor die Füße und schob sich an ihm vorbei ins Gebäude.

Der Patient lag in einem Bett am Fenster. Ein schmaler Junge, blass und mager, mit tiefen schwarzen Schatten unter den Augen. Ansgar hielt sich im Hintergrund, als Bruhns und der Kollege an sein Bett traten.

»Herr Tiedemann, wie geht es Ihnen?«

Der junge Mann reagierte nicht.

»Können Sie uns etwas zu dem Vorfall am Bahnhof sagen?«

Bruhns erhielt lediglich ein Kopfschütteln als Antwort.

»Können oder wollen Sie nicht?«

Der Patient räusperte sich. »Ich will nicht.«

»Warum nicht? Ich meine, wenn Sie sich mit einer Aussage belasten, okay, aber haben Sie sich den Schuss selbst gesetzt?«

Ansgar sah, wie der junge Mann die Lippen fest aufeinanderpresste, und ihm war klar, dass sie auf diese Weise vermutlich nichts aus dem vermeintlichen Opfer herausbringen würden.

»Der Arzt meinte, es gebe bei Ihnen keine Anzeichen für einen regelmäßigen Konsum. War das Ihr erster Schuss?«

Schweigen.

»Gut, wenn Sie nichts sagen wollen, ist das Ihre Sache. Das verstehe ich sogar, aber ich glaube nicht, dass Sie sich den Schuss selbst gesetzt haben. Oder wie erklären Sie sich, dass wir kein Fixerbesteck gefunden haben?«

Die Augen des Angesprochenen weiteten sich, trotzdem kam kein Ton über seine Lippen. Ansgar sah, wie Bruhns leicht an Haltung verlor, und trat näher an das Bett.

»Guten Tag, Ansgar Rolfs ist mein Name. Ich komme von der Polizei in Niebüll. Wir hatten letzte Woche einen ähnlichen Fall wie den Ihren, nur leider hat Jan Lamprecht im Gegensatz zu Ihnen nicht ganz so viel Glück gehabt.«

Im Gesicht des jungen Mannes zeichnete sich keine Regung ab. Er musste wissen, dass Jan Lamprecht tot war, dachte Ansgar. »Kannten Sie Jan Lamprecht?«

»Ich, nein, wieso?«

Ansgar bemerkte, wie Bruhns sich zurückzog, und schob sich näher ans Bett. »Nun, ich nehme an, Jan Lamprecht hat mit Drogen gedealt und vielleicht auch Sie versorgt.«

»Nein.«

»Woher hatten Sie dann die Drogen, oder dealen Sie selbst?«

Ansgar sah, wie sich die Miene des jungen Mannes veränderte. Ein Ausdruck von Panik trat hervor. Hatte er den Nagel auf den Kopf getroffen? Hatte der Junge Angst, entlarvt zu werden?

»Soll ich Ihnen mal etwas sagen? Ich glaube, Sie sind in etwas hineingerutscht, und es ist, sagen wir mal, etwas außer Kontrolle geraten.«

Bei Ansgars Worten füllten sich die Augen des Angesprochenen mit Tränen, dennoch schwieg er, und Ansgar fragte sich, warum. Wer hatte ihm solch eine Angst eingeflößt? Hatte jemand ihn mundtot machen wollen? Und, wenn ja, warum?

»Wer hat Ihnen das angetan?«

Der junge Mann drehte seinen Kopf zur Seite. Er würde nicht sprechen, wurde Ansgar bewusst. Zu groß war seine Angst vor den Leuten, die ihn tot sehen wollten.

Es musste sich um mächtige Gegner handeln, vielleicht dieselben, die Jan Lamprecht umgebracht hatten. Und wenn dem so war, dann hatten sie es vielleicht tatsächlich mit der Mafia zu tun.

Dirk saß im Auto und fuhr Richtung Maasbüll. Er wollte zu den Levsens, der Familie, die Till Menke beim Jugendamt gemeldet hatte. Frau Hansen hatte ihm von Menkes Verdacht berichtet, diesen Namen und die Adresse genannt.

Als er die Geschwindigkeit beim Deezbülleck drosselte, klingelte sein Handy.

»Haie, was gibt's?«

»Ich habe wieder diesen dunklen Wagen gesehen.« Der Freund klang etwas atemlos.

»Wo?«

»Bei der Schule, und ich habe beobachtet, wie einem Schüler durch das Seitenfenster etwas gereicht wurde.«

»Was?«

»Kann ich nicht genau sagen. War aber eine Plastiktüte, die der Junge anschließend unter seinem Pullover versteckt hat.«

»Und wie heißt er?«

»Den Namen kenne ich nicht, habe den aber schon öfter gesehen, ist ziemlich frech.«

Dirk musste schmunzeln, als er sich fragte, was genau Haie als »frech« bezeichnete.

»Hm, das ist gerade ungünstig. Du hättest eher anrufen sollen, bis vor ein paar Minuten war ich in eurer Nachbarschaft.«

»Echt, wo?«

»Beim Jugendamt. Bin jetzt auf dem Weg zu der Familie, die Menke gemeldet hat. Es ist nicht auszuschließen, dass er deshalb umgebracht wurde.«

»Aus Rache? Hier in der Schule?«

»Warum nicht?«

Ein kurzes Schweigen entstand, und Dirk setzte den Blinker, um in die Dorfstraße einzubiegen. »Ich kann später bei dir vorbeischauen, bin jetzt da.« Er bog in den Fascherwäi ein, der parallel zum alten Außendeich lag, stoppte den Wagen vor der angegebenen Adresse und beendete das Telefonat.

Das Haus wirkte heruntergekommen, Frau Hansen hatte etwas von Hartz IV gesagt.

Dirk stieg aus und ging den brüchigen Steinplattenweg zum Eingang hinauf. Je näher er kam, umso deutlicher wurde die Verwahrlosung des Hauses, ihm schauderte ein wenig bei der Vorstellung, wie es wohl im Inneren aussehen mochte.

Er klingelte und hörte ein schepperndes Geräusch, das sein Läuten verursacht hatte. Als die Tür geöffnet wurde, schlug ihm ein seltsamer Geruch entgegen, den Dirk nicht recht zuordnen konnte und im Grunde auch nicht wollte.

»Herr Levsen?«

»Will wer wissen?« Ein bulliger Mann mittleren Alters hatte sich im Türrahmen vor ihm aufgebaut.

Das fing ja gut an, dachte Dirk und spürte, wie seine Nackenmuskeln sich anspannten. »Dirk Thamsen, Polizei Niebüll.«

»Aha, und?«

»Ich komme wegen einer Meldung, die Till Menke vor seinem Tod beim Jugendamt gemacht hat.«

»Hier ist alles in Ordnung, das Jugendamt hat sich nicht hören lassen. Da müssen Sie sich irren.«

»Soweit ich weiß, gab es eine Anzeige wegen des Verdachts auf häusliche Gewalt.«

Zu seinem Erstaunen nickte der Mann. »Ja, früher, ist aber alles geklärt.«

Dirk musterte Herrn Levsen und fragte sich, ob er wirklich nichts von den Beschuldigungen wusste. Laut Frau Hansen war das Jugendamt noch nicht tätig geworden, aber das musste nichts heißen. Hier in der Gegend sprach sich vieles schneller rum, als einem lieb war.

»Sie haben also nicht gewusst, dass Till Menke Sie angezeigt hat?«

»Weswegen?«

»Wegen Ihres Sohnes. Herr Menke glaubte, er werde misshandelt und …«

Dirk hatte das Gefühl, der Kopf des Mannes würde anschwellen. Er trat einen Schritt zurück, ehe er fortfuhr.

»… mit Drogen handeln.«

»Was erlaubt der sich? Soll seine Nase nicht in anderer Leute Angelegenheiten stecken! Das ist … Das ist ungeheuerlich. Eine Verleumdung!«, schnaubte Levsen.

In Dirk wuchs der Eindruck, als hörte Herr Levsen tatsächlich zum ersten Mal von dem Vorwurf. Was, wenn der Mann wirklich nichts gewusst hatte? »Ist Ihre Frau da?«

»Nadine? Was wollen Sie von der?«

»Ihr ein paar Fragen stellen. Also, ist sie zu Hause?«

Herr Levsen trat von einem Fuß auf den anderen. »Naadine!«

Ein paar Augenblicke später löste sich eine blasse Gestalt aus der Düsterheit des Hausflurs. Das Gesicht wurde durch eine Sonnenbrille halb verdeckt.

»Ja?«

»Der Kommissar hier will dich was fragen.«

»Und was?«

Schon als Dirk zu seiner Frage ansetzte, wusste er, dass Nadine Levsen nichts anderes sagen würde als ihr Mann. Er tat es dennoch. Wie erwartet, schüttelte sie den Kopf.

»Nein, davon habe ich nichts gewusst.«

Haie tigerte nach dem Telefonat ruhelos durch das Gebäude. Es gab eine Menge zu tun, aber so recht aufraffen, um seine Aufgaben zu erledigen, konnte er sich nicht. Nicht, weil er keine Lust zu arbeiten hatte, die Geschehnisse der letzten Tage beschäftigten ihn so sehr, dass er sich auf keine Tätigkeit konzentrieren konnte.

In der großen Pause hielt er nach Judith Ausschau, aber das Mädchen war nirgends zu entdecken. Ob sie sich krankgemeldet hatte? Verstehen könnte er es. Jeder Gang in die Schule musste für sie ein Martyrium sein. Und wirklich etwas dagegen unternehmen konnte man nicht, soweit er Frau Lornsen verstanden hatte. Es bestand zwar die Möglichkeit einer Anzeige bei der Polizei, aber verbessern würde das Judiths Situation nicht. Vielleicht bekam sie das Handy zurück, aber die Schikanen würden dadurch nicht enden. Bettina Lornsen vermutete sogar, eine Anzeige würde die Mädchen erst recht dazu animieren, weiterzumachen.

»Aber warum machen die Schülerinnen so etwas?«, hatte er gefragt.

»Oft geht es um Anerkennung in der eigenen Clique«, hatte die Schulsozialarbeiterin erklärt. »Indem eines der Mädchen Judith heruntermacht, zeigt sie vermeintliche Stärke. Dabei ist es egal, ob das Mobbing-Opfer besonders gut oder schlecht in der Schule ist, eine schmächtige Statur oder ein paar Kilos zu viel hat. Für die Täterinnen kann jede Eigenschaft zu einer Schwachstelle werden.« Haie hatte nur seinen Kopf geschüttelt.

Auf dem Schulhof begegnete er Niklas, der mit seinen Freunden zusammenstand, die Köpfe über ein Smartphone zusammengesteckt. Betrachteten die Jungs die Bilder von Judith? Gaben sie Kommentare ab? War Niklas am Mobbing beteiligt?

Als Haie auf die Gruppe zutrat, ertönte der Schulgong und die Jungs stoben auseinander.

Diese Handys waren ein Fluch, dachte Haie, während

er zurück in sein Büro ging, wo er auf den angeforderten Handwerker traf.

»Sie hatten angerufen? Wegen einer verstopften Toilette?«

Im Gegensatz zu den zwischenmenschlichen Problemen erschien Haie das defekte Klo banal. Eine Rohrverstopfung ließ sich leicht beheben, Angstzustände und Depressionen waren dagegen schwer zu heilen.

Der Besuch des Installateurs lenkte ihn kurzfristig ab, doch kaum hatte er den Handwerker eingewiesen, kehrten die Gedanken zurück. Auf dem Rückweg zu seinem Büro nahm er einen Umweg über die Vorderseite des Gebäudes und hielt nach dem dunklen Wagen Ausschau. Wer hatte in dem schwarzen Mercedes gesessen? Was hatte der Junge von diesen Leuten in Empfang genommen? Drogen? Haie fröstelte bei dem Gedanken, dass sie es hier mit skrupellosen Kriminellen zu tun hatten, die nicht davor zurückschreckten, Kinder und Jugendliche für ihre miesen Geschäfte zu benutzen. Ja die vielleicht sogar gemordet hatten.

Als er den Vertretungsjob angenommen hatte, war ihm nicht bewusst gewesen, mit welchen Problemen er an der Schule konfrontiert werden würde. Zu seiner Zeit als Hausmeister an der Grundschule in Risum schien die Welt in Ordnung gewesen zu sein. Aber war dem wirklich so? Hatte es nicht auch damals Hänseleien unter den Schülern gegeben? Ja, musste er sich eingestehen, aber die Art und Weise, wie die Schüler sich gegenseitig geärgert hatten, war eine andere gewesen, und die Ausmaße waren heutzutage weitreichender als damals.

Er entdeckte Dirks Wagen auf dem Parkplatz und runzelte die Stirn. Wann war der Freund an die Schule gekommen? Wo steckte er? Haie eilte in sein Büro, wo Dirk auf einem Stuhl saß und auf ihn wartete.

Haie schloss die Tür hinter sich und drehte vorsichtshalber den Schlüssel herum.

»So, nun erzähl noch einmal genau, was du heute Morgen beobachtet hast«, forderte Dirk ihn auf.

Haie berichtete von dem Wagen, dem Jungen und der Plastiktüte.

»Ich kann ihn dir zeigen. Ist eh gleich wieder Pause.«

Haie postierte sich mit Dirk am Absatz der Treppe in einer Nische, die nicht direkt einsehbar war. Sie hörten das Pausensignal, und gleich darauf wurde das Gebäude von hallenden Stimmen und Schritten erfüllt.

»Das ist er«, wisperte Haie, als der Junge im Hoodie die Stufen hinabstieg. Er wunderte sich, warum Dirk nicht sofort eingriff. Worauf wartete er?

»Den kenne ich. Das ist Thore Levsen, gleicher Jahrgang wie Jan Lamprecht. Ich war gerade bei seinen Eltern.«

»Was?«, entfuhr es Haie, und er schlug sich augenblicklich die Hand vor den Mund. »Wieso das denn?«, presste er leise hervor.

»Till Menke hatte die Familie beim Jugendamt gemeldet. Das scheint eine heiße Spur zu sein. Noch weiß ich zwar nicht, wie alles zusammenhängt, aber es muss eine Verbindung zwischen alldem geben. Meinst du nicht?«

Haie nickte. »Was hast du nun vor?«

»Ich werde Frau Hoffmann bitten, ein Gespräch mit Thore Levsen zu arrangieren, und dann sehen wir weiter.« Dirk trat aus ihrem Versteck und streckte den Rücken durch. »Danke«, sagte er, ehe er die Stufen in den ersten Stock zum Sekretariat hinaufstieg.

16. KAPITEL

»Jetzt sofort?« Frau Hoffmann blickte Dirk mit großen Augen an.

»Ja, das wäre gut. Haben Sie auch einen Raum, in dem ich mich ungestört mit ihm unterhalten kann?«

»Da lässt sich bestimmt ein Klassenzimmer finden.«

»Gut, wenn ich Sie dann bitten dürfte«, entgegnete Dirk, da die Sekretärin keinerlei Anstalten machte, aufzustehen. Er fragte sich, warum nicht. Dirk befielen Zweifel. War sie doch in den Fall verwickelt, tauchte deshalb ihr Name in den Chatnachrichten von Jan Lamprecht auf? Er musterte die Frau, die irgendwie harmlos auf ihn wirkte. War sie so eine gute Schauspielerin?

»Aber Thore ist noch nicht volljährig, also ich weiß nicht, ob das ohne seine Eltern …«

»Die Eltern sind kein Problem«, sagte Dirk und dachte: Oder gerade doch. »Ich war gerade bei ihnen.«

»Wirklich? Ach so, na ja, wenn das so ist.«

Sie erhob sich endlich, und Dirk bemerkte, wie sie kurz zögerte, als sie an der Tür des Direktors vorbeikam, dann ging sie aber zügig weiter und bat ihn, ihr zu folgen. Frau Hoffmann schien den Belegungsplan der Klassenzimmer im Kopf zu haben, denn sie steuerte geradewegs auf eine

Tür rechts am Ende des Gangs zu, öffnete sie und deutete in den Raum.

»Warten Sie hier, ich versuche, Thore zu finden.«

Dirk trat ein und blickte sich um. Helle Wände, helle Tische, helle Stühle, alles wirkte freundlich, nur das dunkle Active Board erschien ihm wie ein Fremdkörper. Er stellte sich ans Fenster, von wo aus er in den Schulhof blicken konnte. Es stimmte. Noch wusste er nicht, wie die Puzzleteile in diesem Fall zusammengehörten, aber er spürte, dass er nah dran war, den Fall zu lösen. Es konnte kein Zufall sein, dass Till Menke Thores Eltern beim Jugendamt gemeldet hatte und nun tot war. Und wieso war es ausgerechnet Thore Levsen, den Haie an dem verdächtigen Wagen beobachtet hatte? Da musste es einen Zusammenhang geben, und Dirk war sich sicher, dass es zum Mord an Jan Lamprecht ebenfalls eine Verbindung gab.

Ansgar hatte sich noch gar nicht gemeldet, fiel ihm plötzlich auf. Was wohl bei dem Besuch in Husum herausgekommen war? Er holte sein Handy hervor und rief seinen Mitarbeiter an.

»Chef, wo steckst du?«

»Bin in der Schule, und du?«

»Gerade auf dem Rückweg.«

»Hat der Junge etwas gesagt?«

»Nee, aber es ist die gleiche Vorgehensweise wie bei Jan Lamprecht. Bahnhof, Heroin, kein Fixerbesteck.«

»Stimmt, das wäre wirklich zu viel Zufall. Aber wer könnte dahinterstecken?« Dirk überlegte, ob Thores Vater etwas mit dem Fall zu tun haben könnte. Gegen das Betäubungsmittelgesetz hatte Levsen, soweit er wusste, bisher nicht verstoßen, doch das musste nichts heißen. Wer hatte seinem Sohn heute Vormittag die Plastiktüte gegeben? Einen schwarzen Mercedes, wie Haie ihn beschrieben hatte, besaß der Vater nicht. Vor dem Haus hatte nur ein ziemlich klappriger Honda Civic gestanden.

»Muss ein größerer Fisch sein, davon sind die Kollegen in Husum auch überzeugt, vielleicht sogar eine Bande. Der Junge hatte jedenfalls reichlich Angst, wir sollten überlegen, ob wir nicht die Abteilung für organisierte Kriminalität …«

Die Tür wurde geöffnet und Frau Hoffmann schob Thore Levsen in den Raum.

»Sorry, du, ich muss Schluss machen. Wir sprechen später weiter.«

»Alles klar, wir sehen uns auf der Dienststelle.«

Dirk beendete das Gespräch, steckte sein Telefon ein und forderte Thore mit einer Handbewegung auf, an einem der Tische Platz zu nehmen. Er selbst blieb stehen und beobachtete, wie der schlaksige Junge sich auf einen Stuhl setzte. Er hatte die Kapuze seines Hoodies über den Kopf gezogen und hielt den Blick gesenkt. Wie ein Lamm, das zur Schlachtbank geführt wurde, kam es Dirk in den Sinn.

Er überlegte, worauf er Thore zuerst ansprechen sollte. Menkes Anzeige oder die Plastiktüte? Er entschied sich für Haies Beobachtungen.

»Ich habe gehört, du hast heute eine Lieferung bekommen?«

Thore Levsen hob ruckartig den Kopf.

»Was war in dieser Plastiktüte?«

Der Blick des Jungen versteinerte. »Nichts, was Sie etwas angehen würde. Hat Ihnen doch dieser nervige neue Hausmeister gesteckt, oder?«

Wie erwartet, ging Thore in die Defensive, und Dirk sah die Parallelen zum Vater. »Ich war heute Vormittag bei deinen Eltern«, wechselte er abrupt das Thema und brach damit Thore Levsens Panzer.

»Was, Sie waren bei meinen Alten?«

Dirk sah, wie der Junge auf dem Stuhl hin und her rutschte. Jetzt musste er dranbleiben. »Ja, war ich.«

Thore schaute auf seine Hände, die er in den Schoß gelegt hatte, und Dirk wunderte sich, warum er schwieg, wieso er nicht nachfragte, was er bei den Eltern gewollt hatte, bis ihm klar wurde, dass Thore den Grund dafür kannte. Aber woher?

Das Jugendamt war laut Frau Hansen noch nicht tätig geworden, und bei seinem Besuch bei den Levsens hatte er den Eindruck gewonnen, als wüssten sie nichts von der aktuellen Meldung.

»Hattest du Kontakt zu Till Menke?«

Thore hielt den Blick weiter gesenkt. Es entstand eine Stille im Raum, die es auszuhalten galt. Dirk betrachtete den Jungen, der wie ein Häufchen Elend vor ihm saß. Was mochte in ihm vorgehen? Was dachte er gerade? Warum sprach er nicht mit ihm? Als Dirk schon aufgeben wollte, weil er glaubte, aus Thore Levsen sei nichts herauszubekommen, hörte er ein Rascheln und sah, wie der Kopf des Jungen sich kaum merklich auf und ab bewegte.

»Du hattest also Kontakt zu Menke. Hast du mit ihm gesprochen? Worüber?«

Thore hatte seine Bewegung wieder eingestellt.

»Hat es etwas mit dieser Plastiktüte zu tun?« In Dirks Kopf fügten sich langsam erste Bruchstücke zusammen. Er versuchte, sie vorsichtig zu formulieren. »Es geht um Drogen, oder? Hast du zusammen mit Jan welche an der Schule verkauft? Musste Jan deshalb sterben?«

Thore fuhr von seinem Stuhl hoch. Dirk sah in seinem Blick, dass er nach einer Fluchtmöglichkeit suchte, und fragte sich, wie er den Jungen zum Reden bewegen konnte.

»Ich bin hier, um den Mord an Jan und Till Menke aufzuklären. Du kannst mir …«

»Ich wollte das nicht«, stieß Thore plötzlich hervor. »Wenn rauskommt, dass ich geredet habe, machen die das Gleiche mit mir.«

»Wer sind *die*? Die Männer aus dem schwarzen Auto?«

»Die sind gefährlich, die haben Jan umgebracht, und wenn ich auspacke, killen die mich auch!«

Dirk krauste die Stirn. Hatten sie es wirklich mit der Mafia zu tun? Hier in Niebüll? Er trat auf Thore zu, legte seine Hand auf dessen Schulter und drückte ihn sanft auf den Stuhl zurück. Er setzte sich zu ihm an den Tisch. »Ich sorge dafür, dass dir nichts zustößt, aber du musst mir erzählen, was passiert ist.«

Haie hielt es in seinem Büro nicht mehr aus. Er konnte nicht untätig rumsitzen und warten, ob Dirk etwas herausfand. Er warf einen Blick auf seine To-do-Liste. Die Mülleimer hatte er geleert, die verstopfte Toilette war repariert. Er beschloss, den Parkplatz zu fegen, und schnappte sich einen Besen.

Als er das Gebäude verließ, ging sein erster Blick Richtung Straße. Dort stand, Haie traute seinen Augen kaum, der dunkle Wagen. Hatte der Junge seine Komplizen informiert? Oder wieso tauchten diese Typen hier schon wieder auf? Dass mehrere Personen in dem Auto saßen, erkannte er, als er sich mit dem Besen in der Hand näherte, um den Rinnstein zu fegen. Mindestens zwei Männer, Fahrer- und Beifahrersitz waren besetzt. Ob sich auf dem Rücksitz weitere Personen befanden, konnte er nicht ausmachen, und näher heran traute er sich nicht, weil er befürchtete, der Fahrer würde dann das Weite suchen. Er könnte versuchen, dem Wagen zu folgen, überlegte er.

Haie lehnte den Besen an die Hauswand und ging zu seinem Fahrrad. Seine Finger zitterten leicht, als er das Schloss löste. Was, wenn die Typen gefährlich waren?

Ach, tat Haie den Gedanken ab, er würde dem Wagen ja lediglich nachfahren, falls er es überhaupt schaffte, an den Kerlen dranzubleiben. Und auf offener Straße würden sie ihn kaum erschießen. Sie waren in Niebüll, beruhigte er sich, und nicht im Wilden Westen. Er schob das Rad zur Straße und sah, wie der Beifahrer eine Zigarette aus dem Seitenfenster schnipste. Gleich darauf heulte der Motor auf und der Wagen setzte sich in Bewegung, als hätten die Kerle auf ihn gewartet.

Haie wartete, bis die Typen an ihm vorbeifuhren, doch der Fahrer wendete.

»Mist«, entfuhr es ihm. So schnell wie möglich drehte er das E-Bike um, stieg auf und raste los. Er sah, wie das Auto am Ende der Marktstraße rechts um die Ecke bog.

An der Hauptstraße jedoch holte er auf, da die Verfolgten einigen anderen Verkehrsteilnehmern Vorfahrt gewähren mussten.

Als die Straße frei war, schoss der Wagen los und bog im Kreisverkehr Richtung Bahnhof ab. Haie nahm zwar eine Abkürzung über den Gehweg, trotzdem verschwand der dunkle Mercedes aus seinem Sichtfeld.

»Verdammig!«, fluchte er und trat in die Pedale. Mit etwas Glück waren die Bahnschranken heruntergelassen. Als er die Gather Landstraße erreichte, jubelte Haie innerlich auf. Vor dem Bahnübergang hatte sich eine lange Schlange wartender Autos gebildet. Seine Freude erhielt jedoch gleich darauf einen Dämpfer. Der verfolgte Wagen war nicht darunter.

»Das gibt es doch gar nicht, wo ist der denn hin?«, wunderte sich Haie, während er sich an der Blechlawine vorbeischlängelte. Doch zum Bahnhof? Er warf einen Blick in die kleinere Seitenstraße, die entlang der Kleinbahn verlief, und sein Herz machte einen Hüpfer, als er sah, wie der Mercedes gerade neben dem Alten Wasserturm parkte. Haie hielt an und beobachtete aus einiger Entfernung, wie zwei Männer aus dem Wagen stiegen und in dem Turm verschwanden. Was waren das nur für Typen? Die wollten kaum Urlaub hier machen. Haie schob das Rad Richtung Bahnhof, wobei sich seine Hände fest um den Lenker krallten.

HH-CK-111. Diesmal musste er sich das Kennzeichen merken. Sollte er Dirk informieren? Oder zumindest Ansgar Rolfs? Ach was, er würde zunächst einmal schauen, was sich hier tat, und dann weiter entscheiden.

Er brachte sein E-Bike zum Fahrradständer direkt neben dem Bahnhofsgebäude und schaute sich um. Von wo aus hätte er den besten Blick auf den Wasserturm und würde selbst nicht entdeckt werden? Vielleicht von einem der Bahnsteige aus? Aber dort wäre die Sicht verdeckt, wenn ein Zug hielt. Außerdem könnte er nicht schnell genug wieder die Verfolgung aufnehmen. Am besten, er bliebe bei seinem Fahrrad, dann könnte er schnell genug reagieren, wenn sich am Wasserturm etwas ereignete.

Allerdings würde er nicht sitzen können, oder war am Metallständer ein Platz frei? Nee, zu unbequem, befand Haie. Besser, er wartete im Stehen.

Er hoffte, dass sich seine Blase nicht bald meldete, und blickte zu den Bushaltestellen, wo es Sitzbänke gab. Dort würde er wie auf einem Präsentierteller hocken. Haie trat von einem Bein auf das andere, entschied sich aber dennoch für die Sitzgelegenheit. Die Kerle würden ihn zwar sofort sehen, aber wenn er vorgab, auf den Bus zu warten, würden sie vermutlich keinen Verdacht schöpfen, und selbst wenn: »Wir sind in Niebüll und nicht im Wilden Westen«, murmelte er, während er versuchte, es sich auf der Holzbank bequem zu machen.

»Vor ein paar Monaten habe ich mitbekommen, wie Jan einem Schüler ein Tütchen zugesteckt hat, der ihm im Gegenzug einen Zwanziger gegeben hat. Zuerst wollte ich es melden, aber Jan hatte gesehen, dass ich ihn beobachtet hatte, und wollte mich mit dem Schein zum Schweigen bringen.«

»Du hast das Geld genommen?«

»Konnte ich gut gebrauchen, und Jan hat gesagt, es sei noch mehr drin.«

»Wenn du ihn nicht verpfeifst?«

Thore schüttelte den Kopf. »Er hat mich in einer Pause mit zu diesen Typen genommen. Die warten immer am Straßenrand, kassieren das Geld ein und liefern Nachschub.«

»Nachschub an Drogen?«

»Ecstasy, Gras, was verlangt wird.«

»Auch Heroin?«

»Nee, deshalb war mir sofort klar, dass die ihn umgebracht haben, als es hieß, Jan sei an einer Überdosis Heroin gestorben.«

»Wieso?«

»Jan nahm selbst keine Drogen, niemals, und vor ein paar Wochen hat er mir gesagt, ich könne den Job ganz übernehmen, er wolle aussteigen.«

»Warum?«

»Keine Ahnung. Vielleicht hatten seine Eltern etwas rausgefunden.«

Dirk bezweifelte das, schwieg aber, damit Thore weitersprach.

»Zunächst habe ich mich gefreut. Weniger Dealer bedeuten mehr Kohle für mich, habe ich gedacht, aber dann hat der Menke etwas mitbekommen, und als Jan tot war, hat er mich unter Druck gesetzt.«

»Wie?«

»Er wollte, dass ich zur Polizei gehe.«

»Aber du wolltest nicht, weil deine Geschäftspartner dann das Gleiche mit dir gemacht hätten wie mit Jan.«

»Natürlich, diese Typen sind wirklich krass. Die machen kurzen Prozess, wenn man nicht spurt.«

»Aber Menke hat nicht aufgehört, dich zu drängen?«

»Nee, ständig hat der mich belauert, gedroht, er würde selbst zur Polizei gehen und …«

Für Dirk war nun klar, dass Thore den Schulsozialarbeiter erschlagen hatte. Aus Angst vor den Mördern war er selbst zu einem geworden.

»Du hast ihn erschlagen, oder?«, fragte er leise, doch Thore sprang sofort auf.

»Was hätte ich denn tun sollen? Der wollte einfach nicht aufhören und …« Er schluchzte auf.

»Da hast du den Pokal genommen und zugeschlagen.« Dirk stand auf und trat zu Thore.

»Die hätten mich sonst umgebracht.« Die Stimme war kaum hörbar.

Dirk nickte. »Ich verstehe deine Angst, du bist da in etwas hineingerutscht und mit gefährlichen Leuten ins Geschäft gekommen. Ich kümmere mich darum, dass ihnen das Handwerk gelegt wird, aber du musst mir helfen. Willst du das tun?«

»Aber wie?« Thore zog die Nase hoch.

»Das überlegen wir jetzt gemeinsam.«

Haie spürte ein Piken an seiner Schulter und drehte sich um. Hinter ihm stand ein bulliger Kerl und blickte auf ihn herab.

»Ja bitte?«

»Bist du nicht der Hausmeister an der Schule in der Marktstraße?«

»Nur vertretungsweise.«

»Das macht nichts.« Der Mann zog Haie am Ärmel hoch.

»Wir haben in unserer Unterkunft ein Problem mit dem Wasser, da kannst du sicherlich helfen.«

»Dafür bin ich nicht zuständig.« Haie spürte, wie ihm der Schweiß aus allen Poren brach.

Der Mann war wesentlich stärker als er, und sein Blick verriet ihm, dass jeder Widerstand zwecklos wäre.

»Aber wenn ich helfen kann.« Er blickte sich um, vielleicht bekam jemand mit, dass er in Gefahr war. Ein paar Passanten schauten zwar interessiert zu ihnen, aber als Haie versuchte, ihnen mit den Augen Zeichen zu geben, drehten sie sich weg.

»Also los, komm jetzt!«

Ein Stoß in den Rücken erfasste Haie wie eine Druckwelle und ließ ihn straucheln. Fieberhaft überlegte er, wie er entkommen könnte. Was, wenn er sich wirklich auf den Boden fallen ließe? Oder sollte er laut um Hilfe rufen?

»Was immer du vorhast – denk nicht mal dran«, zischte der andere ihm ins Ohr, während er ihn vor sich her zum Eingang des Wasserturms trieb.

Haie lief es eiskalt den Rücken hinunter. Was hatte der Typ vor? Er befürchtete das Schlimmste. Bruchstücke seines Lebens tauchten bereits vor seinem inneren Auge auf, während sein Blick fest auf die Tür des Turms gerichtet war. Elke winkte ihm aus der Klönschnacktür des gemeinsamen Hauses zu, Marlene lächelte ihn an, Dirk klopfte ihm anerkennend auf die Schulter. Dirk. Warum hatte er dem Freund nicht Bescheid gegeben, ihm nicht wenigstens eine Nachricht auf der Mailbox hinterlassen? Jetzt war es zu spät. Er schluckte, als der Mann die Tür des Wasserturms aufstieß und ihn ins Innere schubste.

Haie brauchte einen Moment, um sich an die unwirklichen Lichtverhältnisse in dem engen Raum zu gewöhnen.

»Hock dich da hin!«, befahl der Bullige und drängte ihn in eine Ecke unter der Wendeltreppe.

»George«, hörte Haie ihn rufen, als er in die Knie ging, »bring mal ein paar Kabelbinder.«

Ein lautloser Seufzer entfuhr Haie. Sie würden ihn also nicht sofort töten. Er hörte Schritte über sich, und ein schmaler Typ in einem langen dunklen Mantel tauchte am Ende der Treppe auf.

»Hier!« Er reichte seinem Komplizen ein paar schwarze Kabelbinder, die der bullige Kerl um Haies Handgelenke und eine Stange der eisernen Treppenkonstruktion schlang. »Zrrrt.«

Haie zuckte zusammen und stöhnte leicht auf, als das Plastik in seine Haut schnitt.

»Was machen wir jetzt mit ihm?«, fragte der Schlaksige.

»Um den kümmern wir uns später.«

Der Bullige griff sich eine Rolle Klebeband, die auf einer der unteren Treppenstufen lag, riss ein großes Stück ab und klebte es Haie auf den Mund.

Ein heftiges Kribbeln breitete sich auf Haies Körper aus, sein Herz galoppierte, er atmete stoßweise durch die Nase, nahm den beißenden Geruch des Duct-Tapes wahr. Übelkeit stieg in ihm auf. Was, wenn er sich übergeben musste? Er zwang sich, ruhig ein- und auszuatmen, und beobachtete, wie der Bullige in einen angrenzenden Raum verschwand.

Der Schlaksige stieg die letzten Stufen hinab und baute sich vor ihm auf. »Mensch, alter Mann, wieso genießt du nicht einfach deinen Ruhestand, anstatt hier rumzuschnüffeln?« Er schüttelte den Kopf.

Haie hörte das Rauschen der Toilettenspülung, gleich darauf war der Bullige zurück. »Komm, wir müssen jetzt erst einmal nach Husum.«

Haie spürte einen Luftzug im Nacken, als die Tür geöffnet wurde und die beiden Männer hindurchschlüpften. Er hörte, wie der Schlüssel im Schloss herumgedreht wurde, dann war es still.

Haie versuchte, sich zu bewegen, aber die straffen Kabelbinder ließen ihm kaum Spielraum. Außerdem schnitt das Plastik bei jeder seiner Regungen tiefer in die Haut.

Er schluckte den Schmerz hinunter und inspizierte den Raum, Zentimeter für Zentimeter, dann entdeckte er auf dem Sims eines kleinen Fensters ein Handy, das aber viel zu weit entfernt von ihm lag, als dass er es hätte erreichen können. Und auch sonst sah er nichts, was ihm helfen könnte, sich zu befreien. »Denk nach, denk nach«, setzte er sich selbst unter Druck. »Viel Zeit bleibt dir nicht.«

»Ich habe erst heute eine Lieferung bekommen. Das glauben die mir nicht, wenn ich jetzt schon wieder Nachschub bestelle.«

Thore Levsen saß neben Dirk und starrte auf den Bildschirm des Schulcomputers.

Der Junge hatte ihm gezeigt, wie sie die Drogen orderten, und zwar über den Chat, den die Kieler Kollegen bei Jan Lamprecht auf dem PC entdeckt hatten. Darüber hatten sie nicht nur bei den Dealern bestellt, sondern Jan und Thore hatten so auch untereinander ihre Bestellungen abgestimmt.

»Und außer euch hatte niemand an der Schule etwas damit zu tun? Auch nicht Frau Hoffmann?«

Trotz der ernsten Lage grinste Thore. »Nee, die doch nicht, aber falls wir aufgeflogen wären, wollten wir, dass der Verdacht auf andere fällt. Gut, oder?«

Dirk ließ die Frage unbeantwortet. Gut war in diesem Fall gar nichts. Sie hatten zwei Leichen, und draußen liefen zwei Kriminelle frei herum, die vermutlich auch an anderen Schulen aktiv waren.

»Und anders habt ihr nicht mit den Dealern kommuniziert, zum Beispiel übers Handy?«

Thore Levsen schüttelte den Kopf. »Die sind ja nicht blöd, sonst könnten Sie sie ja jetzt auch ganz leicht orten.«

»Das heißt, Jan hat über diesen Chat seinen Ausstieg angekündigt?«

»Klar, wir hatten keine andere Möglichkeit, die Typen zu kontaktieren.« Thore scrollte in dem Chatverlauf nach oben. »Hier.« Er deutete auf den Bildschirm.

»Was ist das?« Dirk blickte auf den Link, und Thore bewegte die Maus, klickte darauf und ein YouTube-Video öffnete sich. Musik drang aus den Lautsprechern des Computers und ein junger Sänger, den Dirk nicht kannte, grölte ins Mikro: »Ich würd so gerne mit dir Schluss machen!«

Den Link hatte Jan zwei Tage vor seinem Tod gepostet. Dirk ließ sich in dem Stuhl leicht zurückfallen. Er verstand.

Wenn sie mit den Verbrechern kommunizieren wollten, dann mussten sie es über diesen Chat tun. Was, wenn sie

Thore als Lockvogel benutzten? Er strich sich übers Kinn. Thore war minderjährig, ein solcher Einsatz bedurfte nicht nur der Genehmigung der Eltern, sondern auch der seiner Vorgesetzten. In den Eltern sah Dirk kein Problem, aber die Husumer würden das sicherlich nicht befürworten. Hatte er selbst genügend Personal, um den Jungen zu schützen? Und wäre er überhaupt bereit dazu?

Sein Blick wanderte zu Thore, der nach wie vor auf den Bildschirm blickte.

»Mal angenommen, du wolltest nun auch aussteigen, wie würdest du vorgehen?«

Thore wandte den Kopf und schaute ihn mit gerunzelter Stirn an. Ihm musste klar sein, dass er nicht auszusteigen brauchte, denn er hatte einen Menschen getötet und würde dafür ins Gefängnis gehen, aber er schien zu verstehen, worauf Dirk hinauswollte.

»Ich würde genau diesen Link noch einmal senden.«

Dirk nickte. »Und wir würden dich nicht aus den Augen lassen.« Im Kopf ging er die Leute durch, die ihm zur Verfügung standen.

Mitarbeiter von der Bereitschaft, Ansgar Rolfs und Haie könnte er zumindest als Beobachter einbinden. Er stand auf. »Komm!«

»Aber wenn die mitkriegen, dass ich mit Ihnen wegfahre ...«

»Natürlich darf man uns nicht zusammen sehen.« Er wartete, bis Thore aufgestanden war. Laufen lassen konnte er den Jungen nicht, schließlich hatte er Till Menke umgebracht. Was nun mit ihm geschehen würde, war zwar nicht mehr seine Angelegenheit, aber Thores Mithilfe bei der

Ergreifung der Hintermänner würde sich auf jeden Fall als strafmildernd auswirken.

Er nahm die Treppen hinab ins Erdgeschoss und fasste Thore dabei leicht am Arm, der zögernd Schritt hielt.

»Ein guter Freund wird auf dich Acht geben, ich glaube, du kennst ihn schon.« Dirk blieb vor dem Hausmeisterbüro stehen und drückte die Klinke hinab, doch der Raum war verschlossen.

»Haie?« Er klopfte gegen die Tür. Wo steckte sein Freund denn bloß? Dirk blickte sich um, doch der Gang lag wie verwaist da und auch im Hausmeisterbüro tat sich nichts. Er holte sein Handy aus der Jackentasche und wählte Haies Nummer.

»Dideldideldit.« Haie zuckte zusammen. Aus der Innentasche seiner Jacke tönte das Handy. Zum Glück hatten die Typen es ihm nicht abgenommen, nur nützte ihm sein Telefon dort ebenso wenig wie das Handy auf dem Fenstersims. Er ruckelte mehrmals die gefesselten Hände hin und her, dadurch schnitt das Plastik der Kabelbinder tiefer in seine Haut. Haie stöhnte auf. Wenn er doch nur … Da verstummte die Melodie bereits. Mist, fuhr es ihm durch den Kopf. Ein Piepton verkündete, dass der Anrufer eine Nachricht hinterlassen hatte.

Sicher war das Dirk, überlegte Haie und schöpfte Hoffnung. Der Freund suchte nach ihm, sein Verschwinden schien bereits aufgefallen zu sein. Das war ein gutes Zeichen. Weniger gut war allerdings, dass er niemandem gesagt hatte, was er vorhatte und wem er folgte. Wie sollte Dirk ihn hier finden? Haie legte den Kopf in den Nacken und blickte durch die Stufen der Wendeltreppe nach oben, wo der Raum heller erschien. Wie spät es wohl war? Er drehte sein Handgelenk und in demselben Moment erinnerte er sich daran, die Uhr vor der Arbeit abgelegt zu haben. Sie war ein Geschenk von Tom, und er hatte sie nicht beschädigen oder gar verlieren wollen. Erneut schaute er in die Höhe. Es musste bereits später Nachmittag sein. Wenn es einen Reinigungsservice im Wasserturm gab, waren die Mitarbeiter heute sicherlich schon hier gewesen. Seine Ex-Frau Elke hatte zeitweise in einem Hotel gearbeitet, daher wusste Haie, dass die Zimmer meist am Vormittag hergerichtet wurden. Vermutlich würde sich frühestens morgen wieder jemand um die Unterkunft kümmern, und bis dahin hätten die Typen ihn sicherlich beseitigt. Haie schluckte. Ob sie es auf die gleiche Art wie bei Jan Lamprecht machen würden? Wie lange dauerte es, bis der Tod bei einer Überdosis Heroin eintrat? Ob die Droge starke Schmerzen verursachte? Haie wusste es nicht, aber er wollte nicht so enden. Er wollte überhaupt nicht sterben. Mit aller Gewalt zerrte er an den Fesseln, doch die Kabelbinder hielten stand.

»Mmhprf«, stöhnte Haie und versuchte, das Klebeband zu lockern. Er verzog das Gesicht, machte Grimassen, rieb seinen Mund an seinem Arm, aber der Streifen saß fest. Mit Kraft stieß er immer wieder die Zunge durch die Lippen, und tatsächlich bildeten sich winzige Lufträume. Wenn er dranblieb, konnte er die Dellen vielleicht vergrößern und sich zum Rand des Klebebandes vorarbeiten, es mit der Zunge ein Stück zur Seite schieben und um Hilfe rufen. Irgendjemand würde ihn sicherlich bemerken, er konnte die Stimmen und Schritte vorbeigehender Passanten selbst hören.

Haie schluckte den Klebstoffgeschmack herunter und stieß die Zunge wieder und wieder gegen das Band.

17. KAPITEL

»Wie lange dauert es für gewöhnlich, bis deine Auftraggeber antworten?« Dirk hatte sich mit Thore Levsen wieder in den zugewiesenen Klassenraum gesetzt.

»Eigentlich geht das immer recht zügig.«

»Gut.« Dirk kratzte sich am Kinn. Er konnte das Gebäude mit Thore Levsen nicht verlassen, ohne Gefahr zu laufen, dass sie zusammen gesehen wurden. Trotzdem mussten sie handeln, Vorbereitungen treffen, Absprachen vereinbaren, einen Plan erstellen. Er verließ den Raum und wählte Ansgars Nummer.

»Chef«, meldete sich sein Mitarbeiter nach dem dritten Klingeln, »wo steckst du?«

»Noch in der Schule.«

»Wieso?«

Dirk fasste in wenigen Worten zusammen, was sich in der Zwischenzeit ereignet hatte.

»Gut, dann sollte ich die Husumer informieren«, merkte Ansgar an, nachdem Dirk seinen Bericht beendet hatte.

»Was, nee, wieso denn? Bis die hier sind …«

»Nein, Lorenz Meister meine ich nicht, sondern die Bruhns. Die Fälle hängen garantiert zusammen, wir müssen das Opfer schützen.«

»Ja, aber ich brauche dich hier.«

»Klar, Chef, aber die Husumer sollen einen Beamten vor dem Krankenzimmer postieren.«

»Gut, dann ruf die Kollegin an. Anschließend kommst du mit Gunnar und Lars von der Bereitschaft in die Schule. Aber bitte in Zivil und auf keinen Fall im Streifenwagen. Und …« Dirk stockte kurz. Was, wenn die Dealer trotzdem Verdacht schöpften?

»Göntje soll mitkommen. Sie ist heute zur Verkehrserziehung in der Grundschule, dort kannst du sie abholen. Ich informiere sie gleich.«

»Ja, okay, aber warum?«

»Es ist möglich, dass die Typen die Schule beobachten, als Pärchen erscheint ihr unauffälliger, wirkt eher so, als wolltet ihr zu einem Elterngespräch.«

»Gute Idee! Was ist mit deinem Freund Haie Ketelsen?«

Das war eine berechtigte Frage, dachte Dirk. Was war mit Haie? Wo steckte er? Zurückgerufen hatte er bisher nicht.

Dabei war er ein wichtiger Zeuge, immerhin hatte er das Fahrzeug der Verbrecher gesehen und auch, wie sie Thore Levsen die Drogen übergeben hatten. Trotzdem, sie konnten nicht auf ihn warten, sie mussten jetzt handeln. Vielleicht war es besser, ihn nicht weiter in die Ermittlungen zu involvieren.

»Den halten wir diesmal raus.«

Er legte auf und wählte gleich darauf die Nummer von Gönje Martensen, die seit wenigen Wochen neu im Team war.

»Martensen«, nahm sie das Gespräch nach dem fünften Läuten an. Im Hintergrund hörte er Gekreische und

Gejohle und vermutete, dass Göntje mit den Kindern auf dem Schulhof Verkehrsregeln übte.

»Wir bräuchten deine Unterstützung.«

»Was? Jetzt sofort?«

»Ansgar holt dich gleich ab, du musst ihm dabei helfen, möglichst unauffällig in die Schule zu gelangen.«

»Okay, aber was ist mit dem Unterricht?«

»Es eilt, wir haben hier einen wichtigen Einsatz und brauchen dich – sofort.« Er verlieh seiner Stimme mehr Schärfe als üblich, die Situation machte ihn nervös. Thore Levsen als Lockvogel einzusetzen, war mehr als grenzwertig, das wusste er, aber er sah keine andere Möglichkeit, an die Hintermänner heranzukommen.

»Ja gut, also, dann bis gleich.«

Er atmete auf, hielt aber die Luft an, als er den Direktor den Gang entlangkommen sah.

»Was ist hier eigentlich los?«

»Es tut mir leid, aber wir müssen hier kurzzeitig eine Polizeieinheit einrichten.«

»Hier in der Schule?« Herr Oelde zog die Augenbrauen hoch.

»Ja, hier.« Dirk wandte sich der Tür zu, hinter der Thore Levsen auf ihn wartete. Er hatte keine Zeit und schon gar keine Lust auf lange Erklärungen.

»Ich möchte Sie bitten, uns freie Hand zu lassen. Immerhin hat sich hier ein schreckliches Verbrechen ereignet, und Sie wollen sicherlich, dass es möglichst schnell aufgeklärt wird.«

Am liebsten hätte Dirk noch angefügt, dass Till Menke noch am Leben sein könnte, wenn man ihm zugehört, wenn man ihn ernst genommen, wenn man ihn unterstützt hätte. Schließlich hatte er seine Beobachtungen geschildert, die der Direktor jedoch für übertrieben bewertet und nicht weiterverfolgt hatte. Menke hatte sich vermutlich im Stich gelassen gefühlt und die Dinge selbst in die Hand genommen, was leider nicht gut für ihn ausgegangen war. Manchmal wünschte sich Dirk, dass die Menschen etwas achtsamer im Umgang miteinander wären, er musste sich aber eingestehen, selbst auch nicht immer diesem Wunsch entsprechend zu handeln.

Herr Oelde hob leicht abwehrend die Hände, und Dirk bemerkte, wie hilflos der Direktor wirkte. Eine große Verantwortung lastete auf den Schultern des Mannes, und sicherlich machte er sich selbst Vorwürfe, da brauchte Dirk nicht noch nachzutreten. Er nickte Oelde zu und ging zurück in den Raum, in dem Thore Levsen tief in sich zusammengesunken auf einem Stuhl saß und auf den Bildschirm des Computers starrte.

»So, wir warten jetzt auf meine Kollegen, und dann überlegen wir uns gemeinsam, wie wir vorgehen.« Er sah, wie der Junge seine Hände in die Fronttasche seines Hoodies vergrub und darin nach etwas tastete.

»Was hast du da?«

»Nichts.«

Dirk schaute weiter auf die Fronttasche, doch Thore hielt die Finger still. Hatte der Junge die Drogen etwa bei sich?

»Vielleicht ist es besser, du gibst mir, was du zu verstecken versuchst.«

»Ach, Mensch, ist ja jetzt auch egal.« Thores Hand, die

zu einer Faust geballt war, fuhr aus der Tasche. Dirk zuckte leicht zurück, doch der Junge legte die gekrümmten Finger auf den Tisch und streckte sie aus. Zum Vorschein kam ein Schlüssel.

Dirk brauchte nicht zu fragen, er wusste, in welche Tür er passte. Er nickte lediglich und ließ das Beweisstück in einen durchsichtigen Plastikbeutel gleiten.

»Hast du auch die Mutter von Jan angerufen?«, äußerte Dirk eine Vermutung, die ihm plötzlich in den Sinn kam.

Ruckartig wandte Thore Levsen ihm den Kopf zu und bestätigte allein dadurch seine Annahme.

»Es war ... Ich wollte, sie sollte, warum Jan ...«

»Aber ich dachte Jan ist tot, weil er aussteigen wollte.«

»Schon, aber es ist ...« Thore senkte den Blick.

»Ist okay.« Dirk verstand, was der Junge mit seinem Anruf hatte bezwecken wollen. Die Last, einen Menschen ermordet zu haben, wog schwer, war leichter zu ertragen, wenn dem Opfer eine Schuld zuzuweisen war, wenn es selbst die Verantwortung für das Geschehene trug. Die Verzerrung der Wirklichkeit, diese verdrehte Wahrnehmung hatte es Thore ermöglicht weiterzuleben, denn wäre ihm wahrhaft bewusst geworden, was er getan hatte, wer wüsste, ob er jetzt neben ihm sitzen würde, wertete Dirk die Telefonaktion.

Etwa zwanzig Minuten später klopfte es und Ansgar Rolfs steckte den Kopf zur Tür herein. Hinter ihm erblickte Dirk die anderen Kollegen.

»Kommt rein. Hat euch jemand gesehen? Ist euch etwas aufgefallen?«

»Nee, die Schule ist wie ausgestorben. Vor dem Gebäude stehen nur zwei Autos. Ein blauer Geländewagen und ein weißer Corsa.«

Der Geländewagen gehört vermutlich dem Direktor, dachte Dirk, und der Corsa, das wusste er, Frau Hoffmann. Bestimmt hatte Oelde darauf bestanden, dass sie mit ihm hierbleiben musste.

»Wir müssen einen Plan ausarbeiten.« Dirk erklärte, wie sie zu den Dealern Kontakt aufnehmen konnten, um sie aus der Reserve zu locken.

»Ich gehe davon aus, dass sie Thore unter einem Vorwand zum Bahnhof bestellen werden.« Ansgar nickte. »Das wäre die übliche Vorgehensweise. Der Fall in Husum ist nach dem gleichen Muster abgelaufen.«

»Wenn die Fälle wirklich zusammenhängen«, gab Dirk zu bedenken.

»Klar, hundertprozentig sicher können wir uns nicht sein, aber KHK Bruhns meint, für einen Zufall gebe es zu viele Parallelen.«

Dirk runzelte die Stirn und fragte sich, wie viel Ansgar Rolfs der Kollegin über ihre Ermittlungen erzählt hatte. Zusammenarbeit war schön und gut, wenn sie denn klappte. Er dachte an Meister, der sich nach ihrer letzten Begegnung nicht wieder bei ihm gemeldet hatte. Nicht dass der am Ende noch hier auftauchte und den Einsatz gefährdete.

»Wie wollen wir vorgehen, wenn die Typen entsprechend unser Erwartungen reagieren?«, unterbrach Gunnar Voss seine Gedanken.

»Am besten, zwei von uns fahren schon mal zum Bahnhof. Dann sind wir vor Ort, ehe die Dealer den Bahnhof womöglich ins Visier nehmen. Ich begleite Thore«, schlug Dirk vor.

»Begleiten?«, fuhr Thore Levsen auf. »Wenn die Sie sehen …«

»Ich halte mich natürlich im Hintergrund.«

Er versuchte, seiner Stimme einen zuversichtlichen Klang zu verleihen, war sich aber selbst nicht sicher, ob ihr Plan aufgehen würde. Außerdem waren die Männer gefährlich und er hatte nicht gerade eine große Einsatztruppe, musste er sich eingestehen. Haie wäre eine zusätzliche Unterstützung, aber nein, bekräftigte Dirk seine Entscheidung, wenn er sich von sich aus nicht meldete, hielt er ihn aus der Angelegenheit raus.

»Also, noch Fragen?«

Er sah, wie alle den Kopf schüttelten.

»Gut«, er nickte Thore zu, »dann schickst du jetzt die Nachricht ab.«

18. KAPITEL

Nanu, wunderte sich Tom, als er die Tür öffnete. Im Haus war es ungewöhnlich still und es roch nicht nach einem schmackhaften Abendessen. Bleibt die Küche heute wohl schon wieder kalt, seufzte er innerlich. Haie hatte sich sichtlich übernommen. Job, Haushalt und Kinderbetreuung waren anscheinend zu viel, und dann mischte er sich bestimmt wieder in die Ermittlungen ein. Tom hängte seinen Mantel an die Garderobe und bemerkte, dass Haie noch gar nicht zu Hause war, denn weder lag sein Fahrradhelm auf der Ablage noch hing seine Jacke am Haken.

Er brachte seine Aktentasche in sein Arbeitszimmer, ging anschließend zu Niklas' Zimmer, klopfte und trat ein. Sein Sohn saß auf dem Bett und schaute auf sein Tablet.

»Wo ist Haie?«

Der Junge schien ihn nicht zu hören. Tom ging weiter in den Raum und bemerkte die AirPods in Niklas' Ohren. Er fasste ihn leicht am Arm. Niklas fuhr ruckartig auf.

»Was schleichst du dich so an?«, raunzte er ihn an und fummelte an den Kopfhörern.

Tom lag es auf der Zunge zu sagen, dass er sich nicht angeschlichen habe, er wusste aber, dass es keinen Zweck hatte, mit Niklas über Derartiges zu diskutieren.

»Wo ist Haie?«, wiederholte er stattdessen seine Frage und sah, wie Niklas mit den Schultern zuckte.

»Als ich nach Hause kam, war er nicht da. Vielleicht macht er Überstunden.« Niklas grinste. »Wollen wir zu McDonald's?«

Natürlich wusste der Junge, wie sehr Haie Fast Food verteufelte, und wollte die Gelegenheit nutzen, doch Tom trieben andere Gedanken um.

»Ist denn heute etwas Besonderes in der Schule passiert?«

»Nee, wieso?«

»Na, warum sollte Haie Überstunden machen?«

»Warum nicht? Ich weiß jedenfalls nicht, wo er steckt.«

Tom nickte leicht und wandte sich ab.

»Was ist nun mit McDonald's?«

»Später vielleicht.« Tom hatte plötzlich keinen Hunger mehr. Ein Kloß bildete sich in seinem Magen und wurde unaufhaltsam größer. Er holte sein Handy und wählte Haies Nummer, doch selbst nach mehrmaligem Ertönen des Freizeichens ging sein Freund nicht ran. Das allein war noch nicht ungewöhnlich, Haie war im Umgang mit dem Mobiltelefon etwas ungeschickt. Oftmals gelang es ihm nicht rechtzeitig, einen Anruf anzunehmen. Sicherlich würde er gleich zurückrufen.

Tom ging in die Küche und schaute sich um. Der Frühstückstisch war zwar abgeräumt, aber das Geschirr stapelte sich in der Spüle. Diesen Job würde er Haie nicht abnehmen. Er hasste es, abzuwaschen, und verweigerte sich dieser Hausarbeit, zumal sich Haie partout gegen eine Spülmaschine wehrte. Aber den Tisch konnte er schon decken, lenkte Tom gedanklich ein. Im Kühlschrank sah es ziemlich mau aus, aber im Keller fand er eine Dose mit Fisch und ein Glas mit Würstchen, beides brachte er in die Küche. Während er Besteck aus der Schublade nahm, wanderte sein Blick immer wieder zur Uhr. Normalerweise hätte sich Haie schon längst gemeldet. Ob er Dirk anrufen sollte? Vielleicht hockten die beiden zusammen und diskutierten über den Fall?

Er nahm erneut sein Telefon zur Hand und wählte Dirks Nummer.

»Tom, was gibt's? Wir sind im Einsatz.«

Tom atmete erleichtert auf. »Gut, ich wollte auch nicht stören, dann ist Haie wohl bei dir?«

»Haie? Nee, ist der nicht zu Hause? Hier ist er jedenfalls nicht. Das Hausmeisterbüro ist abgeschlossen. Ich denke, er hat Feierabend gemacht.«

Ein Blitz fuhr Tom durch die Eingeweide. »Wann hast du ihn denn das letzte Mal gesehen?«

»Heute Vormittag, da hat er einen entscheidenden Hinweis geliefert.«

»Ja gut, dann kommt er bestimmt gleich. Hat sich vermutlich bei Helene festgequatscht«, entgegnete Tom wenig überzeugt und legte auf. Er wollte Dirk nicht länger stören.

In der Küche lehnte er sich an die Fensterbank und schaute über den Hof in den Garten hinaus. Von Haie keine Spur. »Wo steckt der denn bloß?«, murmelte er, während er den Tisch weiter deckte. Brettchen, Gläser, Butterdose. Auf dem Weg in die Speisekammer machte er einen Abstecher in sein Arbeitszimmer, durch dessen Fenster er auf die Dorfstraße blickte. Ein paar Autos fuhren vorbei, aber von Haie war nichts zu sehen.

»Das gibt es doch nicht.«

»Was gibt es nicht?« Tom zuckte zusammen. Niklas stand hinter ihm und schaute ihn fragend an.

»Haie ist nicht zu erreichen, und Onkel Dirk weiß auch nicht, wo er steckt.« Er schob Niklas aus seinem Büro Richtung Küche.

»Och, doch nicht McDonald's?«, maulte der Junge, als er den gedeckten Abendbrottisch erblickte.

»Nee, erst mal müssen wir herausfinden, wo Haie abgeblieben ist.«

»Papa, er ist doch schon groß, er wird schon nach Hause kommen. Vielleicht ist er bei Elke.«

»Bei Elke, wieso das denn?« Tom konnte sich beim besten Willen nicht vorstellen, was Haie bei seiner Ex-Frau sollte. Zwar verstanden sie sich trotz der Scheidung einigermaßen gut, dennoch mied Haie soweit möglich den Kontakt zu ihr.

»Er hilft ihr doch manchmal im Haus.«

»Stimmt.«

Das ehemals gemeinsame Haus, das Haie bei der Trennung seiner Ex-Frau überlassen hatte, lag ihm nach wie vor am Herzen. Gut möglich, dass Elke ihn um Hilfe gebeten hatte. Tom griff zu seinem Handy, steckte es aber gleich darauf wieder ein. Er hatte Elkes Telefonnummer nicht.

»Hm, komm«, er blickte Niklas an. »Wir fahren zu McDonald's, und auf dem Weg dorthin halten wir kurz bei Elke an.«

Niklas strahlte. In Windeseile rannte er in den Flur, schlüpfte in seine Sneaker und warf sich eine Jacke über.

Ehe Tom es sich versah, saß sein Sohn auf dem Beifahrersitz und schnallte sich an.

Tom stieg ein und startete den Motor. Langsamer als gewöhnlich fuhr er die Dorfstraße entlang und hielt Ausschau nach Haie. Doch weder vor der Gastwirtschaft noch vorm Sparmarkt konnte er Haies Fahrrad entdecken. Er bog von der Dorfstraße auf die Auffahrt zu Elkes Haus, das leicht zurückgesetzt von der Straße lag. An der Hauswand lehnte kein E-Bike, nur Elkes altes Hollandrad.

»Vielleicht weiß sie, wo er steckt«, machte Niklas ihm Mut, da er vermutlich annahm, dass es Burger und Pommes erst geben würde, wenn sein Vater herausgefunden hatte, wo Haie sich herumtrieb.

Tom stöhnte leicht. Es gab eine Zeit, da hatte er Elke sehr gemocht, aber seit Haie sich von ihr getrennt hatte, war auch er auf Distanz zu ihr gegangen. Fraglich, ob sie eine Ahnung hatte, wo Haie steckte, dennoch war es einen Versuch wert. Er stieg aus, ging über den knirschenden Kies zum Eingang, klopfte an die Klönschnacktür und straffte die Schultern.

»Tom? Ist was mit Haie?«, fragte Elke, kaum dass sie die obere Hälfte der Tür aufgestoßen hatte.

Ihre Frage machte ihm bewusst, wie ungewöhnlich sein Besuch war, und wäre er nicht derart verzweifelt gewesen, hätte er niemals bei ihr angeklopft.

»Weißt du, wo ich ihn finden kann?«

»Ich?« Elke lehnte sich ein Stück vor und zog die Augenbrauen hoch. »Nee, ich habe ihn zuletzt bei der Bäckerpost getroffen. Ist aber schon ein paar Tage her. Weiß der Kommissar nicht, wo er ist?«

»Leider nicht, und so langsam mache ich mir Sorgen, du weißt ja, wie er ist.«

»O ja.« Elke nickte. »Soll ich helfen, ihn zu suchen?«

»Nee, lass mal.« Haie wäre es sicherlich nicht recht, wenn er Elke bitten würde, ihn bei der Suche zu unterstützen, dachte Tom.

»Ich habe Niklas dabei, der muss jetzt erst mal was zum Abendbrot bekommen.« Er wies mit dem Kopf zum Auto.

»Ach ja, den Lütten.« Elke nickte. »Soll ich ihm was kochen?«

»Is nett, Elke, aber wir wollen dir keine Umstände machen und fahren schnell zu McDonald's.«

»Waas? Nee, kommt doch rein. Ich habe noch einen Gemüseauflauf von heute Mittag, den kann ich eben warm machen.«

Tom blickte zum Wagen und sah, wie Niklas ihm bereits Zeichen machte, er solle sich beeilen. Wenn er ihm jetzt sagte, sie würden bei Elke Gemüseauflauf essen, würde er ihm das lange nachtragen – egal, was mit Haie war.

Er lächelte Elke an. »Ganz lieb, aber ich wollte auch noch tanken.«

Elke schien zu verstehen. »Dann fahrt doch mal Haies Radweg nach Niebüll ab. Vermutlich hat er seinen Akku wieder nicht geladen, kennst ihn ja.« Sie schmunzelte. »Oder er hat eine Reifenpanne und steht nun irgendwo und braucht Hilfe.«

»Gute Idee«, bestätigte Tom, obwohl er annahm, dass Haie angerufen hätte, wenn er mit dem E-Bike Probleme hätte.

Haie hatte in den letzten Stunden beinahe unaufhörlich mit der Zunge das Klebeband bearbeitet. Der Erfolg war mäßig, aber er gab nicht auf. Seine Lippen hatte er so gut wie freigelegt, auch wenn sie jetzt brannten, aber ganz lösen hatte er den Klebestreifen nicht können.

Seine Zunge schmerzte und er verspürte einen enormen Durst, trotzdem versuchte er weiter, auch den Rest des Klebebands zu entfernen, um endlich nach Hilfe schreien zu können.

Er war dabei so konzentriert, dass er nicht bemerkte, wie die Tür aufgeschlossen wurde. Erst als das Licht, das dadurch hereinfiel, ihn blendete, sah er, dass die beiden Männer zurück waren. Ihre Silhouetten zeichneten sich im Gegenlicht ab. Der Dünne und der Bullige traten nacheinander in den Raum. Wie Dick und Doof, schoss es Haie durch den Kopf.

»Ach, Mensch, den hätte ich beinahe vergessen«, stöhnte der Schlaksige. »Mist, um den müssen wir uns auch noch kümmern.«

Er trat an Haie heran und prüfte, ob die Kabelbinder noch hielten. Anscheinend war er mit dem Ergebnis zufrieden, denn er wandte sich um und stieg die Wendeltreppe hinauf, während der andere sich auf die Toilette begab.

Haie schnaubte laut durch die Nase und begann, seine Zunge noch heftiger unter das Klebeband zu stoßen. Ihm blieb nicht mehr viel Zeit, sicherlich würden die beiden gleich kurzen Prozess mit ihm machen. Er hörte die Klospülung und fühlte, wie der Schweiß in Strömen seinen Rücken hinablief.

Die Tür vom Bad wurde aufgerissen. Haie spürte die Gegenwart des anderen in seinem Rücken und ging in Deckung. Vielleicht würde er ihn hinterrücks erschlagen?

»Alter, nicht auch das noch«, tönte von oben die Stimme des Schlaksigen.

»Was ist?«, fragte der Bullige und trat an den Treppenabsatz.

»Komm mal hoch, jetzt hat der andere Typ auch noch diesen Link geschickt.«

Haie verfolgte, wie der Mann die Stufen hinaufstieg. Seine schweren Schritte polterten über ihm. Stakkatoartig schnellte Haies Zunge vor und zurück, während er angestrengt lauschte.

»Ach nee«, war nun die Stimme des Bulligen zu hören. »Hört das denn heute gar nicht auf?«

»Sollen wir uns lieber absetzen? Das scheint eng …«

»Keiner verarscht einen Lucio Banderas«, schallte es über ihm, dann war es still.

In Haies Ohren machte sich ein Klingeln breit, mit der Zungenspitze stieß er immer wieder an den oberen Rand, zerrte zeitgleich an den Fesseln.

»Lass uns abhauen«, hörte er wieder den Schlaksigen sagen.

»Nee, nicht mit mir. Es ist schon schlimm genug, dass dieses Husumer Bürschchen überlebt hat und nun von der Polizei bewacht wird. Noch einen Aussteiger können wir uns nicht leisten.«

»Aber was wissen die schon?«

»Kapierst du es nicht? Niemand stellt sich gegen mich. Wer aussteigen will, ist tot!«

Haie erschauderte. Redeten die beiden von dem Jungen im Hoodie? Immer weiter bohrte er seine Zunge unter das Klebeband und bekam dabei kaum Luft.

»Und was ist mit dem Alten da unten?«

Haie hielt inne. Die beiden verhandelten über sein Schicksal. Wie viel Zeit blieb ihm noch?

»Der läuft nicht weg. Erst den Jungen. Los, schreib ihm, dass wir ihm sein Restgeld noch auszahlen wollen. Sagen wir, in einer Stunde.«

»Und wo?«

»Na, am Bahnhof, du Trottel. Den erledigen wir wie diesen anderen. Ist dann halt ein weiterer Junkie, der sich 'nen goldenen Schuss gesetzt hat.«

»Meinst du nicht, das ist zu auffällig?«

»Und wenn? Wir machen eh die Biege. Packen die Sachen, erledigen den Typen da unten, und dann nichts wie weg. Bis die Polizei davon Wind bekommt, sind wir längst über alle Berge.«

Haie schluckte und hörte, wie auf einer Tastatur getippt wurde.

»So?« Auf einen kurzen Moment der Stille folgte ein Klack.

Bing!

»Da, endlich!«, rief Dirk aus.

»›Ausstehend drei Grüne und ein Pinker. Wechsel von Hand zu Hand R&F otto‹«, las er laut vor und krauste dabei die Stirn. »Was bedeutet das?« Er wandte sich zu Thore Levsen, der auf den Bildschirm starrte.

»Sie wollen mich umbringen.«

»Dazu wird es nicht kommen«, versuchte Dirk ihn zu beruhigen. Thore blickte ihn zweifelnd an.

»Was meinen die damit?« Er deutete auf den Computer.

Thore schnaubte durch die Nase und sprang auf. »Dass sie mir angeblich noch Geld geben wollen. Als wäre ich total blöd!« Er schüttelte den Kopf und stampfte mit dem rechten Fuß auf.

»Und wo? Am Bahnhof?«

»Ja, na klar. Besonders einfallsreich sind die nicht. ›R&F‹ steht für das Klo. Rail & Fresh.«

»Um acht?«

Thore nickte, und Dirk blickte auf seine Uhr. Ihnen blieb nicht ganz eine Stunde. Er nahm sein Handy, trat ans Fenster und rief Ansgar an. »Es geht los. Habt ihr Position bezogen?«

»Ja, Gunnar treibt sich vor dem Fahrkartenautomaten herum, Lars raucht draußen, Göntje sitzt im Wagen gegenüber vor der alten Post und ich bin im Kiosk.«

»Okay, in einer halben Stunde fahre ich mit Thore zur Tankstelle. Von dort lasse ich ihn vorgehen und folge ihm in einigem Abstand«, teilte Dirk mit und legte auf.

Sein Blick wanderte zu Thore Levsen, der nach wie vor neben dem Computertisch stand, die Hände tief in der Bauchtasche seines Hoodies verborgen.

»Wir sind uns doch einig, dass die Typen nicht davonkommen dürfen, oder?«

»Und ich?« Thore schluckte und schaute ihn mit weit geöffneten Augen an.

Dirk überlegte, was er sagen sollte. Wie konnte er Thore beruhigen und gleichzeitig unter Druck setzen, um ihnen zu helfen, die Dealer dingfest zu machen? »Ich werde immer nur ein paar Schritte hinter dir sein, dir wird nichts passieren.«

»Das meine ich nicht.«

»Wenn du uns hilfst, wirkt sich das strafmildernd aus. Das Gefängnis können wir dir nicht ersparen, aber wenn du wegläufst, werden die Typen dich früher oder später aufspüren und töten.« Thore nickte.

»Und kommen die in denselben Knast wie ich? Bin ich dort sicher?« Seine Stimme zitterte.

Dirk wusste, wie es in JVAs zuging. Eine völlige Sicherheit konnten sie Thore nicht garantieren.

»Aufgrund deines Alters kommst du in den Jugendstrafvollzug, die beiden fahren woanders ein.«

»Aber nicht für immer. Was ist, wenn ich wieder freikomme?«

Dirk atmete tief ein und aus. Er sah wenig Chancen, ein Kronzeugenprogramm genehmigt zu bekommen, dennoch war es nicht aussichtslos. Der Junge war da in etwas hineingeraten, dessen Ausmaß und Gefährlichkeit er schlichtweg unterschätzt hatte. Zwar war er selbst straffällig geworden, aber wenn er ihnen jetzt half, an die Hintermänner zu kommen, womöglich einen Drogenring zu sprengen, dann bestand durchaus die Möglichkeit, Thore Levsen in ein Zeugenschutzprogramm aufnehmen zu lassen.

»Ich werde mich für dich einsetzen. Wir werden dich nicht hängen lassen.« Dirk hörte selbst, wie wenig überzeugend seine Worte klangen, aber Thore nickte.

Sie schalteten den Computer aus, Dirk zog seine Jacke an und holte tief Luft. »Bereit?«

Haie hörte, wie die Typen packten. Sie warfen ihre Sachen vermutlich in eine Tasche, denn wenig später erklang das Geräusch eines Reißverschlusses und gleich darauf begann die Treppe über ihm leicht zu vibrieren und die beiden tauchten vor ihm auf.

Sogleich stellte er seine Versuche ein, sich vom Klebeband zu befreien, und hoffte, keiner der beiden würde den Sitz seiner Mundfessel kontrollieren.

Der Bullige ging erneut ins Bad, diesmal nicht, um zu pinkeln, sondern er kramte anscheinend in einer Plastiktasche. Als das Rascheln verebbte, drang das Geräusch eines aufflammenden Feuerzeuges an Haies Ohr. Er schluckte. Ihm wurde klar, dass der Kerl die Spritze für den geplanten goldenen Schuss vorbereitete. Augenblicklich begann Haie zu zittern.

Der Schlaksige stand währenddessen vor der Eingangstür und trat von einem Fuß auf den anderen. Er schien nervös und augenscheinlich immer noch nicht einverstanden mit der Vorgehensweise seines Komplizen. Sollte Haie ihm ein Zeichen geben? Könnte er ihn verunsichern, vielleicht sogar dazu bewegen, seinen Partner zu überzeugen, die Aktion abzubrechen? Aber was würde dann geschehen? Haie wusste definitiv zu viel, der Bullige würde ihn nicht entkommen lassen. Er verharrte bewegungslos in seiner Stellung und schloss die Augen, als könnte er sich dadurch unsichtbar machen.

Kurz darauf spürte er einen Hauch in seinem Gesicht und riss die Augen auf. Der stämmige Mann stand so dicht vor ihm, dass seine platte Nase beinahe Haies berührte.

»So, wir haben noch eine Kleinigkeit zu erledigen, aber dann kümmern wir uns endlich um dich, versprochen. Bis dahin: Keine Sperenzchen, haben wir uns verstanden?«

Haie nickte hektisch und merkte, wie sich das Klebeband am oberen Rand seines Mundes löste. Er senkte den Kopf, sah die Füße seines Peinigers, die sich zum Glück abwandten und aus seinem Blickfeld verschwanden. Haie wagte nicht, aufzusehen, hörte aber, wie die Eingangstür geöffnet wurde, und nahm den Schwall frischer Luft wahr, der den stechenden Schweißgeruch vertrieb.

Mit einem Knall fiel die Tür ins Schloss, das anschließend verriegelt wurde, was er durch ein metallenes Klappern wahrnahm. Dann war es still.

Haie blickte auf. Beide Typen waren verschwunden, aber ihm war klar, dass sie bald wiederkommen würden und ... Seine Zunge wanderte zum oberen Rand des Klebebands, es gelang ihm, sie durch die Lücke zu stoßen. Links, rechts, links, rechts, wie ein Scheibenwischer verschaffte er sich Millimeter um Millimeter Raum an der Oberlippe, bis er die Zunge hindurchzwängen konnte, um den Rand hinunterzudrücken.

Es brauchte fünf Anläufe, ehe er das Klebeband so weit gelöst hatte, dass er die Lippen aufwärtsschieben konnte und durch ein paar Kieferbewegungen den Mund endlich freibekam. Haie schnappte nach Luft, hielt sie an, lauschte.

Er musste sicher sein, dass die Typen sich weit genug weg befanden. Nicht auszudenken, wenn sie jetzt vor der Tür eine Zigarette rauchten und seinen Schrei hörten. Sicherlich würden sie sofort kurzen Prozess mit ihm machen. Im Kopf zählte er von hundert rückwärts. Als er bei zehn angekommen war, stockte er, horchte auf die Geräusche, die von draußen zu ihm hereindrangen. Das zischende Öffnen einer Bustür, ein weinendes Baby, Schritte auf hochhackigen Schuhen, eine Lautsprecheransage vom Bahnsteig. Haie sog langsam die Luft bis in den hintersten Winkel seiner Lungenflügel. »Zehn. Ich habe nur diese eine Chance. Neun. Bitte, lieber Gott. Acht. Wenn ich das überlebe, dann ... Sieben. Du musst mir helfen. Sechs. Niklas braucht mich. Fünf. Du hast ihm schon die Mutter genommen. Vier. Ich will nicht sterben. Drei. Nicht jetzt. Zwei. Ich ... Eins. Hiiiiiilfe!«

Am Bahnübergang der Kleinbahn drückte Dirk sich gegen einen Müllcontainer und beobachtete, wie Thore den Busbahnhof passierte. Die Kapuze seines dunklen Hoodies hatte er tief ins Gesicht gezogen, als wollte er sich von allem abschotten, als wäre er nicht Teil dieser Welt. Er konnte sich kaum vorstellen, was in Thore vorgehen mochte, und der zögerliche Gang verriet sicherlich nur einen Bruchteil des Gefühlsturms, der im Inneren des Jungens tobte. Dirks Blick scannte die Umgebung, blieb aber nirgends hängen, und als er sah, dass Thore auf Höhe des Fahrradständers war, trat er einen Schritt vor, schaute erneut in alle Richtungen, ehe er den Weg zum Bahnhof nahm. Er sah Lars neben einem Mülleimer vor dem Eingang stehen. Eine feine Rauchfahne stieg über ihm in die Luft, und Dirk fragte sich, wie viele Zigaretten der Mitarbeiter wohl bereits geraucht haben mochte.

Thore Levsen blieb unvermittelt stehen, als Göntje aus dem Wagen stieg und ihm wie vereinbart zuwinkte. Es sollte wie eine zufällige Begegnung wirken. Dirk ließ sich augenblicklich auf eine Bank am Bussteig nieder und beobachtete, wie Thore zu Göntje ging, sich dann aber nicht wie geplant in den Wagen setzte, sondern sich eine Zigarette anzündete.

»Was zum Teufel …?«, stieß Dirk leise hervor. Mit der Verzögerung geriet der ganze Plan in Gefahr. Wieder ließ Dirk den Blick umherschweifen. Es waren nur noch wenige Leute auf der Straße, die Stadt kam langsam zur Ruhe.

Er lehnte sich ein wenig zurück, behielt Thore dabei aber im Auge. Dirk riskierte viel mit seinem unkonventionellen Vorgehen, das wusste er. Würde nur eine Kleinigkeit schiefgehen, könnte er sich morgen einen anderen Job suchen. Sein Plan musste aufgehen. Es gab keine Alternative. Sie mussten die Dealer erwischen. Zu viel war bisher geschehen. Zwei Menschen hatten ihr Leben gelassen. Diese Taten durften nicht ungesühnt bleiben.

Dirks Handy vibrierte in seiner Brusttasche und er holte es hervor. Als er Jörg Kaminskis Nummer auf dem Display sah, nahm er das Gespräch an.

»Jörg, wir sind gerade im Einsatz, kann ich dich später zurückrufen?«

»Klar«, entgegnete der Kieler Kollege, »aber ich habe nur eine ganz kurze Info, vielleicht hilft sie euch.«

Dirk registrierte, wie Thore abaschte. Alles schien ruhig zu sein. »Okay, schieß los!«

»Auf dem Computer eures Opfers haben wir ein Programm gefunden, mit dem der Junge sein Handy orten konnte.«

»Aha, und?«

»Es scheint immer noch in der Nähe des Bahnhofs eingeloggt zu sein.«

Dirk warf einen Blick über die Schulter zu dem Gebüsch, in dem er die Spritze entdeckt hatte. In all dem Trubel hatte er ganz vergessen, nach Jans Handy zu suchen.

Er wandte sich um und sah, wie Thore die Zigarette am Boden austrat, sich umblickte und endlich einstieg. Dirk vernahm zwei schnell aufeinanderfolgende Töne.

»Du, 'tschuldigung, ich muss, es klopft jemand an …« Dirk stand auf, stockte aber in der Bewegung. Rief da jemand um Hilfe? Er schaute sich um, konnte jedoch nichts entdecken und fokussierte sich auf den Bahnhof, in dem gerade zwei Männer verschwanden.

»Hiiiilfe!«

Da, tatsächlich, es rief jemand. Die Stimme kannte er doch. Sie klang wie Haies … Haie? Dirk drehte sich einmal um die eigene Achse. Wo kam der Schrei her? Er hielt inne und wartete.

»Hiiilfe!«

Dirk krauste die Stirn und lief hinüber zum Wasserturm. War der Ruf von hier gekommen? Aber was wollte der Freund da drin? Er schüttelte den Kopf, er musste sich getäuscht haben.

»Hiilfe!«

Da war es wieder. Dirk zuckte zusammen. Die Stimme drang direkt aus dem alten Wasserturm zum ihm. »Haie?«

»Hier bin ich, hier drinnen!«

Ein weiterer Stromschlag schien durch seinen Körper zu fahren. Er schluckte und spürte jede einzelne Haarwurzel auf seinem Kopf. Sein Blick huschte hinüber zum Bahnhof, seine Hand fasste zeitgleich zum Türknauf und rüttelte daran. »Dirk?«, drang es aus dem Inneren zu ihm.

»Ja, Haie? Was machst du da drin?«

»Hol mich hier raus!« Er konnte die Panik in Haies Stimme beinahe körperlich spüren. Erneut riss er an dem Knauf, schmiss sich mit Wucht gegen die Tür, die jedoch nicht einen Millimeter nachgab. Was sollte er tun? Er musste Haie helfen. Nur wie?

Dirk hob den Arm und winkte Lars zu, der zunächst nicht auf sein Zeichen reagierte, dann aber zögerlich auf ihn zukam.

»Was ist los?«

»Hier ist Haie Ketelsen drin, wir müssen ihn befreien.«

»Jetzt?« Lars drehte sich zum Bahnhof um. »Wir müssen …«

»Ja, jetzt sofort.« Dirk hörte seine eigene Stimme schrill in den Ohren klingeln. Keuchend warf er sich gegen die Tür. Er konnte nicht anders, wollte nicht auch noch Haie verlieren.

»So wird das nichts.« Lars schob ihn zur Seite und begutachtete das Schloss. »Moment mal.« Dirk beobachtete, wie der Mitarbeiter zu dem Wagen rannte, den sie direkt vor dem Bahnhof postiert hatten, den Kofferraum öffnete und abtauchte.

»Wir holen dich da raus, Haie!«, rief Dirk gegen die Tür, hinter der es seltsam still geworden war. Bitte, bitte, lass es ihm gut gehen, flehte Dirk in Gedanken. Warum hatte er nicht hartnäckiger nach dem Verbleib des Freundes geforscht? Er hatte sich doch denken können, dass Haie nicht tatenlos zu Hause auf dem Sofa sitzen würde. Ja, im Grunde hatte er es gewusst – und das nicht erst seit Toms Anruf.

Dirk spürte eine Hand auf seiner Schulter, Lars drückte ihn zur Seite und setzte eine Akkubohrmaschine am Schlüsselloch an.

Dirk stand bewegungslos daneben und starrte auf die Tür, die der Mitarbeiter mit wenigen Handgriffen geöffnet hatte. Er drängte ins Innere des Wasserturms und sah im schummrigen Licht Haies bleiches Gesicht, aus dem ihm schreckgeweitete Augen entgegensprangen.

»Haie, Gott sei Dank!« Er stürmte auf den Freund zu, wollte seine Arme um ihn schlingen, als er merkte, dass er am Treppengeländer gefesselt war.

Wieder war es Lars, der ihn sanft wegschob und die Kabelbinder mit der Schere seines Taschenmessers durchtrennte.

Endlich konnte Dirk seinen Freund in die Arme schließen. Eine Lawine aus Tausenden von Steinen fiel ihm von seinem Herzen, als er Haies Atem an seiner Wange spürte.

Der wirkte steif und schwieg, als er ihn hinausführte und auf die Bank am Busbahnhof setzte.

»Geht es dir gut? Ich rufe besser einen Krankenwagen.« Dirk griff in seine Jackentasche, Haies Hand hielt ihn jedoch zurück.

»Das sind die Typen«, stieß er hervor.

Dirks Kopf schnellte herum. Ansgar und Gunnar schoben gerade jeweils einen Mann in Handschellen vor sich her aus dem Bahnhof. Dirk reckte den Hals.

»Bleib bei ihm«, wies er Lars an und lief zum Postgebäude hinüber, wo Thore und Göntje ausgestiegen waren.

Dirk atmete auf, während er neben den Jungen trat und seine Hand auf dessen Schulter legte. Gemeinsam beobachteten sie, wie Ansgar und Gunnar die Kerle zum Wagen beförderten. Er suchte Thores Blick und konnte eine Mischung aus Stolz und Angst in seinen Augen schimmern sehen.

Stolz, weil er geholfen hatte, die beiden Männer zu überführen, die für die Drogendelikte an seiner und wohl auch an anderen Schulen in der Gegend verantwortlich waren, Männer, die über Leichen gingen, Jan Lamprecht ermordet, den Jungen in Husum zu töten versucht hatten und auch Thore Levsen kaltblütig ins Jenseits befördert hätten, wenn er nicht den Mut gehabt hätte, sich ihnen entgegenzustellen und ihnen gemeinsam mit der Polizei das Handwerk zu legen.

Angst, weil der Junge nicht wusste, was ihn nun erwartete, was mit ihm geschehen würde, und vielleicht auch, weil er ahnte, dass die beiden Männer selbst nur Handlanger waren, die Spitze eines Eisbergs, dessen Gefahr noch unter der Oberfläche lauerte und vor der Thore Levsen vielleicht sein gesamtes Leben nicht sicher sein würde.

Dirk nickte leicht und verstärkte den Griff seiner Hand auf Thores Schulter. Einen kurzen Moment verharrten sie schweigend. Er würde den Staatsanwalt so lange nerven, bis er einem Schutzprogramm für Thore zustimmte. Und wenn er die nächsten Wochen nichts anderes machte, als Lehmann mit Mails und Anrufen zu bombardieren, dachte Dirk, ehe er Thore sanft zurück auf den Beifahrersitz schob und Göntje Martensen anwies, ihn auf die Dienststelle zu bringen.

19. KAPITEL

Die Sonne stand wie ein großer runder Ball am Horizont und tauchte die Landschaft in ein goldenes Licht, als Dirk den alten Außendeich entlang Richtung Maasbüll fuhr.

Wenn er es nicht besser gewusst hätte, hätte er sich von der Idylle täuschen lassen.

Nordfriesland war nicht so friedlich, wie es sich in diesem Moment präsentierte. Der Landstrich war nicht frei von menschlichen Regungen wie Gier und Neid, Eifersucht und Hass, die die Basis für Verbrechen waren. Das Böse lauerte auch hinter den Deichen.

Er verlangsamte das Tempo, als er das Ortsschild von Maasbüll erreichte, hinter dem er kurz darauf in die Dorfstraße abbog. Geradeaus führte der Weg weiter hinaus in den Koog nach Fahretoft, wo die Lamprechts den Tod ihres Sohnes betrauerten. Die Aufklärung des Mordes war für sie ein schwacher Trost, der den Verlust nicht annähernd aufwog.

Dirk lenkte den Wagen durch die Dorfstraße. Links und rechts sah er einige Dorfbewohner in ihren Gärten, wie sie grillten und mit ihren Kindern spielten. Sie johlten und lachten, genossen das Leben. Wie gerne wäre auch er derart unbeschwert, dachte Dirk.

Die Ereignisse der letzten Tage hatten ihn ins Grübeln gebracht. Die Morde an Jan Lamprecht und Till Menke waren aufgeklärt, die Verantwortlichen gefasst, dennoch hatte er das Gefühl, als lauerte hinter der nächsten Ecke bereits ein weiteres Verbrechen, und er fragte sich, ob er sich dem gewachsen fühlte, ob er sich dem gewachsen fühlen wollte.

Hinter dem Rabeneck stieg er auf die Bremse. Das Haus seiner Freunde lag verlassen in der Abendsonne da. Dirk war spät dran, er gab wieder Gas, setzte seinen Weg fort, bis wenige Meter hinter der dänischen Schule, wo er links abbog und die kleine Anhöhe zur Gastwirtschaft hinauffuhr, vor deren Eingang Toms Wagen stand. Er parkte und stieg aus.

Im Gastraum war lediglich ein Tisch an der Fensterseite besetzt. Tom, Haie und Niklas schauten zu ihm, als er den Raum betrat.

Haie hatte die Wirtschaft ausgewählt, als Dirk ihn zum Dank für seinen Einsatz zum Essen eingeladen hatte. Der Vorschlag hatte ihn ein klein wenig verwundert und er hatte sich gefragt, ob die Vorkommnisse der letzten Tage Haie mehr Angst eingejagt hatten, als er zugab, und er deswegen ungern das Dorf verlassen wollte. Tom hatte so etwas in einem Telefonat angedeutet, und Dirk verstand den Freund, fragte er sich doch selbst, wie sicher sich Haie nach der Aktion fühlen konnte und wie er ihn beschützen könnte.

»Moin, ihr drei!«

»Moin, du einer«, erwiderte Niklas und grinste, während Dirk sich zu ihnen setzte. Sie hatten mit der Bestellung auf ihn gewartet, nun trat der Wirt an den Tisch und nahm ihre Wünsche entgegen.

»Habt ihr Pommes?«, fragte Niklas und linste zu Haie, der nicht reagierte, sondern in Gedanken versunken zu sein schien. Dirk warf Tom einen fragenden Blick zu. Der zuckte mit den Schultern.

Als der Wirt die Getränke brachte, erhob Dirk sein Glas. »Auf den erfolgreichen Abschluss des Falls«, formulierte er einen unverfänglichen Toast. Er hätte gern angefügt, wie froh er war, dass alles noch einmal glimpflich ausgegangen war, aber er wusste nicht, was Haie und Tom dem Jungen erzählt hatten. Besser, Niklas erfuhr nicht, in welcher Gefahr sein Patenonkel geschwebt hatte. Dirk verspürte auch ohne Trinkspruch eine tiefe Dankbarkeit dafür, den Freund gesund und munter an seiner Seite zu haben. Wobei, munter?

»Haie, was ist los? Du bist so still, das kennt man gar nicht von dir.« Dirk stupste Haie leicht in die Seite.

»Ach, es ist nur wegen Judith. Also, dieses Mobbing an der Schule, da müssen wir etwas unternehmen.«

Dirk musste schmunzeln. Das war Haie, so kannte er ihn. »Wir werden es zumindest versuchen, aber nicht heute. Heute«, er fasste Haies Hand, die mit seiner zu verschmelzen schien, »genießen wir einfach mal das Leben!«

DANKESCHÖN

Ein weiterer Fall von Thamsen & Co. ist gelöst, dessen Thema mir unter den Nägeln brannte.

Vielen Dank an Eckhard Kruse, der mich bei meinen Vor-Ort-Recherchen bestens unterstützt und mich auf »Die blaue Frau« aufmerksam gemacht hat.

Ein großes Dankeschön geht ebenfalls an Thomas Nielsen, der sich für diesen Krimi auf dem Papier hat »ermorden« lassen.

Ein Dank auch diesmal an meinen Lektor Sven Lang, der mir bei der Umsetzung der Idee mit Rat und Tat zur Seite stand.

Ein besonderer Dank geht diesmal auch an die SchülerInnen des Gymnasiums in Niebüll, das als Kulisse für dieses Verbrechen dient und an dem es wohlbemerkt nur fiktiv derart kriminell zugeht.

Danke an alle Risum-Lindholmer, die mein mörderisches Treiben seit Jahren ertragen und Haie, Tom und Niklas ein Zuhause geben.

Nicht zuletzt ein Dank an meine Familie und Freunde, die immer für mich da sind und Verständnis haben, wenn ich mal wieder in meine »Mörderwelt« abgetaucht bin.

Und natürlich möchte ich mich auch diesmal bei all meinen LeserInnen bedanken. Nur durch Sie ist es mir möglich, meinen Traum vom Schreiben zu leben – herzlichen Dank.

Weitere Titel finden Sie auf den folgenden Seiten und im Internet:

WWW.GMEINER-VERLAG.DE

Kommissare Thamsen, Meissner und Co. ermitteln:

1. Fall: Deichgrab
ISBN 978-3-89977-688-1

2. Fall: Nordmord
ISBN 978-3-8392-0182-4

3. Fall: Friesenrache
ISBN 978-3-89977-792-5

4. Fall: Todeswatt
ISBN 978-3-8392-1058-1

5. Fall: Nordfeuer
ISBN 978-3-89977-664-5

6. Fall: Friesenkinder
ISBN 978-3-89977-705-5

7. Fall: Friesenlüge
ISBN 978-3-89977-731-4

8. Fall: Friesenschrei
ISBN 978-3-89977-755-0

9. Fall: Friesenmilch
ISBN 978-3-89977-795-6

10. Fall: Friesennebel
ISBN 978-3-8392-1049-9

11. Fall: Friesengroll
ISBN 978-3-8392-1114-4

12. Fall: Friesengift
ISBN 978-3-8392-1247-9

13. Fall: Friesenstolz
ISBN 978-3-8392-2572-1

14. Fall: Friesentod
ISBN 978-3-8392-2824-1

15. Fall: Friesendämmerung
ISBN 978-3-8392-0353-8

16. Fall: Friesenrausch
ISBN 978-3-8392-0779-6

Weitere:

Solomord
ISBN 978-3-8392-1385-8

Kommissare Nielsen und Boateng ermitteln:

1. Fall: Knochentanz
ISBN 978-3-8392-1515-9

2. Fall: Kofferfund
ISBN 978-3-8392-1663-7

3. Fall: Kilometer 151
ISBN 978-3-8392-1858-7

4. Fall: Die Tote von Blankenese
ISBN 978-3-8392-2470-0

GMEINER SPANNUNG

WWW.GMEINER-VERLAG.DE
Wir machen's spannend

Andreas Schmidt
FördeGrauen
Kriminalroman
352 Seiten, 13,5 x 21 cm,
Premiumklappenbroschur
ISBN 978-3-8392-0758-1

Eine rätselhafte Mordserie an der Flensburger Förde hält die Kripo in Atem. Alle Opfer werden am Ostseestrand gefunden und tragen ein geheimnisvolles Brandmal am Rücken. Kommissarin Kristin Voss und ihr Kollege Lars Reimers aus Eckernförde ermitteln mit Hochdruck, denn der Mörder tötet im Stundentakt. So beginnt für die Kripo an der Förde ein atemberaubender Wettlauf gegen die Zeit, der sie schließlich bis an die Westküste führt. Haben sie es mit einem »Cold Case« zu tun und kommen sie rechtzeitig, um einen weiteren Mord zu verhindern?

GMEINER SPANNUNG

WWW.GMEINER-VERLAG.DE
Wir machen's spannend